講談社文庫

新・水滸後伝(上)

田中芳樹

講談社

新・水滸後伝(上)

目次

第一章　阮《げん》小《しょう》七《しち》、逃亡す……15
第二章　ふたつの山《さん》寨《さい》……57
第三章　陰謀……99
第四章　新天地へ……141
第五章　戦争と結婚……185
第六章　登《とう》雲《うん》山《ざん》の攻防……227

第七章　黄河《こうが》の濁流《だくりゅう》……269
第八章　開封《かいほう》陥落……313
水滸伝百八星　一覧表……6
地図……10
主要参考資料……356

（下巻　目次）

第九章　蜜柑《みかん》と青梅
第十章　復仇《ふっきゅう》
第十一章　簒奪《さんだつ》
第十二章　援軍到来
第十三章　四島連合
第十四章　金軍襲来
第十五章　皇帝救出
第十六章　おれたちの国
後記
解説　本郷和人

水滸伝百八星一覧表

（●＝『水滸伝』完結時、生き残った者）

天罡星三十六星《てんこうせいさんじゅうろくせい》

	（宿星名）	（綽名）	（姓名）
	天魁星《てんかいせい》	呼保義《こほうぎ》	宋江《そうこう》
	天罡星《てんこうせい》	玉麒麟《ぎょくきりん》	盧俊義《ろしゅんぎ》
	天機星《てんきせい》	智多星《ちたせい》	呉用《ごよう》
●	天間星《てんかんせい》	入雲竜《にゅううんりゅう》	公孫勝《こうそんしょう》
●	天勇星《てんゆうせい》	大刀《だいとう》	関勝《かんしょう》
	天雄星《てんゆうせい》	豹子頭《ひょうしとう》	林冲《りんちゅう》
	天猛星《てんもうせい》	霹靂火《へきれきか》	秦明《しんめい》
●	天威星《てんいせい》	双鞭《そうべん》	呼延灼《こえんしゃく》
	天英星《てんえいせい》	小李広《しょうりこう》	花栄《かえい》
●	天貴星《てんきせい》	小旋風《しょうせんぷう》	柴進《さいしん》
●	天富星《てんふうせい》	撲天鵰《はくてんちょう》	李応《りおう》
●	天満星《てんまんせい》	美髯公《びぜんこう》	朱仝《しゅどう》
	天孤星《てんこせい》	花和尚《かおしょう》	魯智深《ろちしん》
●	天傷星《てんしょうせい》	行者《ぎょうじゃ》	武松《ぶしょう》
	天立星《てんりっせい》	双鎗将《そうそうしょう》	董平《とうへい》
	天捷星《てんしょうせい》	没羽箭《ぼつうせん》	張清《ちょうせい》
	天暗星《てんあんせい》	青面獣《せいめんじゅう》	楊志《ようし》
	天祐星《てんゆうせい》	金鎗手《きんそうしゅ》	徐寧《じょねい》
	天空星《てんくうせい》	急先鋒《きゅうせんぽう》	索超《さくちょう》
●	天速星《てんそくせい》	神行太保《しんこうたいほう》	戴宗《たいそう》
	天異星《てんいせい》	赤髪鬼《せきはつき》	劉唐《りゅうとう》
	天殺星《てんさっせい》	黒旋風《こくせんぷう》	李逵《りき》
	天微星《てんびせい》	九紋竜《くもんりゅう》	史進《ししん》

天究星《てんきゅうせい》　没遮攔《ぼっしゃらん》　穆弘《ぼくこう》
天退星《てんたいせい》　挿翅虎《そうしこ》　雷横《らいおう》
●天寿星《てんじゅせい》　混江竜《こんこうりゅう》　李俊《りしゅん》
天剣星《てんけんせい》　立地太歳《りっちたいさい》　阮小二《げんしょうじ》
天平星《てんぺいせい》　船火児《せんかじ》　張横《ちょうおう》
天罪星《てんざいせい》　短命二郎《たんめいじろう》　阮小五《げんしょうご》
天損星《てんそんせい》　浪裏白跳《ろうりはくちょう》　張順《ちょうじゅん》
●天敗星《てんはいせい》　活閻羅《かつえんら》　阮小七《げんしょうしち》
天牢星《てんろうせい》　病関索《びょうかんさく》　楊雄《ようゆう》
天慧星《てんけいせい》　拚命三郎《へんめいさんろう》　石秀《せきしゅう》
天暴星《てんぼうせい》　両頭蛇《りょうとうだ》　解珍《かいちん》
天哭星《てんこくせい》　双尾蝎《そうびかつ》　解宝《かいほう》
●天巧星《てんこうせい》　浪子《ろうし》　燕青《えんせい》

地煞星七十二星《ちさつせいしちじゅうにせい》

●地魁星《ちかいせい》　神機軍師《しんきぐんし》　朱武《しゅぶ》
●地煞星《ちさつせい》　鎮三山《ちんさんざん》　黄信《こうしん》
●地勇星《ちゆうせい》　病尉遅《びょううつち》　孫立《そんりつ》
地傑星《ちけっせい》　醜郡馬《しゅうぐんば》　宣賛《せんさん》
地雄星《ちゆうせい》　井木犴《せいぼくかん》　郝思文《かくしぶん》
地威星《ちいせい》　百勝将《ひゃくしょうしょう》　韓滔《かんとう》
地英星《ちえいせい》　天目将《てんもくしょう》　彭玘《ほうき》
地奇星《ちきせい》　聖水将《せいすいしょう》　単廷珪《たんていけい》
地猛星《ちもうせい》　神火将《しんかしょう》　魏定国《ぎていこく》
●地文星《ちぶんせい》　聖手書生《せいしゅしょせい》　蕭譲《しょうじょう》
●地正星《ちせいせい》　鉄面孔目《てつめんこうもく》　裴宣《はいせん》
地闊星《ちかつせい》　摩雲金翅《まうんきんし》　欧鵬《おうほう》
地闘星《ちとうせい》　火眼狻猊《かがんしゅんげい》　鄧飛《とうひ》

地強星《ちきょうせい》　錦毛虎《きんもうこ》　燕順《えんじゅん》
● 地暗星《ちあんせい》　錦豹子《きんひょうし》　楊林《ようりん》
● 地軸星《ちじくせい》　轟天雷《ごうてんらい》　凌振《りょうしん》
● 地会星《ちかいせい》　神算子《しんさんし》　蔣敬《しょうけい》
地佐星《ちさせい》　小温侯《しょうおんこう》　呂方《りょほう》
地祐星《ちゆうせい》　賽仁貴《さいじんき》　郭盛《かくせい》
● 地霊星《ちれいせい》　神医《しんい》　安道全《あんどうぜん》
● 地獣星《ちじゅうせい》　紫髯伯《しぜんはく》　皇甫端《こうほたん》
地微星《ちびせい》　矮脚虎《わいきゃくこ》　王英《おうえい》
地急星《ちきゅうせい》　一丈青《いちじょうせい》　扈三娘《こさんじょう》
地暴星《ちぼうせい》　喪門神《そうもんしん》　鮑旭《ほうきょく》
● 地然星《ちぜんせい》　混世魔王《こんせいまおう》　樊瑞《はんずい》
地好星《ちこうせい》　毛頭星《もうとうせい》　孔明《こうめい》
地狂星《ちきょうせい》　独火星《どくかせい》　孔亮《こうりょう》
地飛星《ちひせい》　八臂那吒《はっぴなた》　項充《こうじゅう》
地走星《ちそうせい》　飛天大聖《ひてんたいせい》　李袞《りこん》

● 地巧星《ちこうせい》　玉臂匠《ぎょくひしょう》　金大堅《きんたいけん》
地明星《ちめいせい》　鉄笛仙《てってきせん》　馬麟《ばりん》
● 地進星《ちしんせい》　出洞蛟《しゅつどうこう》　童威《どうい》
● 地退星《ちたいせい》　翻江蜃《ほんこうしん》　童猛《どうもう》
地満星《ちまんせい》　玉旛竿《ぎょくはんかん》　孟康《もうこう》
地遂星《ちすいせい》　通臂猿《つうひえん》　侯健《こうけん》
地周星《ちしゅうせい》　跳澗虎《ちょうかんこ》　陳達《ちんたつ》
地隠星《ちいんせい》　白花蛇《はくかだ》　楊春《ようしゅん》
地異星《ちいせい》　白面郎君《はくめんろうくん》　鄭天寿《ていてんじゅ》
地理星《ちりせい》　九尾亀《きゅうびき》　陶宗旺《とうそうおう》
● 地俊星《ちしゅんせい》　鉄扇子《てっせんし》　宋清《そうせい》
● 地楽星《ちがくせい》　鉄叫子《てっきょうし》　楽和《がくわ》
地捷星《ちしょうせい》　花項虎《かこうこ》　龔旺《きょうおう》
地速星《ちそくせい》　中箭虎《ちゅうせんこ》　丁得孫《ていとくそん》
● 地鎮星《ちちんせい》　小遮攔《しょうしゃらん》　穆春《ぼくしゅん》
地稽星《ちけいせい》　操刀鬼《そうとうき》　曹正《そうせい》

地魔星《ちませい》　雲裏金剛《うんりこんごう》　宋万《そうまん》
地妖星《ちようせい》　摸着天《もちゃくてん》　杜遷《とせん》
地幽星《ちゆうせい》　病大虫《びょうたいちゅう》　薛永《せつえい》
地伏星《ちふくせい》　金眼彪《きんがんひょう》　施恩《しおん》
地僻星《ちへきせい》　打虎将《だこしょう》　李忠《りちゅう》
地空星《ちくうせい》　小覇王《しょうはおう》　周通《しゅうとう》
地孤星《ちこせい》　金銭豹子《きんせんひょうし》　湯隆《とうりゅう》
地全星《ちぜんせい》　鬼臉児《きれんじ》　杜興《とこう》
地短星《ちたんせい》　出林竜《しゅつりんりゅう》　鄒淵《すうえん》
地角星《ちかくせい》　独角竜《どっかくりゅう》　鄒潤《すうじゅん》
地囚星《ちしゅうせい》　旱地忽律《かんちこつりつ》　朱貴《しゅき》
地蔵星《ちぞうせい》　笑面虎《しょうめんこ》　朱富《しゅふう》
地平星《ちへいせい》　鉄臂膊《てっぴはく》　蔡福《さいふく》
地損星《ちそんせい》　一枝花《いっしか》　蔡慶《さいけい》
地奴星《ちどせい》　催命判官《さいめいはんがん》　李立《りりつ》
地察星《ちさっせい》　青眼虎《せいがんこ》　李雲《りうん》

地悪星《ちあくせい》　没面目《ぼつめんもく》　焦挺《しょうてい》
地醜星《ちしゅうせい》　石将軍《せきしょうぐん》　石勇《せきゆう》
地数星《ちすうせい》　小尉遅《しょううつち》　孫新《そんしん》
地陰星《ちいんせい》　母大虫《ぼたいちゅう》　顧大嫂《こだいそう》
地刑星《ちけいせい》　菜園子《さいえんし》　張青《ちょうせい》
地壮星《ちそうせい》　母夜叉《ぼやしゃ》　孫二娘《そんじじょう》
地劣星《ちれっせい》　活閃婆《かっせんば》　王定六《おうていろく》
地健星《ちけんせい》　険道神《けんどうしん》　郁保四《いくほうし》
地耗星《ちこうせい》　白日鼠《はくじつそ》　白勝《はくしょう》
地賊星《ちぞくせい》　鼓上皁《こじょうそう》　時遷《じせん》
地狗星《ちくせい》　金毛犬《きんもうけん》　段景住《だんけいじゅう》

飲馬川
沙門島
登州
黄
河
登雲山
北京大名府
梁山泊
大
運
河
東京開封府
淮
河
建康府
太湖
運羅本島
長
江
杭州
江州
清水澳
金鰲島
韮山門
黄茅島

新・水滸後伝の世界

地図作成／らいとすたっふ

新・水滸後伝(上)

第一章　阮小七《げんしょうしち》、逃亡す

I

夢だったんだよなあ……。

四月の風に頬をなぶらせながら、阮小七《げんしようしち》は思う。晴れあがった空に薄い雲が散らばって、心地よい山東《さんとう》の初夏だ。

宋《そう》の宣和《せんわ》四年（西暦一一二二年）。一介《いつかい》の漁師である阮小七は、湖上に浮かべた小舟の底に寝ころがって、漁を早々とすませ、午睡《ごすい》の夢をむさぼったところだった。だが、眠りたりて思った夢とは、午睡のなかのことではない。この十二年ほど、梁山泊《りようざんぱく》の頭領のひとりとして、戦いに明けくれた日々のことである。

阮小七が小舟を浮かべているのは、蓼児洼《りようじわ》といって、梁山泊へとつづく水郷の一角である。梁山泊は華北《かほく》一の湖と称され、南北三百里（宋代の一里は約五五三メートル）、東西百里、面積は日本《にほん》国の琵琶湖《びわこ》の五倍にのぼる。湖中に梁山という島があるが、小高い山の周囲の低湿地に黄河《こうが》の水が流れこんで「泊」を形成した。泊とは浅い湖のことで、水深は一丈（宋代の一丈は約三・〇七メートル）ほどのものだ。

阮小七は十代のころから梁山に住んでいた。湖中の島といっても、その湖が巨大なので、島には五万人もの男女が住んでいた。ただし、漁師でも農民でもなく、盗賊の集団として、である。近辺の城市《まち》や富豪を襲撃し、国庫から財貨や糧食をうばったが、貧しい人々にはいっさい手を出さなかった。

夢だったんだよなあ。

阮小七が思うのは、そのことである。彼は百八名の大小頭領の三十一番めに位置し、水軍を指揮して官軍をさんざんに悩ませた。官軍は巨大な軍船を投入してきたが、水深が浅く、水草も多いこの湖で、大船は自由に動くことができない。阮小七たちは水中にもぐって、刀で船底に穴をあけたり、火矢を放って炎上させたり、ついには討伐使《とうばつし》の高俅《こうきゅう》までとらえたものだ。

「それにしても、朝廷のやつら」

阮小七は奥歯をかんだ。宋の朝廷は、帰順した梁山泊軍の功績に正しく報いたとはいえない。皇帝をとりまく奸臣佞臣《かんしんねいしん》たちは、かえって、彼らの武威を畏《おそ》れ、その功を嫉《ねた》み、梁山泊の総首領・宋江《そうこう》、副総首領・盧《ろ》俊義《しゅんぎ》を、あいついで毒殺したのである。

その報が阮小七のもとにとどいたのは、つい先日のことで、おどろきより憤りが大きかった。

「だからいったのに。朝廷を信用するなって」

阮小七は悔やしい。宋江はあまりにも朝廷への帰順を熱望し、他の頭領たちの反対を押しきったのだ。宋江を批判する者はいても、背《そむ》く者はいない。奇妙な集団であった。

北方の仇敵《きゆうてき》であった遼国《りよう》を討ち、南方に発した方臘《ほうろう》の大乱を鎮圧し、百八名の頭領たちのうち生き残ったのは三十三名のみ。その犠牲のあげくが毒殺である。宋江はどんな心境だったのだろうか。

「他の義兄弟たちはどうしているかな。おれは気楽にやっていて不満もないが、おれより短気な連中は何人もいたからなあ」

阮小七は舟底から身をおこした。陽に焼けた精悍《せいかん》な容姿。腕を組んで梁山泊の方角を見つめる。陽がかたむきはじめ、影が長くなるまで、阮小七は動かなかった。

「いっそもう一度、島にこもって奸臣どもの顔色をなくしてやりたいところだが……いまさらどうしようもないなあ」

朝廷に帰順するにあたり、総首領・宋江の処置は徹底していた。総司令部たる忠義《ちゆうぎ》堂《どう》はもとより、下級兵士の宿舎にいたるまで、すべての建物を破壊し、火を放ったのである。

島を離れる舟上で、その煙をながめやって、

「どうなることやら」

とつぶやいた長兄・阮小二《しょうじ》の言葉を、阮小七は想いおこす。阮小七のふたりの兄――阮小二と阮小五《しょうご》もまた、梁山泊軍の頭領名簿に名をつらねていた。

「もう帰る家も焼いてしまった。なるようにしかならんよ、哥哥《あにき》」

次兄・阮小五が、吐きすてるように笑ったのも、阮小七はよくおぼえている。ふたりの兄は、ともに方臘討伐戦で討死をとげた。

阮小七は激戦のなかを生きのこり、朝廷から都統制《とうせい》（地方の中級武官）の地位をたまわったが、奸臣たちの讒言《ざんげん》によって解任された。阮小七は官職ぎらいの男であったから、かえって喜び、故郷にひっこんで漁をしながら老母とふたり暮らしをしている。壮健で陽気な兄たちが亡くなって、さびしくはなったが、平穏な庶民生活を半年ほどつづけていた。漁の技倆《うでまえ》はよい上に、朝廷からの下賜金《かしきん》もあるので、金銭にはこまらない。

唐突に、思いつきが浮かんだ。

「明日は漁を休んで、梁山を見にいってみよう。さぞ荒れはてているだろうが、亡く

なった義兄弟たちをしのんで、祭祀《まつり》のまねごとぐらいしても罰はあたるまい」

阮小七は両手に櫂《かい》をにぎった。左右の櫂は長く、中央で十字形に交差している。こうなっていると、前方を見ながら舟を漕げるのだ。夕方近く、阮小七は石碣村《せきけつそん》にあるわが家にたどりついた。

一夜が明けると、阮小七は配下の漁師たち五、六人を集めて準備をととのえた。酒はもちろんのこと、羊と豚を一頭ずつほふり、舟にのせる。阮小七は舟首《へさき》に立って腕を組み、漁師たちが櫂をにぎって、舟は静かな湖面を進んだ。

岬をまわると、海に出た。否、海ともまがう広大な湖である。遠く北の水平線を見やっても陸地の影はない。水鳥がはばたき渡る姿を見ると、阮小七の両眼が熱くなった。以前は、この湖面に千余の舟を浮かべて、官軍の巨船を翻弄したものだ。

「陸地にそって、ゆっくり漕ぎすすめ。やがて金沙灘《きんさたん》に出るから、そこから上陸しよう」

金沙灘は梁山で最大の浜で、梁山泊水軍の根拠地でもあった。深く陸をえぐった、天然の良港である。いまは人影もなく、岸に打ちつける波の音が阮小七のさびしさをさそった。

阮小七は上陸した。幻影がよみがえる。

金沙灘の涯までならぶ千艘《そう》以上の舟。丘のいたるところに設けられた二重の柵、ひるがえる「替天行道《たいてんこうどう》」の旗。整然と列をつくる兵士たち。

阮小七は目の奥が熱くなるのをおぼえながら、忠義堂の跡地にやって来ると、祭礼《さいれい》のしたくをととのえた。

「兄弟衆の英霊、とくと御覧ください。この阮小七、徳も礼もございませんが、一片の赤心《まごころ》から、粗末ながら酒肉を用意し、山寨《さんさい》の跡に参上して、祭礼のまねごとをさせていただきます。いつか、この阮小七も、兄弟衆のおそばに参上いたします」

阮小七は正式な祭礼のやりかたなど、知りようもない。七、八十もならべた大杯に酒をそそぎ、やたらと礼拝するばかりである。それでも阮小七は心の雲がはれるのをおぼえた。忠義堂は梁山の最高点に近く、梁山泊の全景が一望に見わたせる。ことに風光のよい地点に蓆《むしろ》をしき、酒と肉をならべて、さて、ささやかな宴をはじめようとしたとき、妙な音がした。馬の鳴声である。見れば、衣冠をととのえて馬に騎《の》った男がひとり、三十人ばかりの兵士をひきつれて近づいてくる。

「何だ、あいつは」

「お役人らしゅうございますぜ」

「ばかばかしい、こんなところに役人が来るわけなかろう。二、三年前なら何万もの官軍が押し寄せてくるところだがな」

冗談をいう間にも、騎馬を先頭にした一行は、阮小七たちのところへ到着した。貧弱な髭《ひげ》をはやした中年の男が、いやな表情を浮かべて、高飛車《たかびしゃ》に尋《たず》ねる。

「お前ら、こんなところで何をしている?」

「見たらわかるだろう。酒を飲んで、帰ろうとしているところだ。きさまらこそ、良民のささやかな娯《たの》しみに、何のいちゃもんをつけに来やがった?」

阮小七は最初から、「非礼には非礼をもって」の態度である。兵士のひとりが馬上の男に告げた。

「通判《つうはん》さま、この男は梁山泊の頭領のひとりだった阮小七でございます」

「なに、阮小七?」

通判とは、地方の役所で副長官と監察官を兼ねる中級官吏だが、阮小七の名を聴くと、あきらかに悪意のこもった視線を投げつけた。

「ふん、梁山泊の残党が、よい時代をなつかしんで、古巣を訪ねたというわけか。いや、それとも、もういちど梁山泊にたてこもって、朝廷《おかみ》に背《そむ》くつもりか。いずれにせよ、見すごしてはおけんな」

「何だと」

「者ども、阮小七をひっくくれ！」

「ふざけるな！」

阮小七の片手がひるがえる。豚の内臓が、べちゃりと音をたてて、張《ちょう》通判の顔にたたきつけられた。奇声をあげて、通判は馬上にのけぞる。兵士たちは口々にわめきながら刀槍《とうそう》をかまえ、阮小七を包囲した。だが、白手《すで》の阮小七ひとりに殴られ、蹴り倒され、たちまち五、六人が地に這《は》う。

通判は色をうしない、豚の内臓や脂にまみれた顔をぬぐいもせず、馬を駆って逃げ出した。兵士たちも悲鳴をあげて逃げ出す。逃げおくれたひとりをつかまえて、阮小七は通判の姓が張ということを知った。

「いずれ報復にやってくるな」

阮小七の予感がそう告げた。

II

二日ほどは平穏にすぎた。

阮小七《げんしょうしち》は昼は漁に出たが、夜は食事の後、朴刀《ぼくとう》の手入れをかかさず、寝るときは牀《ベッド》のすぐ側においておこたらなかった。

朴刀は、長くて幅の広い鋼鉄の刃に、木製の柄《つか》をつけた武器である。柄は長くはないが、両手でもにぎる。宋の時代、民間人が護身用に所有することを許可されていたから、旅人などによく用いられた。

三日めの夜半、阮小七は牀の上で目をさました。武人としてとぎすまされた彼の感覚が、危険を察知したのである。阮小七は闇の中で牀からすべりおり、朴刀を手に、屋外へ出た。

「阮小七を逃がすな！」

張《ちょう》通判のかんだかい声が聞こえる。兵は百人ほどか。

阮小七は冷笑した。

「せっかくの生命《いのち》、たいせつにすればよかろうものを、出世のためには良民をおとしいれて恥じないか。あいにくと、おれは、根っからの良民じゃないんでね」

阮小七は身を低くし、朴刀をかまえて、悪徳役人の背後にまわった。この種の人間を殺すのに、ためらいがないのが、「梁山泊の好漢《こうかん》」であった。

「張！」

「何だ、人を呼びすてにしおって」

馬上で張が振り向いた瞬間、阮小七の朴刀が、うなりを生《しょう》じた。

ただ一撃、首を両断された張通判は、声もたてずに馬上から転落する。家捜しをしていた兵士たちは屋外で何かあったと気づいて、家から飛び出してきたが、たてつづけに阮小七の朴刀の餌食《えじき》となって、暗い地上にころがった。

「まだ死にたいやつはいるか!?」

どうやら、張通判に殉じようという者は、ひとりもいなかったようだ。兵士たちは、わっと声をあげて逃げ散っていく。

阮小七は家に駆けこんで老母を探した。牀の下に隠れて慄《ふる》えているのを発見し、なだめながら引っぱり出す。

「おっかさん、心に恥じるところはないけど、役人を殺した以上、もうこの土地にはいられません。荷物をまとめて、すぐに逃げ出しましょう」

老母は蒼い顔でうなずくばかりである。阮小七は、てきぱきと動いて、銀子《ぎんす》や銅銭、衣服や多少の貴重品を布包みにした。家の中を見まわしても、惜しいものはない。

時はすでに五更《ごこう》(午前四時ごろ)。未明の空に満天の星だ。荷物をせおい、腰に短刀をさし、朴刀を片手に、老母をいたわりつつ屋外へ出る。張通判と兵士の死体を家の中に放りこんで、火を放った。

張通判の騎《の》ってきた馬が、楊柳《ようりゅう》の木のあたりをうろうろと歩きまわっている。阮小七はその馬をつかまえ、老母を助けて騎せると、ささやきかけた。

「おっかさん、お疲れでしょうが、一刻も早く遠くへ逃げなくちゃなりません。安全な場所に着くまで、こらえてください」

「それはかまわないけど……」

馬上で振り返って、老母は炎上する家をながめ、溜息をついた。

「わたしが望んでいたのは、平穏に暮らすことだけだったのにねえ。兄弟そろって梁山泊なんかにはいってしまって、戦《いく》さの連続。お前の兄たちも無惨に死んでしまった。それでも、お前ひとりが残ってくれたので、つつましく老後を送らせてもらえると思ったのに、こんなことになるなんて……」

老母の馬の口輪をとりながら、阮小七は笑った。

「三十にもなって、おっかさんにご心配かけて、すみません。でも、抵抗しなきゃ無実の罪でつかまって、もっとひどい目にあっていたでしょうよ。かならず、平和な土地を見つけて、おっかさんには楽をしてもらいますから、恕《ゆる》してくださいよ」

「そうなってほしいねえ」

老母は末っ子の気性をよく知っている。半分あきらめたように微笑すると、息子とともに故郷の村を去っていった。

宣和四年といえば、宋の第八代皇帝・徽宗《きそう》の治世である。中華の物質的繁栄と文化的爛熟《らんじゅく》は頂点をきわめ、帝都・東京開封府《とうけいかいほうふ》の人口は百万を算《かぞ》えた。ちなみに、当時、パリの人口は四万、ロンドンは三万である。

徽宗皇帝は兄・哲宗《てっそう》の嗣《あと》をついで即位したのだが、その際に朝廷はもめにもめた。哲宗は若くして崩御し、子がいなかったためだが、徽宗の即位に反対した大臣のひとりが、激しく主張したのだ。

「あんな浪子《あそびにん》を帝位に即《つ》けたら、たいへんなことになりますぞ！」

不敬のきわみである発言だが、だれも咎《とが》めなかった。実際、徽宗と呼ばれることになる人は、度のすぎた遊興と浪費で知られており、反論の余地がなかったのだ。――そして、この発言は不吉な予言として後世に伝わるのである。

徽宗は、じつは天才であった。ただし、政治の天才ではなく、芸術の天才であり、美術、音楽、書、造園などに、おどろくべき才能を発揮した。「皇帝にしてはうまい」どころではない。ことに画《え》と書は、中華の歴史上、十指のうちにはいるであろう。

徽宗は全身全霊を芸術と遊興と浪費にささげた。当然、本来の皇帝としての仕事など、している時間はない。

「朕《ちん》のかわりに政事《まつりごと》をしてくれる者がおらぬかのう」

ここで蔡京《さいけい》、童貫《どうかん》、高俅《こうきゅう》らが登場する。宋の事実上の皇帝は、彼らであった。帝位を簒《うば》おうという野心は持たなかったが、徽宗を遊興の奥へ奥へとさそいこみ、国政から遠ざけ、自分たちの手で権勢をほしいままにした。

彼らのなかで、もっとも主導的な立場にあり、地位も年齢も高かったのが、蔡京である。きわだった才人で、学問もあり、徽宗にはおよばぬまでも書の達人であった。

蔡京は、目的のためには手段を選ばぬ、という型の政治家の典型的な例であった。朝廷の派閥抗争のなかをたくみに泳ぎまわり、徽宗に遊興をすすめる一方、国政は乱脈をきわめた。だが、宋の富は蔡京ひとりで食いつぶされるようなものではなかった。

蔡京は太師《たいし》に任じられた。これは単なる宰相ではなく、「皇帝の師」ともいうべき至高の地位である。天下に畏《おそ》れる者のなくなった蔡京は、ひたすら利己的に行動した。せっせと蓄財にはげんだのである。民衆には重税を課し、部下からは賄賂《わいろ》をとりたて、反対派には厳しい弾圧を加えた。

蔡京の狡猾《こうかつ》なところは、不当に得た財産の一部を、徽宗の「おこづかい」として献上したことである。徽宗は政治に関心がない。民衆がどれほど重税で苦しんでいるか知らない。おこづかいは天から降ってくる、と思っている。その「天」が蔡京だったのである。

蔡京が政治を私物化し、皇帝をたぶらかしている間、もっぱら軍事方面で蔡京の役をはたしたのが童貫であった。

童貫は宦官《かんがん》である。去勢されて中性化したはずなのに、堂々たる体格の持ち主で、容貌も力強かった。薄い口髭《くちひげ》すらはえていたといわれる。

この童貫は、当時の宦官としては、めずらしい野心を持っていた。武人として功績をあげたい、と思っていたのである。ちなみに、宋の建国時に、武将として功をあげた宦官が幾人もいることは、あまり知られていない。

多少の才能はあったのか、童貫は叛乱《はんらん》の鎮定に功をあげ、出世をかさねた。何よりも彼は、武器商人からの賄賂や掠奪《りゃくだつ》で、莫大な財産をきずきあげたのだった。

このような政治のもとで、天下が乱れるのは必然である。各地に群盗が発生し、叛乱が続出した。

とくに巨大なのは「方臘《ほうろう》の乱」である。「妖術を使う」といわれたが、今日では、悪政に対する反抗に、マニ教の教義が加わった一種の宗教叛乱とみなされている。またたく間に拡大して、討伐に出かけた官軍は、ことごとく敗れ、長江《ちょうこう》の下流域は方臘の支配下に落ちた。

気絶するほどおどろいた徽宗皇帝は、お気に入りの童貫に十五万もの大軍をあたえて討伐を命じた、否、たのみこんだ。

叛乱の現地に乗りこんだ童貫は、この地方の民衆が、朝廷の悪政と収奪に苦しみぬき、ついに暴発したのだ、と知った。そこで徽宗の許可を得て、これまでの悪政をあらためる、という詔《みことのり》を出し、民衆がこれ以上、叛乱に加担するのをふせいでおいて、実際の戦闘にうつった。このとき、宋江《そうこう》の熱望がかなって朝廷に帰順していた梁山泊軍も、童貫のもとで官軍として戦ったのである。戦闘は百日あまりで終わり、乱は鎮定されたが、梁山泊百八名の首領のうち、三分の二以上が戦没するという苛烈《かれつ》な結果に終わった。

梁山泊が盛名をきわめ、阮小七が生きていたのは、このような時代であった。

Ⅲ

阮小七《げんしょうしち》は老母をともなって旅をつづけた。夜は素泊まりの宿に寝《やす》んで、食事は自炊する。これが当時の普通の旅で、食事つきの宿は高級だった。

だが、これも三日ほどしかつづかなかった。というのも、他の旅人たちの噂を耳にしたからである。

「もと梁山泊の阮小七が、お役人を殺して逃亡したそうだ」

「いま官衙《やくしょ》では人相書をまわして探しまわってるとよ」

「何でも三千貫《かん》の懸賞が出るそうな」

貫というのは、銅銭の単位で、一貫が千文にあたる。

「よし、そんなら、おれがいっちょう阮小七をひっとらえて三千貫いただくとするか」

「口ばかり達者で、こまったもんだ。お前さんが五十人百人、束《たば》になったって、阮小七ひとりにかなうものかよ」

旅人たちは気楽に笑っているが、阮小七は冷汗ものである。それ以後、大きな城市《まち》や村は避け、山ぞいの小道を選んで進んだ。彼は北へ北へと進んでいったが、目的地があってそこをめざしているわけではない。ひたすら犯行現場から遠ざかろうと思うばかりである。夜は安全そうな場所をさがして野宿する。こういうときは、老母のために馬にのせてきた蒲団《ふとん》がありがたかった。強健な阮小七は、毎晩草を枕にしても疲労らしい疲労は感じない。

こうして十日ほどつづいた逃避行であったが、終わるときがきた。

その日は急激に暑くなった。空には雲ひとつなく、太陽は完全に夏のものとなって、容赦《ようしゃ》なく地上の人間たちを炙《あぶ》りたてる。額《ひたい》の汗を手の甲でぬぐった阮小七は、奇妙なうめき声に、あわてて振り向いた。苦しげな老母に、せきこむように問いかける。

「おっかさん、具合が悪いのかい」

「ちょっと、目眩《めまい》がしてね」

「ああ、疲れさせちまってすまねえ。ひと休みすることにしましょう。何か、ほしいものはないかい」

「腹がさしこんで、どうにもいけない。熱いお湯がほしいね。それを一杯飲んだら、おさまると思うけど」

「熱いお湯だね、わかった。ちょっと待っていてくだせえよ」

路傍《ろぼう》に古い廟《びょう》がある。無人であることを確認すると、阮小七は廟の板戸をはずして床に置くと、さらにその上に蒲団を敷いて老母を寝かせた。

快足を飛ばして周囲を駆けまわり、谷川の水を汲《く》み、人家をさがして火種をもらいうける。なるべく人家のすくない道をえらんで旅をつづけたのが裏目に出た。さすがに強健な阮小七も、猛暑のなかを走りまわって、廟にもどってきたときには、汗まみれで息を切らしている。

「おっかさん、待たせてすみません」

声をかけたが返事はない。廟のなかに踏みこんでみると、老母の姿が蒲団ごと消えている。愕然《ぎょっ》とした。

「まさか虎に食われたんじゃあるまいな」

最初にそう思ったが、血痕は見あたらない。

「おちつけ、おちつけ」

自分にそういいきかせながら、廟の内外をさがしまわった。馬もいない。朴刀も、金品の包みもなくなっている。虎ではないな、とは思ったが、では人のしわざとして、兇悪な盗賊であったとしても、逆に役人であっても、阮小七にとっては困惑するしかない。

「ああ、どうしよう」

頭をかかえて床にへたりこんだとき、人の声がした。

「だれか、そこにいるのか」

阮小七は文字どおり飛びあがった。

「だれかいるのなら、私もここで休ませてくれ」

阮小七は猛虎の勢いで外へ飛び出す。

あやうく衝突するところだった。ひとりの若い男が立っていた。背が高く、青い紗《しゃ》の頭巾《ずきん》をかぶり、木綿《もめん》の夏の褶子《うわぎ》に、銀をあしらった帯をしめている。引きしまった顔には、若いながら風格があって、要するに阮小七よりまともな旅人に見えた。

「あやしいやつめ！」

阮小七はどなったが、公平に見て彼のほうがあやしい。実際、逃亡中の殺人犯なのである。

「さっさとおれの母親を返せ、でないと――」

「おぬしの母親？」

旅人は小首をかしげた。

「いきなり何のことだ。おぬしの母親が、私と何の関係がある。私はこの廟でひと休みしようとしただけだぞ」

　阮小七は、短刀にかけていた手を放した。

「すまねえ、あせっていたもんで、失礼した。あんたも歩いて来なすったようだが、荷物と馬といっしょの婆さんを見かけなかったかね」

「いや、この暑さで、街道には人の姿もない。婆さんも馬も見かけなかった。それにしても、どんな事情があるんだ？　よかったら聴かせてくれんか」

「おれは――」

　一瞬、阮小七は口ごもる。まさか殺人事件をおこして逃亡中だとはいえない。

「母親をつれて旅をしていた途中、ここでひと休みしていたんだ。母親が暑気《しょき》にあたったんでね。水をさがしてもどってきたら、何と、母親も馬も荷物も消えてしまってる。そこで、つい、あんたにあたっちまったって次第さ」

「母親が消えたとあっては、おぬしも心配なことだな。だが、ここであせっていても、どうにもならない。手助けできることがあるかもしれんから、どこかでゆっくり相談しないか」

　阮小七はすこし考えたが、相手の容貌や態度に、信用できるものを感じた。論理的に考えたのではなく、勘だが、彼は勘だけで生きているような男である。

「それじゃ、そうしよう。だが、このあたりに適当な店があるかね」

「十里牌《じゆうりはい》という宿場が近くにある。四半刻《しはんとき》（約三十分ほど）も歩けばすぐだ」

そこで両名は廟を出て歩き出した。阮小七は朝から飲まず食わず、しかも老母のために走りまわって、さすがにひと休みほしい。

「あの丘は何という名かね」

「独竜岡《どくりゆうこう》という」

「ふうん、独竜岡ね」

うなずいた阮小七は、独竜岡という名をどこかで聞いたような気がしたが、にわかに思い出せなかった。

「よさそうな土地だが、村らしい村が見あたらんのは、ふしぎだね」

すると、旅人の声が苦《にが》くなった。

「村はあったさ。小さくないのが三つもね」

「三つ？」

「祝家荘《しゆくかそう》、李家荘《りかそう》、扈家荘《こかそう》といって、おぬしの見立てどおり豊かな土地だったが、五年も前になるか、梁山泊《りようざんぱく》の軍勢のために滅亡しちまったよ」

阮小七は奇声をあげそうになって、何とか自分をおさえつけた。独竜岡の名に心あたりがあったのも道理だ。祝家荘は中華によくある、私兵集団を持って要塞化された村である。五、六年前、ふとしたことで梁山泊と戦闘になり、亡ぼされたのである。

「あ、あんた、よく事情を知ってなさるね」

「そりゃそうだ、故郷だもの」

「というと、祝家荘の？」

「いや、私は扈家荘だ。祝家荘には怨《うら》みこそあれ、恩なんてない」

内心、阮小七は胸をなでおろした。初対面の男に、なぜか阮小七は好感を抱いている。旧《ふる》い怨みで殺しあいはしたくなかった。そっと男のようすをうかがうと、腰に刀もさしていない。

「そういえば、あんたの名を尋《き》いてなかったね」

「扈家荘の扈成《こせい》。昔は若旦那といわれていたものさ。で、おぬしは？」

阮小七は思いきって名乗った。

「梁山泊の阮小七」

一瞬、夏の太陽が、ひときわまぶしくかがやいた。扈成と阮小七は、路上でにらみあう。扈成はまったくの白手《すで》、阮小七は短刀一本。たがいに強敵と看《み》てとって、うかつに先に動こうとはしない。

やがて扈成が肩の力をぬいた。

「すんだことだ。いまさら、おぬしと殺しあうこともない。だいたい、講和してたんだからな、扈家荘《うち》と梁山泊とは」

「そうだ、妙なことになって、迷惑をかけちまったがな」

扈成は苦笑した。

「十里牌は、もうすぐそこだ。一杯飲《や》りながら事情を話しあおうじゃないか」


梁山泊と扈家荘との事情は、かなりややこしい。

梁山泊と祝家荘とが開戦したとき、扈家荘と李家荘は中立を守った。ところが、扈成の妹である扈三娘《こさんじよう》は、祝家荘の長の三男・祝彪《しゆくひよう》と婚約していたため、ひとり祝家荘の軍に加わって、女性ながら奮戦し、梁山泊の頭領数人をとりこにしたが、結局自分がとらえられた。扈成は妹を救うために梁山泊と談判したが、梁山泊では、扈三娘につかまった頭領たちとの交換でないと応じられない、という。それももっともなので、祝家荘が敗れて祝彪が扈家荘に逃げこんでくると、扈成は祝彪をとらえて梁山泊へ連行した。ところが梁山泊には李逵《りき》という頭領がいた。ふだんは陽気な人気者だが、戦いになると兇猛《きょうもう》そのものである。この男が、祝彪を殺しただけでなく、ついでに扈家荘をおそって殺人と放火をほしいままにした。扈成はかろうじて逃れ、そのまま故郷から姿を消さざるをえなかった。

扈三娘はその後、梁山泊の頭領のひとりとして活躍したが、方臘《ほうろう》征伐のおりに戦死をとげた。

これが、扈家荘と梁山泊との、ごくおおまかな経緯《いきさつ》である。

Ⅳ

十里牌の酒亭は、阮小七《げんしょうしち》が思っていたよりさらに大きかった。近辺にこのような店がないので、旅人は皆ここで食事や休息をとっていくのだろう。何十もの卓がほぼ満席で、使用人たちがいそがしく立ちはたらいている。店内には、酒、牛肉、鶏肉、包子《パオズ》（肉まんじゅう）などの匂いが立ちこめ、阮小七の食欲を、いやが上にもさそった。

店員のひとりが、扈成《こせい》の顔を見て、妙な表情をする。

「お客さん、何かお忘れものですかい。ついさっき、過分な祝儀《チップ》をくださって出ていかれたばかりなのに」

「知りあいと出くわしたんで、飲みなおしさ。どこか奥まった席があいてないかな」

「そんなら、こちらへどうぞ」

店員はふたりを奥まった席へ案内し、酒に牛肉の煮こみに包子、とつぎつぎに運んでくる。

「この席なら話も聞かれまい。私はさっき飲《や》ったばかりだから、おぬしひとりでどうぞ」

扈成にいわれた阮小七は、「では遠慮なく」と、飲食にとりかかった。「流星が月を追いかける」という表現そのままに、しばらく口をいそがしく動かしていたが、ふたり分、運ばれてきた酒食をたいらげて、ようやく人心地ついた。

「ああ、ごちそうさん、もうはいらねえ」

「それじゃ茶でももらって、話の続きをしようか」

「それだ。あのとき、扈家荘にはまったく気の毒をしたが、あのあと、どうしていなさったね」

「外国へ行っていた」

「外国……っていうと、宋から出たのかい」

阮小七には現実感がない。湖や川はいくらでも見たが、まだほとんど海も見たことがないのである。

扈成は話をつづけた。彼は帰るに家なく、しばらくは流浪《るろう》の旅をつづけたが、南方の港町泉州《せんしゅう》にたどりついた。インド人、アラブ人、マレー人などさまざまな国の海上商人が集まって殷賑《いんしん》をきわめている。扈成はその一団に加わって海へ出た。

「もう、やけっぱちでね、海で死んでもかまわない、と思ったのさ。それが、運がよかったのか、かなり利益があがって、四、五年のうちに、家を再建するだけの金銭《かね》をかせぐことができた。そこで暹羅《せんら》国の港から、交易船に乗せてもらって、ここから遠くない登州《とうしゅう》の港に上陸した。そこまではよかったんだが……」

扈成が口を閉ざす。彼の表情と口調に、阮小七は怒りを感じとった。

「せっかくもどってきたのに、何があったのかね」

「荷物を全部、強盗にうばわれてしまった」

「何だって!?」

「まったく、外国や海より、宋の国内のほうが、よほど危ないよ。荷物を背負って十里牌の近くまで来たはいいが、あまりに暑いので、とある大きな邸の門前でひと息いれてたら、邸内から若い男が、三、四十人もの使用人らしい男どもをつれて出てきた」

その男は、扈成に弁明の機会もあたえず、どなりつけた、という。

「きさま、見かけぬ顔だな。先日、州の通判が殺されて犯人が逃亡中だが、おおかたきさまだろう。その荷物は盗品にちがいない、こちらに渡せ。きさま自身はとらえて官衙《やくしょ》に連行する」

阮小七はあきれた。

「また、むちゃくちゃないいがかりだな」

「やつらは力ずくで荷をうばおうとするので、五、六人、功夫《カンフー》で倒してやったら、朴刀やら弓矢やらを持ち出してきた。弓矢にはかなわないので、しかたなく逃げてきたんだが、生命はひろったものの、全財産をうしなって、このありさまなのさ」

扈成が溜息をつく。阮小七は頭をかいた。

「梁山泊がまた、あんたに迷惑をかけちまったらしいな、すまねえ」

「何でおぬしがあやまる？」

「いや、じつは州の通判を殺したのは、おれなんだ。もちろん事情があってのことだが」

「ふうん、そうだったのか」

扈成は苦笑する。阮小七は、故郷を逃げ出し、老母が行方不明になった経緯をすべて扈成に語った。

「そういう次第で、あんたが犯人にまちがえられたのは、おれのせいなんだ。申しわけない」

「気にしなくていい。やつらは口実に使っただけなんだからな。すべて水に流して、これからのことを考えよう」

「そういってもらえるとありがたい。そこで、ひとつ考えがあるんだが、ひとりよりはふたりというし、協力して、おれの母親をさがし、あんたの荷物を奪《と》りかえさないか」

「ああ、こちらのほうから、たのもうと思っていたところだ」

「そうそう、それがいいよ」

突然、中年の女性の声がして、阮小七と扈成は思わず椅子《いす》から立ちあがりかけた。奥からあらわれたのは、四十歳前と見える体格のよい女性で、緑色の紗の衫子《うわぎ》をまとい、髪には石榴《ざくろ》の花簪《はなかんざし》をつけている。顔はつややかで表情は快活だ。

「ありゃ、顧大嫂《こだいそう》の姐《ねえ》さんじゃないか」

叫んだ阮小七は、床に平伏して礼をした。顧大嫂も礼を返す。彼女は女ながらに梁山泊の頭領のひとりで、「母大虫《めすとら》」と異名をとるほどの豪傑だった。

「悪いけど、お話は全部、聴かせてもらいましたよ。この席は役人や無頼漢どもがよく密談をするので、壁に小さな穴をあけてあるのさ。さ、扈三娘のお兄さんも、もっと涼しいところへおいでなさい」

ふたりは裏手の四阿《あずまや》に案内された。大樹をせおって緑の蔭《かげ》が涼やかに揺れ、ひとすじの小川が光りながら流れている。

「やれやれ、生き返った気分だ」

卓に着いて汗をふいていると、顧大嫂のいいつけで、冷やした酒と瓜《うり》が運ばれてきた。顧大嫂が問う。

「扈さん、あなたの荷物を強奪したのは、どんな男でした？」

「そうですね、年齢は二十三、四で、代赭色《たいしゃいろ》の羅の褶子《うわぎ》に、白底の乗馬沓《ぐつ》をはいていたから、いちおう役人らしいです」

「なるほどね、邸の門口に大きな柳の樹があって、その下に小さな祠《ほこら》はなかったかしら」

「そのとおりです。心あたりがおありで？」

顧大嫂はうなずいた。

「犯人がわかりましたよ。毛豸《もうち》というやつで、梁山泊に怨みがある、と、いつもいってる。登州府で書記をやっているけど、扈さんの例でわかるように、良民いじめの悪党です。扈さんの荷物を返す気など、さらさらありはしませんよ。うちの旦那は、いま出かけているけど、もどってきたら相談しましょう」

そう話している間に、顧大嫂の夫が帰ってきた。

「おお、こりゃまた阮小七さん、何でまたこんなところに？」

「孫新哥哥《そんしんあにき》も元気そうで何より」

顧大嫂の夫は孫新という。もちろん梁山泊百八頭領のひとりである。りっぱな体格の妻より、ひとまわり小さいが、並んでいると似あいの夫婦に見えるから不思議だ。機智に富み、腰がかるくて、梁山泊ではもっぱら偵察や連絡の任にあたっていた。

扈成と孫新が初対面の礼をかわし、現状にいたる事情を、阮小七が説明する。

顧大嫂が夫の杯に冷酒をそそいだ。

「義兄《にい》さんに呼ばれて、登州の城内にいってたんでしょ？　御用は何だったの？」

「お説教さ」

孫新はひと息に杯をほした。

「このごろ、とみに梁山泊の残党たちが目をつけられている。おとなしくして、鄒潤《すうじゅん》と絶交しろ、というんだ」

「あらまあ」

「戦場に立てば一騎当千《いっきとうせん》のくせに、世間に出ると、ひたすらおとなしく、無事息災を祈ってるんだから、わが兄ながら変な男だよ」

扈成は、名の出たふたりについて説明を受けた。鄒潤は方臘の乱から帰った後、役人になったが、性があわず、近くの登雲山《とううんざん》という山に寨《とりで》をつくって山賊生活を送っている。孫新の兄は孫立《そんりつ》といい、生還後、登州で武官になった——というより、もともと武官だったから、もとどおりというわけである。剛勇だが、一方では平和で無事な生活を送りたがっている。考えようによっては妙な男だ。

「それで、鄒潤さんと絶交しろっていうの？」

「梁山泊の残党が交流していたら、ますます官衙ににらまれる、というのさ。はいはい、といって帰ってきたが、途中で登雲山に立ち寄ってきたよ」

一同、声をたてて笑う。と、孫新が笑いをおさえて阮小七を見やった。

「あんたのおふくろさまは、姿を消したそうだが……」

「そ、そうなんだ。それで探しまわっているところを、扈の哥哥や、顧大嫂の姐さんに出会ったってわけだ。あんた、心あたりがあったら――」

「大ありさ、心配はいらんよ」

「何で？」

「あんたのおふくろさまは鄒潤のところにいる。危害を加えられるどころか、たいせつにされているよ」

「何で？」

と、阮小七はくりかえす。孫新はてきぱきと説明した。鄒潤の手下たちは、廟で阮小七の老母を見つけ、馬と荷物を持ち去ろうとした。だが、老母は荷物にしがみついて離れようとしない。鄒潤は梁山泊以来の掟《おきて》をきびしく守り、良民の殺傷をかたく禁じている。必死に荷物を守ろうとする老母を、手下たちはもてあまし、しかたなく、馬や荷物といっしょに寨につれこんでしまった。

鄒潤は唖然《あぜん》としたが、老母と二言三言話すうちに阮小七の母親と知れると、あわてて礼をほどこし、とりあえず一番よい房室《へや》で休ませた。

「そこへおれがやって来たんで、鄒潤に、阮小七の哥哥を探してくれ、とたのまれたのさ。探せといわれてもなあ、と思案しながら帰宅したんだが、世の中、よくできてる。何本かの川がひとつの湖にそそぐ、というやつだな」

阮小七はおどろいたり喜んだりである。日が暮れたら、一同そろって登雲山へ鄒潤に会いにいくことを決めた。一刻（約二時間ほど）もたつと夏の日も落ちて、夜空に星宿《せいざ》がきらめきはじめるころ、一同はひそかに山へ向かった。

V

阮小七《げんしょうしち》、扈成《こせい》、孫新《そんしん》、顧大嫂《こだいそう》の四人は、登雲山への道をいそいだ。半刻で山麓《さんろく》の林にさしかかる。

「待ちやがれ！」

鋭い声がひびいた。

「ここから先は登雲山の領分だ。たとえ役人だろうと、金目のものを置いて引き返してもらう。いやというなら、金銭《かね》よりだいじなものを捨てていくんだな」

星空の下で、孫新が、にやりと笑った。

「おいおい、昼間に聞いた声を思い出してほしいな。おれの姓は孫というんだが」

「……あっ、孫新の旦那で！」

鄒潤《すうじゅん》の手下たちはうろたえて、手にした朴刀や棍棒を下げた。

「すぐ頭領のところへ、ご案内いたしやす。おい、だれか先に行って知らせてこい！」

ほどなく四人の客は寨に案内された。寨の主は満面に笑みを浮かべて礼をほどこす。

「阮小七哥哥《あにき》、おふくろさまは、ひと足先にお迎えしてあるよ。悪く思わんでくれ」

「いや、気にしちゃいないよ。かえって、おふくろを助けてくれたようなもんだ」

鄒潤は三十代半ば、額が大きく前方に突き出ているので、「独角竜《どっかくりゅう》」という異名がある。

手下たちが阮小七の老母を、うやうやしくつれてきた。狂喜した阮小七は、老母を力いっぱい抱擁した。

「これ、痛いよ、小七」

「心配したぜ、おっかさん。痛い思いはしなかったろうな」

「ここの頭領は、親切にしてくださったよ。さしこみもおさまったし、御飯もいただいた。お前からも御礼を申しあげておくれ」

「手数をかけたな、鄒潤哥哥」

「いや、もともと強盗をはたらくつもりだったんだから、御礼だなんて、面目ない」

さすがに老母は疲労したので、早々に、あてがわれた房室に引きとった。あとには、鄒潤をふくめて五人の好漢が残る――顧大嫂は女性だが。

「まったく、世話になったね」

「そのことはもういいさ、で、阮小七哥哥はおふくろさまをつれて、どこへ行くつもりだったんだ？　あちこちに人相書が出まわってるぞ」

「それが、まるであてがないのさ。とにかく遠くへいこうというわけで」

「何だ、あてならここにあるさ。おふくろさまさえよければ、この寨に来ればいい。おれとしても、お前さんが来てくれれば心強い」

阮小七は手を拍《う》った。

「そうか、その策《て》があった。だが、迷惑をかけることにならないかね」

「何をいまさら、離散した義兄弟が再会するだけのことさ。いまこそ手下は三百人ぐらいのものだが、この山はけっこう大きくて、整備すれば五千人は収容できる」

鄒潤の言葉に、孫新が応じた。

「おれたち夫婦も、そのうち世話になると思うよ。ところで、阮小七哥哥の件はかたづいたが、もう一件、始末をつけなきゃならないことがある」

「もう一件？」

「扈さんの荷物のことさ」

そこで話を聴くと、鄒潤は腕を組んだ。

「毛豸《もうち》の野郎のやりそうなことだ。やつがこちらに赴任してからというもの、どれだけ良民を泣かせたか、知れたものじゃない。拷問《ごうもん》で死んだ者もいるし、重税が払えずに売られた者までいる」

「で、どうするね」

「あんなやつ、まともに話をつけようたって無益だ。さっさと世の害をとりのぞいてしまおうぜ」

全員が賛成し、毛豸の運命はここにさだまった。

その夜は遅くまで語りあい、毛豸襲撃の計画をねり、深夜に至って、鄒潤があてがってくれた房室に引きとった。

翌日、鄒潤は、とくに腕の立つ手下十人を選び出し、「日暮れとともに十里牌の酒亭に集まれ」と指示する。武器もととのえた。午前中、鄒潤は四人の客をともなって、寨の内部を案内してまわった。山はなかなかに奥深く、地形も険《けわ》しい。まだ工事中だが、完成すれば、なかなかの要害になりそうだった。

阮小七とともに、扈成も登雲山に加わることにさだまり、一同は山をおりて十里牌の酒亭にもどった。

ちょうど五月五日、端午《たんご》の節句である。一同は菖蒲《しょうぶ》の花瓶を卓の中央にすえ、石首魚《いしもち》の丸揚げを主菜とした夜食をすませて、二更《にこう》(午後十時ごろ)に出立した。

ほどなく毛豸の邸に着く。身軽な孫新が、梯子《はしご》をかけて塀《へい》を乗りこえた。一室だけまだ灯火がともっている。そっと窓からのぞくと、毛豸と若い女が、一箱の荷物を前に語りあっている。まさしく毛豸の寝室だった。

「見ろよ、こいつを。真珠、珊瑚《さんご》、象牙、犀角《さいかく》、伽羅《きゃら》ときたもんだ。ひと財産、そうだな、銀にしたら一万両近くはあるだろうよ」

「すごいじゃないの」

「この一割ばかりは、明日、知府《ちふ》閣下に献上する。そうすりゃ出世はまちがいない。だけど、それじゃまだ満足できないな」

「どうする気よ?」

「とかく目ざわりな孫立《そんりつ》、孫新、顧大嫂の一党、登雲山の鄒潤としめしあわせて、また謀反《むほん》をたくらんでおります。討伐すれば、梁山泊以来の金銀が手にはいります。そう知府に申しあげるのさ」

「ほんとのことなの?」

「ばか、でっちあげに決まってるだろう。そうやって孫一党を葬り去り、登州一帯はおれの領地も同然になるのさ」

「明日は官衙《やくしょ》にいくのなら、朝早くなるでしょ。もう寝ましょうよ」

「そうするか」

窓の外で、孫新はすべてを聴いていた。身をひるがえし、厨房をぬけて表門にまわる。使用人たちはすでに寝静まっていた。

孫新はすぐ表門をあけ、仲間たちを邸内に引きこむ。毛夫婦の会話を告げると、

「たいしたタマだぜ」

鄒潤が舌打ちして、手下たちに命じた。

「遠慮はいらねえ。すぐに始めるぞ」

手下たちは身につけていた火種を取り出すと、松脂《まつやに》を塗った縄に火をつけ、抜刀して、一挙になだれこんだ。

阮小七が功夫《カンフー》の一撃、寝室の扉を蹴破ると、毛豸はまさに牀《ベッド》にはいあがったばかりのところである。「あっ」とひと声、枕頭《ちんとう》の刀に手を伸ばそうとしたところへ、鄒潤が刀光一閃《とうこういっせん》、その首を宙にはね飛ばした。

毛豸の妻は、あわてふためいて逃げ出そうとしたが、その白い背中に顧大嫂が蹴り

をいれた。女はけたたましい叫び声を放ち、床に倒れて気絶する。扈成と阮小七が外へ出ると、炎がたちのぼり、案の定、朴刀や棍棒をかまえた手下たちが、十数人駆けつけてくる。だが、武器を手にしたふたりの相手ではない。たちまち四、五人が血煙のもとに斬ってすてられる。胆《きも》をつぶした男たちは、武器を放り出して逃げ散った。

その間に、孫新と顧大嫂は、ふたつの大きな箱を室外にかつぎ出していた。ひとつは扈成が強奪された荷物で、もうひとつは毛家の財産だが、

「どうせ不義の財に決まっている。遠慮なくいただくさ」

というのが、「好漢」たちの論理である。

夜中に火の手があがったのを見て、隣家から顔を出した者がいたが、鄒潤が一喝した。

「遺恨《いこん》あっての仇討ちだ。おぬしたちには関係ない。それでも死にたいやつがいたら出て来い！」

毛家のために死にたい、という者はいなかった。

一同は凱歌《がいか》をあげて登雲山にもどった。

「この荷は扈成哥哥のものだ。とりもどせてよかったな」

阮小七がいうと、扈成は首を横に振った。

「私は妙な縁で、あなたがたの同志にしてもらった。同志となったからには、これは皆の共有財産だ。山寨の資金にしてください」

「あんたこそ真の好漢ってもんだ」

鄒潤が叫び、一同が拍手した。それがおさまったところで孫新が告げる。

「今夜の一件はうまくいったが、毛豸のやつは済州《さいしゅう》の知府と、ずぶずぶの関係だった。遅かれ早かれ、官軍が出動してくる。おれは済州府に行って、知府がどう出るか探ってくるよ。皆は宴会でもしていてくれ」

孫新は腰が軽い。かるく食事をすませると、ただちに済州府へと出かけていった。

一方、済州府では早朝からひと騒ぎおこっていた。知府が府庁に登庁したとたん、ひとりの男が前へ飛び出し、ひざまずいて、一通の書類を差し出したのである。

「知府さまに申しあげます。手前、毛家の使用人でございますが、じつは昨夜、強盗の一団が毛家をおそい、主人夫妻を殺害、金品をうばい、家に放火して引きあげました。これは近隣の者を証人とした届け書でございます」

知府は顔色を変え、せきこむように問いかけた。

「強盗は何名ほどおったか」

「五十名ほどでございました」

これは虚言《うそ》とはいえない。この種の話は数が大きくなるものである。

「其方《そなた》が顔を知っておった者は？」

「ふたりおりました。登雲山の鄒潤と、十里牌の孫新でございます」

「わかった。とりあえず控えておれ。むやみに騒ぎたてるでないぞ」

知府はきびしく申しわたした。

第二章　ふたつの山寨《さんさい》

I

孫新《そんしん》は登州《とうしゅう》城内の兄を訪ねたものの、玄関であいさつをかわしただけで、あわててどこかへ姿を消してしまった。

「何だ、妙なやつだな」

孫立《そんりつ》は首をかしげたが、「府庁から知府と統制《とうせい》がお見えです」と使用人から報告があり、いそいで官服に着かえて出迎えた。

統制とは州軍の総指揮官だが、孫立にまさるともおとらぬ偉丈夫《いじょうふ》で、眼光するどく、髭もととのい、威風あたりをはらう、といった態《てい》の人物だ。孫立と視線が合ったとき、眼光がするどさを増した。

「とらえよ！」

これは、と、おどろく暇もない。孫立はたちまち殺到する兵士たちの輪の中にとりこめられ、捕縛《ほばく》された。

「これは何ごとでござるか」

問いかける孫立に、いたけだかに知府が告げる。

「孫立よ、そちは梁山泊《りょうざんぱく》の一味でありながら、聖恩によって赦免され、朝廷より官職までいただいた。しかるに、登雲山《とううんざん》の賊徒と結託し、毛豸《もうち》一家の殺害におよぶとは何ごとか」

孫立は唖然として、ようやく反論した。

「何のことやら、さっぱりわからぬ。この孫立、登雲山も毛豸一家とやらも、何の関係もない。弟には登雲山に近づかぬよういっているくらいだ。それをなぜ――」

「ずいぶんとひさしいな、孫君」

という声は、統制である。

「欒《らん》統制、これはおぬしの仕組んだことか。祝家荘《しゅくかそう》の件をまだ根に持って、罪なき者をとらえるとは、みあげた執念だな」

孫立はにらみつけ、欒と呼ばれた統制は、にらみ返す。

「この欒廷玉《ていぎょく》、個人の怨みで法を枉《ま》げたりはせん。あくまでも証人証拠があって、おぬしを捕縛したのだ」

欒廷玉と孫立は武芸の兄弟弟子だった。

かつて梁山泊が祝家荘と戦ったとき、事情があって孫立は梁山泊に味方した。弟の孫新夫婦や鄒潤《すうじゅん》もいっしょだったが、祝家荘に味方するといつわって内部にはいりこみ、梁山泊軍と内外呼応《こおう》して祝家荘を亡ぼしたのである。

このとき、事情を知らず、孫立を推挙して祝家荘にはいりこませたのが欒廷玉だったから、立つ瀬がないとはこのことだ。彼は剛勇をふるって敵の包囲網を突破し、ひとり落ちのびざるをえなかった。

その欒廷玉が統制になって登州にいる！

情報をかき集めた孫新は、すぐ十里牌《じゅうりはい》の家へ駆けもどり、妻に事情を話して家財をまとめ、登雲山に登った。

「皆、えらいことになったぞ。あの欒廷玉が三千の兵をひきいて攻めてくる。すぐ防備をかためないと……」

扈成《こせい》が不審そうな声をあげた。

「いま欒廷玉といったようだが……」

「扈家荘《こかそう》の武芸師範をしていた男で、剛勇無比といわれてたやつだよ。いまじゃ登州の都統制に昇進してる」

「おどろいたな。その欒廷玉なら、私の先生でもあるんだ。槍や剣を教わったよ」

「またまた、妙な縁だね」

「となれば、心配いらない。私に成算がある。寨の門と登山口を厳重にかためてくれ。けっして戦ってはいけない」

扈成の指示にしたがって、登雲山の一同は、手下たちに丸太や石を運ばせ、要所をかためた。投石のための石、灰瓶《めつぶし》、擂木《すりぎ》（投げ落とすための丸太）なども、ありったけ集める。竹や杭《くい》の先端をとがらせて地面にびっしり刺し並べた。

おおかたの準備がととのうと、頭領たちは集まって酒宴となる。戦いの前も後も、勝っても負けても、酒でしめくくるのが「好漢《おとこ》」たちの倣《なら》いだ。

宴の半ば、孫新がまじめな口調でいった。

「我々は、ろくに装備もないし、兵の数もすくない。糧食も四、五日分しかないうえに、敵は天下の欒廷玉だ。扈さん、成算があるということだが、どうする気かね」

扈成は笑った。

「糧食の心配は無用ですよ。三日で決着《かた》がつきますからね。ただ、私の名は絶対に知られないようにしてほしい」

そして扈成が「成算」について語ると、一同は歓声をあげた。

孫新が一同に告げる。

「みごとな計略だ。だが、油断して、せっかくの扈さんの知恵を無にするでないぞ」

「いわれるまでもないことさ、まかしとき」

「そういう小七哥哥《しょうしちあにき》が一番あぶないね」

笑い声のうちに宴はお開きとなった。

翌日のことである。登州城外にある欒廷玉の本陣は出陣の準備でおおわらわだったが、そこへひとりの若い男があらわれて、欒廷玉への面会を申しこんだ。

この多忙なときに、と、欒廷玉は不本意だったが、人品《じんぴん》いやしからぬ青年を見て、眉をひそめた。

「師匠、おひさしぶりです」

おどろいて欒廷玉は立ちあがり、扈成の手をとって立たせた。

「そなた、扈家荘の扈成ではないか。どうしてこんなところへ？」

「話せば長くなります」

扈成は海外から帰国するまでは真実を語り、たくみに欒廷玉を誘導していった。

「……そして登雲山のふもとを通りかかったところ、賊におそわれて荷物を奪われてしまったのです。彼奴《きゃっ》らは私に仲間になるようせまりましたが、私は良民、しかも梁山泊の一党とあれば、一族の仇《かたき》。どうして承知できましょうか。隙を見て逃げ出し、こうして運よく師匠にお遇《あ》いできました。明日、登州城内へいって、今後の身の振りかたを考えようと思っているのですが、令箭《れいせん》をひとついただけましょうか」

令箭とは、軍の指揮官が署名した矢で、身分や命令の証明となるものである。

「令箭ぐらい、たやすいことだが、そなたに登雲山の実状を教えてもらいたい。じつのところ、ここ三日ほど偵察しているが、やつら、まったく姿を見せんので、手を出しあぐねておるのだ」

「それは師匠の武勇を恐れてのことです。急に起兵などしたので、人数は二百人もおりませんし、軍馬は一頭だけ。糧食もろくにありません。私が逃げ出してきた道は、山の裏手にありますが、ろくに監視の兵もおらず、それで私は脱出できたのです。この裏道を登って急襲すれば、すぐに勝負がつきましょう」

「それはよいことを教えてくれた」

「登りきったところに、大きな楓《かえで》の木が二本ありますので、丹楓嶺《たんふうれい》と呼ばれています。そこに木戸があります」

「わかった。すぐに令箭を出そう。ところで、頼みをひとつ諾《き》いてくれぬか」

「師匠のおおせとあらば、何なりと」

「じつは城内の兵をすべて率いてきたので、城内は空《から》なのだ。明日そなたに三百の兵をあずけるから、拙者《せっしゃ》のかわりに城の警備にあたってほしい。功名を立てて故郷へ帰れば、お家の再興も楽になるだろう」

「かしこまりました」

陣中の一夜が明けると、欒廷玉は三百名の兵士を扈成にあずけ、甲冑《かっちゅう》と令箭を渡して登州城へと送り出した。

昼すぎ、扈成は登州城に到着、さっそく楊《よう》知州に令箭を差し出し、口上を述べる。知州は令箭を確認した上で、扈成の人品を見て、すっかり信用した。

「欒統制の信任を受けて、そなたは登州城内の警備をゆだねられることとなった。賊徒平定のあかつきには、重く賞するであろう」

「おそれいりまする」

扈成は三百名の兵を二十名ずつ十五隊に分けた。一隊は自分自身で統率し、他の十四隊は、知州の公邸、東西南北の城門など要処に配置し、てきぱきと指示を下していく。その有能ぶりを見て、楊知州は感心し、私邸へもどって寝についた。

扈成は銀子を取り出すと、当番兵に酒と肉を買いにいかせ、直属の兵を呼び集めた。

「さあ、遠慮なくやってくれ」

兵士たちは喜んだ。けちくさい上官に出会うと、兵士たちが金銭を出しあって、おごってやらねばならないのだ。

「扈の旦那みたいに気前のいい方は、はじめてです。ほいじゃ遠慮なく」

「たりなければ追加するぞ」

「ありがたや、ありがたや」

兵士たちは喜々として飲みかつ食らう。扈成は一杯飲んだだけで、腕を組んで夜空を見あげていた。

二更（午後十時ごろ）、夜空にひとすじの花火があがった。扈成はひそかに笑うと、兵士たちに叫んだ。

「味方がもどってきた。城門をあけて迎えいれろ」

すっかり酔っぱらった兵士たちは、何の思慮もない。閂《かんぬき》をはずして東の門をあけてしまう。

阮《げん》小七を先頭に、登雲山の一党が、どっとなだれこんで来た。まず、五、六本の火矢を放って家々を炎上させる。兵士たちは仰天《ぎょうてん》し、戦うどころか逃げまどうばかりだ。

楊知州は火事と聞いて動転し、牀《ベッド》からころがり落ちた。閨房《けいぼう》から飛び出したところを、阮小七に出くわす。

「この悪徳役人め、地獄に堕《お》ちやがれ」

阮小七にとって、役人はすべて悪徳役人なのである。長槍《ちょうそう》一閃、楊知州は胸から背中までつらぬかれて即死した。

その間に、孫新と顧大嫂《こだいそう》の夫婦は牢獄に飛びこんで孫立を救い出し、さらに孫立の家から家族をつれてきた。

II

孫立《そんりつ》の武器は鞭《べん》である。やわらかなムチではない。長さは三尺（宋代の一尺は約三〇・七センチ）、柄の部分は七寸（宋代の一寸は約三・〇七センチ）ほどで、外見は剣とほとんど変わらないが、刃の部分が鉄の棒になっており、十ほどの節がついている。宋の時代、甲冑の発達で、剣を使う機会がへり、鞭が多く使われるようになった。甲冑の上からでも、強打すると、敵に大きなダメージをあたえることができるからである。

不当に投獄された孫立は、怒りくるっていた。馬をあおって敵中に躍《おど》りこみ、左右に鞭をふるってなぎ倒す。甲冑の上から打たれても骨がくだける。容赦ない攻撃に、血が飛びはね、悲鳴がとどろいた。

城門をかためる扈成《こせい》は、これまた槍をふるって、逃げようとする者、かかってくる者をかたはしから突き倒す。鄒潤《すうじゅん》は部下を指揮して、楊《よう》知州の家族たちを斬りまくり、彼がたくわえておいた銀を五千両ほど、それに絹やら馬やらをすべて運び出した。

そのころ、欒廷玉《らんていぎょく》はどうしていたか。

彼は扈成に三百名の兵をあずけた後、夜を待って登雲山の裏手にまわった。まず斥《せっ》候《こう》の兵を出して報告を待つ。

「たしかに細い道があって、見張りはおりませんでした。上までいくと、楓の木が二本、立っておりました」

「よし！」

勝ったも同然、と、欒廷玉はうなずいた。五百の兵を山の表側にまわして敵の退路を絶たせ、みずからは千二百の兵を率いて、丹楓嶺への山道を登る。四半刻ほどで、二本の楓の木までたどりついた。

「かかれッ！」

号令して突っこんだが、さえぎる者はひとりもいない。人影ひとつ見あたらないのだ。

「しまった……！」

扈成の計略にかかったことを、欒廷玉はさとった。かくては登州城が危ない、と、急ぎ帰城を命じ、正面の木戸から飛び出すと、待機していた兵たちが、賊の突出と思いこんで、矢の雨をあびせてくる。あわてて「味方だ！」と叫んだときには、すでに百名以上の兵が斃《たお》れていた。そこへ一騎の影が猛然と躍りかかってくる。孫立である。

「錚《ジャキン》！」

はげしく金属音がひびいて、槍と鞭が激突する。馳せちがった二騎は、馬首をめぐらして、ふたたび激突した。

火花を散らすこと七、八十合、孫立がやや押され気味と看《み》てとって、阮小七《げんしょうしち》が三つ股の叉《さ》をかまえ、馬に飛び乗って加勢する。

三騎が巴になって風をおこし、さらに二十合ほど渡りあったが、欒廷玉は防ぎきれなくなった。槍を一旋《いっせん》させて敵を牽制《けんせい》すると、馬首をめぐらして逃げ出す。

「こらあ、待たんか」

どなったのは阮小七だが、追おうとはせず、孫立と顔を見あわせて、にやりと笑った。欒廷玉が二、三里走っていくと、

「お師匠！」

前方に飛び出して路《みち》をさえぎったのは扈成である。馬から飛びおりて、路上に平伏した。

「おわび申しあげます。たいへんなご無礼をいたしました」

欒廷玉は荒い息をついた。

「拙者も愚か者よな。一度めは旧友に、二度めは弟子に、まんまと謀《はか》られて、身の置きどころもないありさまだ。いったいなぜ、おぬしほどの良家の子弟が山賊の味方になったりした？」

問われた扈成は、祝家荘の陥落から今日にいたるまでの事情を、要領よく説明した。

「こういうわけで、私は彼らの同志になったのです。万《ばん》やむをえぬこととはいえ、師をあざむくとは、弟子として赦《ゆる》されぬこと。いまはお心のままにご成敗くださいませ」

欒廷玉は溜息をついた。

「おぬしを斬ったところで、いまさら詮《せん》ないこと。登州にも帰れず、たよりになる人もおらぬ。槍一本さげて辺境へおもむき、再起の秋《とき》を待つとしよう」

「お待ちください。師匠は武勇の誉《ほま》れ高く、あっぱれな技倆《うでまえ》をお持ちなのに、登州ごときで奸賊にこき使われてご満足ですか。あまりにも、もったいのうございます」

「奸賊と申したか」

「師匠、お考えください。そもそも、天下に賊多しといえども、民をしいたげ、私腹を肥やす真の賊はどこにいる、と、お考えでしょうか」

「…………」

「天下を乱す真の賊は、おそれ多くも、朝廷に巣食って、栄華をほしいままにしております。私も、以前は梁山泊の一同を、天下の賊と思っておりましたが、意外や、弱きを救い、強きをくじく好漢たちでございました。私の妹も、梁山泊の頭領のひとりとなり、討死をとげたそうでございます」

「何とそうであったか」

欒廷玉は目をみはる。

「朝廷が賊の根源とあっては、国が保てるはずがございません。遠からず大乱がおこり、天下は麻のごとく乱れましょう。そのときまで、よき土地に拠点をすえ、天下に打って出る機会をお待ちになってはいかがですか」

「そんな場所がどこにあるというのだ」

「ここに」

扈成が即答して、周囲をめぐるように手を動かす。

「登雲山に登って賊になれというのか」

「真の賊がどこにいるかは、つい先刻、申しあげました。師匠は私に令箭を渡し、結局のところ賊と謀《はか》って登州城を陥《おと》したことになります。つまり、すでに賊となり、天下のどこにいようとも追われる身。それより、思いきって登雲山の一党となり、貪官《たんかん》汚吏《おり》をこらしめ、不義の財を奪って、すこしでも良民たちの害を除くべきと存じます」

扈成の熱弁は、欒廷玉を動かした。だが、急なこととて、にわかに決心がつかない。

欒廷玉はうめいた。

「……しかし、つい先刻まで官軍の将であったわしを、登雲山の一党が受け容《い》れてくれるだろうか」

「もちろん！」

複数の声が応《こた》える。見ればいつのまにか、孫立、阮小七ら五人の男女が路上にひざまずいている。

「ぜひとも、われらが一党の総首領となり、天に替わって道を行なってくだされ」

拝伏するのに、欒廷玉は馬を飛びおり、孫立の手をとって立たせた。こうして、かつて梁山泊の総首領・宋江《そうこう》をして、「たったひとつの失敗は、好漢・欒廷玉を味方に加えられなかったことだ」と歎《なげ》かせた猛将は、登雲山の一党となったのである。

これが、「梁山泊の余党再結集」の第一歩であった。一同は打ちそろって登雲山に登り、山上であらためて名乗りあい、「良民を害さず」との誓約をかわした。すでに陽は高くなっている。

登雲山の山頂に、高々と「替天行道」の旗がひるがえった。七人の頭領——席順は、欒廷玉、孫立、阮小七、扈成、孫新、顧大嫂《こだいそう》、鄒潤となったが、彼らは大いそぎで寨を新築し、三重の柵や木戸をもうけ、武器をととのえ、馬を買いこみ、兵を募《つの》った。

「義兵を募《つの》る」

との布告に、いまの世に不満を持つ登州、済州《さいしゅう》一帯の若者たちが馳せ参じ、三ヵ月の間に二千人に達する。孫立らが彼らをきびしく調練し、「掠奪は不義の財のみ。けって良民を害さぬこと」と徹底させたため、周辺の官軍もおいそれとは近づかず、治安はかえってよくなったくらいである。

三ヵ月後のこと、斥候の兵から報告があった。

「富裕な商人らしき一行が、街道を通過中。馬車六台に、人夫は二十人ほど」

阮小七が張りきった。

「遠慮はいらないようだな。おれが出かけていくよ」

欒廷玉は指示した。

「孫新君、おぬし、同行してよく探ってほしい。もし、報告がまちがいで、小商人だったら見逃してやってくれ」

「心得ました」

阮小七と孫新は、つれだって五十人ほどの部下をしたがえ、山を駆け下った。見れば、たしかに富裕そうな一行である。宰領しているのは、つばの広い、房をつけた帽子をかぶった男で、岩のごとく頑丈《がんじょう》そうな巨体。帽子のせいで顔はよくわからないが、長く重そうな棒を突きながら、一行の先頭に立って、早足に歩いていく。

阮小七と孫新は、顔を見あわせてうなずきあうと、大男の前に躍り出た。

「おい、どこへいく。ここを登雲山と知って、あいさつもなしに通りすぎる気か」

大男は足をとめた。

「山賊野郎、人をよく見て商売するんだな。この棒をくらえ！」

どなるなり、棒をうならせて打ちかかってきた。阮小七も銅づくりの叉《さすまた》をふるって突っかけ、宙に火花を散らす。とたんに両者、異口同音に、

「アイヤー！」

あわてて跳び離れた。声をあげたのは孫新である。

「何だ、杜興《とこう》君じゃないか」

大男は、梁山泊の生き残りのひとり、杜興だったのである。巨体に加え、子どもが見れば泣き出しそうにこわい顔をしているが、じつは温厚な男で、庶務を処理する能力に長じていた。

思わぬ出会いに、三人は抱きあって喜んだ。孫新が問う。

「杜君、どうしてここへ？　いや、話が長くなりそうだから、我々の寨へ来て、ひと休みしていかないか」

「やれやれ、どうしてもあんたらは平凡な庶民にはなれないらしいなあ」

笑いあいながら山を登る。荷車と人夫たちは山の下に残り、手下たちが監視する。

山上に到った杜興はおどろいた。

「こりゃおどろいた。扈家荘の若旦那と、祝家荘の欒師匠じゃありませんか。いったい全体どういうことで？」

「李家荘《りかそう》の杜総管《そうかん》だね。まったく、妙なところで再会するもんだ」

扈成が笑顔をつくった。

杜興は李家荘の主人ではない。総管、つまり支配人であった。主人の李応《りおう》は杜興にたいていの仕事をまかせて、武芸の習得に熱心だった。事業の才覚は豊かだったが、それ以上に武芸を好み、とくに槍と飛刀《ひとう》の技は、欒廷玉でさえ舌を巻くほどだった。杜興は全面的にその信頼を受けて、庶務を処理し、使用人たちを監督し、財産を管理していた。主従というより朋友《ほうゆう》のような仲だったのだ。

荷物を強奪するはずが、たちまち宴会となった。山の下で待たされている人夫たちにも酒と肉が運ばれたのは、顧大嫂の配慮だ。

阮小七が早くも酔っぱらって歎く。

「ああ、帰順なんかせずに、ずっと梁山泊にいたら、どんなに愉快だったろうな」

「小七さんはそうでしょうな」

「おれだって、まじめに働いて、おふくろをやしなっていたんだぜ。それが悪徳役人のおかげで、故郷をすてて、このありさまさ。杜さんも気をつけたがいい。どんな難《なん》癖《くせ》をつけられるか、知れたもんじゃないぜ」

「うん、充分、気をつけよう」

そこで孫立が、口をはさんだ。

「杜さん、すこしゆっくり滞在していかないか。今度またいつ会えるか、わからんし」

「ありがたいが、旅の予定が遅れているんで、主人（李応）が心配してる。明日、発《た》たせてもらうよ」

「それならしかたないが、旅の先は？」

「都さ。東京開封府《とうけいかいほうふ》だよ」

「だったら、すまんが、ひとつ頼まれてくれんかね」

「ああ、いいとも」

この依頼が杜興を無実の罪におとしいれることになろうとは、双方、予想もしなかった。

III

開封の都は、繁栄のただなかにある。高く厚い城壁、それをめぐる広大な濠《ほり》には、人や物資をつんだ大小の舟がひしめいている。橋を渡れば他人の肩にぶつからずにはいられない。

杜興《とこう》は十軒ばかりの取引先を訪ねて、商品を渡し、代金を受けとった。だが二軒ほど、「二、三日待ってくれ」と哀願され、しかたなく待つことになった。観光でもするか、と思ったところで、思い出したのが孫立《そんりつ》の依頼である。

「義弟の楽和《がくわ》に手紙をとどけてくれ、といわれたな」

楽和は孫立の妻の弟だ。歌の名人で、王都尉《おうとい》という大貴族の邸宅にいるはずである。杜興はさっそく王都尉の邸宅を訪ね、門から出てきた虞候《ぐこう》（用人）に一礼して告げた。

「わたくし、済州の者で、楽和とは旧《ふる》い知りあいでございます。杜興といっていただければ、すぐにわかるはずで……」

虞候は杜興を上から下まで見た。

「そういうことなら、私についてきなさい。楽和はいま殿さまと碁を打っているところだから、伝えてきてやろう」

杜興はべつに疑いもせず、虞候についていて邸内にはいった。みごとな庭園を歩んでいいったが、杜興は風流心のすくない男なので、名花名石のつらなるありさまを見ても、感心はしない。さぞ高価だろうな、と思うだけである。

「ここで待っていなさい、すぐ呼んでくる」

王都尉の邸宅で、楽和は厚遇されているはずだった。専属の歌手で、話相手、遊び相手である。王都尉は徽宗《きそう》皇帝の女婿《むすめむこ》で、身分も高ければ大富豪でもある。

「気楽に暮らしてるんだろうな」

杜興がついうらやましくなったとき、荒々しい足音がひびいて、棒をかまえた男が五、六人、杜興を包囲した。

「こいつは楽和の知人だ。痛めつけて、やつの行方を白状させたらよかろう」

杜興は目をむいた。

「これくらいの人数なら……」

と思ったが、大貴族の邸宅で役人相手に暴れては、本物の罪人になってしまう。しかたなく、おとなしく曳《ひ》かれていった。

裁判の間に引き出された。開封府尹《いん》、すなわち首都の知事兼裁判長の前に引きすえられて尋問がはじまる。

「汝の持っていたこの手紙は何だ!? 梁山泊の残党から残党へ、さっさと逃げ出せという内容だぞ。銀子までそえてある。汝も一味であろう」

「私めは手紙をとどけるよう頼まれただけで、内容はまったく存じません」

「頼まれた、ということは、関係があるからではないか」

「金銭《かね》をもらって頼まれただけでございます」

こうなったのには理由があった。登雲山に阮小七《げんしょうしち》がたてこもったことに、朝廷は狼狽《ろうばい》し、布告を発した。

「梁山泊の生存者は、ことごとく拘禁して宣誓書をとるべし」

との通知である。噂を小耳にはさんだ楽和は、一瞬のためらいもなく、銀子だけを持って王都尉の邸宅から逃げ出した。銀子がなくなっても、彼には世にまれな美声と歌唱力がある。どこへ行っても食べていける。とにかくつかまってはならない。

楽和が姿をくらましてから二日たって、開封府尹が王都尉の邸をおとずれ、梁山泊残党の引きわたしを要求したが、とっくに逃げ出したあと。やむなく引きさがった。

ところへ、何も知らない杜興がのんきにやって来たので、王都尉は彼をとらえ、開封府庁へ送りこんだのである。開封府では、杜興をとらえ、尋問したが、らちがあかないので拷問にかけた。しかし、いくら鞭打たれても、杜興は歯をくいしばり、知らぬ存ぜぬで押しとおした。開封府ではもてあまし、五日後に判決を下した。

「楽和の逃亡が先で、杜興の逮捕が後。したがって杜興は無関係であるが、梁山泊の残党と相識《あいし》るは不とどきなり。よって三百里の遠島処分とする」

まるきり無罪放免とはいかなかった。流刑《るけい》の期間も判然としないまま、都から東へ三百里の判決となる。額に刺青《いれずみ》をいれられ、鉄の首枷《くびかせ》をはめられて護送されることになった。

「何の罪も犯してないのに、とんだ災難だ」

杜興はぼやいたが、事情を知った李応が相当額の銀子を送ってくれたので、それを役人たちに何両ずつか渡し、典獄《てんごく》（刑務所長）には二十両を奮発した。

囚人は、入獄のさい「殺威棒《さついぼう》」と呼ばれる太い棒で百回、たたかれることになっている。だが献金の効果いちじるしく、殺威棒はごめんこうむることができた。

「やれやれ、しかたない、ここで何ヵ月かすごすことになるか」

杜興は、李応が救出してくれる日を待って、せいぜい快適に暮らすことにした。典獄への袖の下が効《き》いて、あたえられた労役は天主堂《てんしゆどう》の番人。獄神を祠《まつ》って香をあげたり掃除をしたりするだけの楽な仕事である。それでも杜興はまじめな男だから手をぬくことなく仕事につとめた。

それを典獄が目にとめた。彼は杜興のまじめな仕事ぶり、謙虚な態度に感心し、また罪が無罪同様のものであることを知って同情した。そこで、典獄は杜興に破格の待遇をあたえた。囚人の身分はそのままながら、自分の従僕《じゆうぼく》にしたのである。これで、囚人たちばかりか看守たちまで、杜興に一目も二目もおくようになった。

杜興はもともと大富豪の支配人をつとめていた男である。顔に似あわず、機転もきくし、礼儀もわきまえている、計数にも通じている。

こうして杜興は囚人の身ながら、いたってのんびりと生活を送ることができるようになったが、それも長くはつづかなかった。災厄は思わぬ方角からやってきたのである。

Ⅳ

典獄は何年か前に正妻を亡くした。その後、再婚はせず、若い側室《そくしつ》を置いている。名を玉娥《ぎよくが》といい、なかなかの美女であった。

美女なのはけっこうだが、老齢の典獄にあきたらず、欲求不満でいたところへ、杜《と》興《こう》があらわれた。この女が、杜興に色目を使いはじめたのだ。杜興は女性にもてる型の男ではなく、もてたいとも思っていなかったから、無視した。

美女が非美男に振られるという奇妙な状況も、ほどなく一変した。ある日、役人のひとりが来客の名刺を持ってきたのだ。名刺を一読して、典獄は立ちあがった。

「わしの甥《おい》だ。すぐ通しなさい」

あらわれたのは馮舎人《ふうしやじん》という。舎人とは名ではなく「若殿さま」という尊称になる。まだ二十歳そこそこで、色が白く、身体はすらりとして、武骨な杜興とは正反対の、甘ったるい美貌の貴公子であった。

これも、貴公子というだけならけっこうな話だが、都でも知られた好色漢で、済州にやって来たのも、女遊びの騒ぎが原因だった。朝廷の高官の令嬢に手を出したので、ひと騒動おこり、ほとぼりがさめるまで都を離れるよう、父親に命令されたのである。

玉娥も舎人も、若く美しく、好色で欲求不満である。義理の伯母と甥として対面したのが、典獄をふくめて三人、運のつきであった。

会わせてはいけなかったのだが、典獄は、囚人である杜興を信用して秘書にするようなお人好《ひとよ》しである。若いふたりに、

「身内だからな。よけいな遠慮はせんでいいよ」

などといって、ふたりの内心にはまったく気がまわらなかった。ふたりの眼中に、

もはや典獄はない。隙を見ては流し目をくれあい、すばやく手をにぎる。男女の件に関しては、まったくうとい杜興でさえ、あやしいぞ、と気づくのに二日はかからなかった。

杜興は典獄に、玉娥と馮舎人の仲があやしいことを報《しら》せようかと思ったが、性格上、密告などは好まないので、困惑してしまった。

そのうち典獄に、知州から出張命令が下った。河東《かとう》方面へ、往復十日というところである。

「杜興、留守をしっかり頼むぞ」

「かしこまりました」

「玉娥、馮百花《ひやつか》の世話をよろしくな」

「もちろんですとも。どうぞお気をつけて、いってらっしゃいませ」

このとき玉娥の眼は妖しく光っていたが、典獄は気づかない。百花とは馮舎人の本名で、もちろん玉娥は、義理の甥の世話をよろしくするつもりである。

だいじな公務出張の直前に騒動をおこすわけにもいかず、杜興は玉娥と舎人の件を言いそびれてしまった。

典獄がいなくなると、さっそく露骨な不義密通がはじまった。寝室の前を通ると、

昼間から、

「おばさま、ぼく、あなたのこと……」

「かわいい子ね」

とのやりとりと熱い吐息が扉ごしに洩《も》れてくる。杜興からすれば、「けっ」といいたくなるところである。

しかし、不義は典獄の家の私事である。杜興としては多忙な公務に専念せねばならなかった。逃げ出せばよかろうに、と思うところだが、脱走は重罪である。主人の李《り》応《おう》をはじめ、多くの人に連座の迷惑がかかる。典獄が帰ってから証拠をそえて堂々と告発しよう、というのが、杜興の考えであった。

十日ほどたったころである。杜興は城外の馬糧庁《ばりようちよう》を視察してもどってきた。馬糧庁は軍馬のまぐさの倉庫だから、事故や盗難でもあったら騎兵隊が動けなくなる。軍の重要な拠点である。

とある酒舗《しゆほ》の前を通りすぎようとして、杜興はいきなり声をかけられた。

「意外なところで遇《あ》うもんだなあ、杜さん」

振り向くと、店先の卓に、三十歳前後の精悍そうな男がすわっていた。

「やあ、楊林《ようりん》さんじゃないか」

楊林もまた、生き残った三十三人のうちのひとりである。杜興はなつかしく、大よろこびで彼とおなじ卓についた。

「杜さん、額に刺青《いれずみ》があるが、あんたみたいに律義な人が何をやらかしたんだね」

「いや、それが、ばかばかしい話で」

苦笑しながら、杜興は、これまでの経緯を楊林に語った。

「たしかにそりゃ、ばかばかしい話だな。としたら、こんなところで囚人あつかいされてることもなかろう。協力するから、脱走したらどうだい」

杜興は首を横に振った。

「おれが脱走したりしたら、主人にも典獄にも迷惑がかかる。はれて放免されるまで、もうすこし辛抱するよ」

「あんたらしいな」

「それより、あんたはどうなんだ？　兄貴分の裴宣《はいせん》どのといっしょに、飲馬川《いんばせん》へもどった、というような話を聞いたことがあるが、故郷で何をしてるのかね」

楊林は説明した。

「おれと裴宣哥哥《あにき》は、征伐のごほうびに役人にしてもらったが、兄貴は上役でも不正を見すごしにできない性質《たち》だろう？　ひと月もたたぬうちに、上役と衝突して辞表をたたきつけちまった。おれはというと、自分ひとり役人をやっててもしようがないので、哥哥といっしょに辞めちまったよ」

「それも、あんたたちらしい話だな」

「それでもって、ふたりして飲馬川へもどって、二ヵ月ほどは気楽に暮らしていたんだが、そこでもまたやらかしちまって……」

十人ばかりの役人を負傷させて、飲馬川にたてこもった。ここへ来たのは、見るからに金持ち風の旅人を尾《つ》けてきたのだという。

「梁山泊が恋しいよ、杜さん。まったく、宋《そう》頭領は何でまた、あんなに帰順したがったんだろうな。おれたちみんな、朝廷づとめなんてまっぴらだからこそ、梁山泊に集まったんじゃないか」

「おれも不思議だがね、楊君、宋頭領の帰順欲求には、みんな不満を持っていたけど、あの人に背《そむ》かなかったじゃないかね」

「考えてみりゃ、そのほうが不思議だな」

「ま、天界でさだめられたことだ。しかたないさ」

「天界でさだめられたことなら、もうすこしいい目を見せてほしいね」

「まったくだ」

そのとき、遠くの路を、ぶらぶらと馮舎人が通りすぎていった。楊林がささやく。

「おれたちが狙いをつけているのは、あいつだよ」

「や、それはこまる。典獄の甥で、とてもかわいがってるんだ。おれはきらいだがね。ここはひとつ、見逃してやってくれんかな」

「ふうん……」

楊林は腕を組んで考えこんだ。

「わかった、裴宣哥哥には事情を説明して、今回はあきらめよう」

「そうしてくれるか、すまん」

「なあに、不義の財はどこにでもころがっているさ。と、そう決まったら、飲馬川に帰らなきゃならんな」

「二、三日ゆっくりしていかんかね」

「裴宣哥哥が待ちかねているから、はやく報告してやらないと。いずれ、ふたりで遊びに来るよ」

「楽しみにしてるよ。道中、気をつけてな」

ふたりは名残りを惜しみつつ別れたが、杜興が牢営にもどると、思いもかけぬことが待っていた。気むずかしい表情で、帰ってきたばかりの典獄が告げたのだ。

「お前の秘書役を解いて、馬糧庁の番人にする。気分も変わるだろうし、いささか役得もあろうから、すぐ出立せい」

杜興はすぐに、玉娥の讒言《ざんげん》が原因だとさとった。拒否できるはずもない。だが、杜興がいなくなった後で、玉娥と馮舎人が何をたくらむか知れたものではない。

「おおせにしたがいます。ただ、どうかご身辺にお気をつけくださいますよう」

短くあいさつして、杜興は去るしかなかった。

典獄は寂しい気分でいたが、急に執務中に胸が苦しくなった。仕事を中断し、奥でひと休みしようと玉娥の房室《へや》の前を通りかかると、扉から、笑い声が聞こえてくる。

「ぼくはおばさまと絶対に離れないからね。爺さんは、ぼくを都に帰したがってるが、もどるもんか」

「そうよ、都よりずっと遠くへ出るのは、あの爺さんのほうよ。帰れぬ旅に出して、杜興のやつに罪を着せてやればいいんだわ」

典獄は逆上した。胸の苦痛も忘れ、力いっぱい扉を推《お》す。房室へ飛びこむ。

「この売女《ばいた》！　わしをどこの旅に出すというんじゃ！」

抱きあっていた玉娥と舎人は、あわてて離れた。典獄が舎人の襟《えり》をつかむ。舎人はうろたえて典獄の手を振り払い、力まかせに壁にたたきつけた。

典獄はうめき、何とか立ちなおろうとする。その後頭部に、玉娥が花瓶を振りおろした。典獄は咽喉《のど》の奥で「ぐっ」とうめき声をあげ、床に倒れこむ。

玉娥と馮舎人は、蒼ざめた顔を見あわせた。

何も知らない杜興は、典獄に別れのあいさつをしようと、牢営へやって来た。と、楊林が門のそばで待っていて、思いもかけないことを告げた。典獄が死んだ、というのだ。あわてて杜興は牢役人に面会した。

牢役人は、じろじろ杜興を見た。

「お前、運がよかったな」

「は？」

「典獄が亡くなったのは、朝のことだ。お前がそのとき邸にいたら、舎人たちに殺人の罪を着せられていたにちがいないぞ。さっさともどって、かかわりないようにすることった」

杜興はすべてをさとった。

V

杜興《とこう》は役人の忠告を諾《き》かず、典獄の書斎にはいった。典獄は一枚の戸板の上に、丸太のように寝かされている。杜興は涙を流し、礼として四回、叩頭《こうとう》した。遺体を検《あらた》めようとしたとき、玉娥《ぎょくが》と舎人がはいってきて、杜興は追い出されてしまった。杜興は楊林《ようりん》に告げた。

「おれは典獄に恩がある。犯人どもをのうのうとさせてはおけない。仇を討ってやるつもりだ」

「それはいいが、城内で仇討ち騒動などおこしたら逃げられない。どうせ、やつら、これを機に遁走《とんそう》するに決まっているから、おれたちにまかせておけ」

杜興はうなずいた。

楊林の見立てどおり、ふたりは、典獄の遺《のこ》した銀子、玉娥がもらった珠玉や装身具、衣類などをまとめ、馬と轎《かご》をやとい、旅装をととのえて出立した。馮《ふう》舎人の父親の邸に逃げこんでしまえば安全だ、と思っている。

二日ほど旅をつづけると紫金山《しきんさん》のふもとに到った。しばしば野盗が出没するところだ。遠まわりすれば安全だが、一刻も早く都に着きたい。

馬蹄の音がしたので、愕《ぎょっ》然として振り向くと、弓矢をたずさえた、たくましい男が二騎、ふたりを追いぬいていった。だが、いくらもたたぬうち、二頭の馬は飛ぶように駆けもどってくると、高らかに風を切る音。馮舎人はただ一矢で咽喉をつらぬかれ、声もなく馬上から転落した。

ふたりの男が馬から跳《と》びおりる。従者たちは轎を放り出し、わっと悲鳴をあげて逃げ散った。ふたりは轎の戸をあけ、玉娥を外へ引きずり出す。

「助けて、お金銭《かね》は全部あげるから、どうか生命だけは」

玉娥が叫ぶと、男のひとりが、ひややかに言い放った。

「自分の生命が惜しいなら、その前に他人の生命をだいじにするんだな」

抜刀するや、一閃、玉娥の美しい首は苦痛を感じる暇もなく地にころがった。

ふたりは馮舎人と玉娥の旅荷の縄を切り、三千両あまりの銀子を用意の袋におさめた。ついでに馮舎人の騎《の》ってきた馬の手綱《たづな》を引き、おそってきたときと同様、風のように走り去った。

記すまでもなく、このふたりは楊林と裴宣《はいせん》であった。二里ほど走って、林のなかで待機していた杜興と合流し、そのまま飲馬川へと向かう。

飲馬川は、その名のとおり川だが、周囲は山と森にかこまれ、四季の風景が美しい。山賊の旧《ふる》い寨あともある。三人は、ここにあらたな寨をきずき、混濁の世にさからうことを決めた。

「それにしても、まず人数を集めなくてはな」

「おれと杜さんが出会ったように、梁山泊の同志にばったり出くわさないもんかね」

「そんなうまい話があるもんか」

ところが、あったのである。

杜興が流刑にあったからには、主人の李応《りおう》が連座するおそれがある。杜興は楊林とともに済州へ行って、李応と家族を飲馬川へ招くことにした。その途中の城市《まち》で、梁山泊の同志・蔡慶《さいけい》とばったり出会ったのである。蔡慶は、済州で李応が梁山泊の残党として投獄されたことを知り、ようすをさぐりにいく途上だった。楊林は語った。

「李応どのが済州の獄につながれてしまったので、杜興はとりあえず家族と家財とを飲馬川へ護送していった。おれは済州へ行って、李応どのを獄から救出しようと考えているんだが、ひとりではどうにもならないところだった。会えてありがたいよ」

「李応どのがそんな目にあっているのだから、ぜひ助け出さなきゃならん。もちろん協力するが、どうするかは決まってるのかい」

「ああ、計画は立ててあるんだ」

ふたりは済州の城市に着くと、李応の情報を集めた。李応は大富豪で、「一銭たりとも不義の財は持たない」と断言している。投獄されても、自分の無実を主張する一方、現実的に、獄卒たちに銀子をばらまいて拷問をまぬがれていた。

楊林と蔡慶は偽の官服を用意して牢獄へ行き、李応との面談を申しこんだ。

獄卒は李応からたんまり握らされているので、むげに拒するわけにもいかない。門をあけ、楊林と蔡慶を獄内にいれた。李応は独房で憮然《ぶぜん》として坐《ざ》していたが、ふたりを見て仰天する。楊林は小声でささやいた。

「ご心配なく、ご家族と家財は、もう杜興さんが飲馬川に護送していきました。もし都へ送られたら、生命があぶない。ここはひとつ腹を決めて、飲馬川に行ってください」

李応はしばらく考えこんでいたが、うなずいた。

「わかった。もう俗世にはいられない。梁山泊よふたたび、だ」

李応は牢役人を呼んで銀五両をあたえ、知人が来たので宴会を開き、役人たちの労をねぎらいたい、と告げた。あとはおさだまりの順序だ。牢番たちを酒に酔わせて鍵をうばい、自分たちが出たあと、ふたたび鍵をかける。

蔡慶は提灯《ちょうちん》をさげ、李応と楊林は六尺棒を持って夜警になりすまし、楽々と城外へ出ることができた。

「こんなことなら、もっと早く出ておくんだったな」

暁の光のなかで三人は笑いあった。

十里ほど歩くと、酒舗があった。昨夜の宴会は牢番たちを酔いつぶすためだったから、三人はほとんど飲食していない。

「朝からやっているとは、ありがたい。ひと休みしよう」

三人は店にはいった。酒に牛肉、ゆで卵、焼餅、包子《パオズ》などを注文したところへ、新客があらわれた。

五十歳ほどの、いかめしい髭をたくわえた高級軍人だ。五人の家将《かしょう》（郎党）をしたがえている。

「者ども、さっさと注文して食え。わしは息子を殺した賊どもを斬りきざむまで何もいらん」

三人はあやうく箸《はし》をとりおとすところだった。あわてて食べ終え、支払いをすませる。

そこへ息を切らして飛びこんできた飛脚夫が、高級軍人に何ごとかささやいた。

「何ッ、李応が脱獄したと!?」

「さようで、それも、いま店を出ていった三人づれのなかに李応がおりました」

「おのれ、わしのかわいい息子を殺した仇。追いかけて斬りきざんでくれるわ」

馮舎人の父親・馮彪《ふうひょう》であった。剣を抜き放ち、五人の家将を率いて走る。

「李応、待てッ」

その声に振り向くと、馮彪ら六人は武器を手に、背後にせまっている。とりあえず近くの林に飛びこむと、飛脚夫の叫び声が聞こえた。

「たしかに李応です」

「よけいなことをいうやつだ」

李応はとっさに周囲を見まわし、地上にころがっている松の大枝をひろいあげた。ひとりの家将に大枝をたたきつけると、たまらず朴刀をとりおとした。すかさず楊林がそれをすくいあげる。李応はさらに松の大枝で馮彪をひとなぎした。よろめいた馮彪が立ちなおろうとしたところを、楊林が朴刀で胸を刺しつらぬく。

悪徳役人としてその名も高かった馮彪は、思わぬ時に思わぬ場所で生命を落とすことになった。

家将たちは主人を殺されて動転したが、馮彪の剣をうばった李応が、ひとりを斬り

すてると、かなわぬとばかり逃げ出した。飛脚夫もころげるように逃げ出したが、

「このおしゃべり野郎!」

楊林の投げつけた朴刀を背中に突き立てられて、地に倒れる。

李応ら三人は、その足で飲馬川へ向かい、五日ほどで無事に到着した。裴宣と杜興が大喜びで一行を迎える。

「私は家業も再建できたので、これ以上、望むこともなかった。しかし、天は、梁山泊の一党に安息をあたえたまわぬと見える。されば、心をかためて、替天行道の旗を立て、汚れた朝廷と対峙《たいじ》しよう」

こうして、登雲山よりややおくれて、飲馬川にも「替天行道」の旗がひるがえることになった。

連日、屋舎や木戸や柵を建て、兵を編制したが、ひと月たったころ、もと梁山泊の下士官だったという男がひそかに訪ねてきた。

「熊勝《ゆうしょう》と申します」

「おお、そういわれれば顔に見おぼえがある。我々の同志になってくれるのか」

「その前に、お願いがあります。畢豊《ひっぽう》という男をやっつけてください」

「どんな男かね?」

そこで熊勝の話を聴くと、飲馬川からほんの十里ばかりのところに、竜角岡《りゅうかくこう》という山があり、佑聖観《ゆうせいかん》という道教寺院があった。長い歴史を持ち、参詣客《さんけいきゃく》も多かったが、畢豊が乗りこんで道士たちを皆殺しにし、殺人、掠奪、女性の拉致など悪のかぎりをつくしているという。

さっそく李応たちは少人数の兵をつれて竜角岡に潜入し、畢豊を討ちとって民の害をとりのぞくことにした。

戦いにもならなかった。畢豊はぶざまに逃げ、五百人の部下は熊勝に率いられて降伏した。もともと、いやいや畢豊にしたがっていた連中だ。

こうして飲馬川の兵力は一挙に七百人をこえた。

第三章　陰謀

I

李《り》応《おう》たちに別れを告げ、百両の銀子を餞別《せんべつ》に受けとった蔡慶《さいけい》は、妻と老母の待つ北《ほっ》京大名府《けいたいめいふ》への道をいそいだ。

虎峪寨《こよくさい》という城市《まち》に着いたのは、三日めのことである。北京大名府と北方の要地をつなぐ街道上にあり、人口も多く、旅人の往来も盛んで、にぎやかな街並みだ。祭りでもあるのか、広場の左右にやぐらが組まれ、色とりどりの布で飾りたててある。

「何やら祭りでもあるのかね」

蔡慶の問いに、見物人のひとりが答えた。

「これから法術合戦がはじまるのさ。無料《ただ》だから、あんたも見物していったらどうだね」

蔡慶は法術合戦などにたいして興味はなかったが、食事どきでもあり、路傍《ろぼう》の卓に席をとった。適当に酒と料理を注文して、見物としゃれこむことにする。

東のやぐらには、魚尾冠《ぎょびかん》をかぶった道士が上っている。金帛《きんぱく》をちりばめた、高価そうな服を着こみ、やぐらの下には十人ばかりの弟子がひかえていた。

西のやぐらに立つ道士を見て、蔡慶はおどろいた。梁山泊《りょうざんぱく》の生き残りのひとり、混《こん》世魔王《せいまおう》・樊瑞《はんずい》だったからである。

「混世魔王のやつ、故郷に帰ったと聞いていたが、こんなところで芸当なんかやっているのは、どうしてだ」

また視線を動かすと、もっともよい席に、ひとりの官人がすわっている。この場合、官人とは役人のことではなく、「土地の顔役」という意味だ。長いあごひげに、貫禄《かんろく》のある顔と身体。年齢は四十歳ぐらいか。

官人が立ちあがり、あいさつする。

「本日、おふたりの先生のご光臨をいただいたのは、まことの幸せ。あつまった方々も、おふたりの妙法をごらんになって、末代までの語りぐさにしていただきたい」

東のやぐらの道士は、自信満々だった。

「それがし、姓名は郭京《かくけい》と申す。今上《きんじょう》の帝《みかど》の師、林霊素《りんれいそ》先生の一番弟子にて、いま西のやぐらの外道《げどう》、むこうみずにも術を闘わせようとあっては、座視《ざし》すべからず。もし、それがしが勝ったときには、彼奴《きやつ》を召しとり、良民をあざむいた罪を、かならず、つぐなわせる所存」

樊瑞のほうは腰が低かった。

「私めは諸国修行のおり、たまたまこの土地にて郭京先生にお目にかかることができました。闘いなど、とんでもない。ぜひ、お教えを乞いたく思っております」

法術合戦がはじまった。

郭京という道士は、侍者のささげた剣を、そっくりかえって受けとると、空中に符を描き、口に何やら呪文をとなえる。と、にわかに天地がかきくもり、太陽が光をうしなったと見るまに、東南の方角で一陣の狂風が巻きおこった。空に雷鳴がひとつとどろく。と、突然、一頭の白い虎が出現し、ひと声咆《ほ》えると、樊瑞に飛びかかろうとする。だが、一尺あまりのところで急に停止し、樊瑞の身体に爪先さえ触れることができない。

「業畜生《ごうちくしょう》、ただちに本性をあらわせ！」

樊瑞が一喝《いっかつ》すると、虎は一瞬で一枚の紙きれに変わり、ひらひらとどこかへ飛んでいってしまった。

それを見た郭京は、憤然として鈴を鳴らす。すると今度は黒い大蛇があらわれた。口先から毒煙を吐き、赤い舌をちらつかせながら、樊瑞の身体に巻きつく。

「あっ」

蔡慶は思わず腰の刀に手をかけ、見物人たちもどよめいた。だが、樊瑞は平然たるもの。手で大蛇の咽喉をつかみ、ふっとひと息、吹きかけると、たちまち一本の縄に変わる。やぐらの下に投げすてると、見物人たちは、どっと歓声をあげ、蔡慶も刀から手を放した。

郭京は憤怒《ふんぬ》の形相ものすごく、両手を空中にひろげて、またも呪文をとなえる。と、無数のくまん蜂が空いっぱいにひろがり、無気味な音をたてて樊瑞を包囲し、おそいかかった。

樊瑞は平然たるもの。袖のなかから何やら小石らしきものを取り出すと、北の方角へ投げた。とたんに雷鳴がとどろきわたり、滝のような大雨が降りはじめたかと見ると、数万のくまん蜂は雨滴と化して溶けこんでしまった。見物人たちの身体には一滴の水もついていない。

「はあー、たいしたもんだ。いまのも法術だか」

人々はおどろきあきれるばかりだ。

三連敗を喫した郭京は、恥ずかしさにこそこそやぐらから下りて逃げ出そうとしたが、見物人たちが承知しない。

「こら、負けっぱなしで逃げるのか」

「これは法術合戦だろう？　あっちの道士先生が術を見せてくれる順番だぜ」

騒ぎはどんどん大きくなる。しかたなく郭京がやぐらの上にもどると、樊瑞は袖の中から桃の種を取り出し、見物人に頼んで、やぐらのそばに穴を掘ってもらい、種を植えた。一杯の水をかけ、呪文をとなえると、たちまち桃の芽が出てきて、みるみる成長し、一本の大樹になる。花が咲き、実がなる。

樊瑞がまた呪文をとなえると、花のひとつが大きく開き、そこから絶代の美女が出現した。楚々《そそ》たる道服をまとった美女は、宙に浮かびながら、桃の実をもぎとり、郭京にほほえみかけた。

「妾《わたし》は西王母《せいおうぼ》におつかえする司香玉女《しこうぎょくじょ》。この仙桃《せんとう》を、そなたにとどけるよう命じられました。どうぞ召しあがれ」

郭京は玉女の色香に迷い、ふらふらと彼女に向けて手をのばし、桃を受けとろうとした。と、玉女の姿は忽然《こつぜん》と消え、郭京は、はでな音をたててやぐらの上から地上へころげ落ちた。

見物人たちは手を拍《う》って笑い、樊瑞の法術をたたえ、郭京の醜態をあざけった。郭京が泡を噴きながら運ばれていき、見物人たちが散ってしまうと、蔡慶は樊瑞に近づいた。

「よう、おみごとな術を見物させてもらったぜ」

「おぬしがいるのは気づいていたよ。術くらべなんぞ、ばかばかしいが、無理にやらされちまった」

「まったく、たいした術だ」

「やめてくれ、公孫勝《こうそんしょう》先生の足もとにもおよばんよ。それより、さっさと城市《まち》を出よう。あの郭京というやつ、報復《しかえし》を考えてるにちがいないからな」

「あの大官人は？」

「おれもよくは知らんが、趙良嗣《ちょうりょうし》とかいって、奸臣・童貫《どうかん》の腹心。金《きん》国や遼《りょう》国との外交をめぐって、何やら暗躍しているらしい。とにかく、もう無縁になりたいね」

そこで蔡慶と樊瑞は城門へと向かったが、すでに夕刻で門が閉められつつある。しかたなく宿をとって、翌朝、開門とともに出ていくことにした。

一方、自業自得の郭京は牀《ベッド》でうなりつづけていたが、そこへ枢密使・童貫からの使者がおとずれたので、痛む身体をようやく起こして礼をほどこした。枢密使とは、後世でいえば軍事担当副首相ともいうべき重臣である。

「郭京どのですな」

「ご負傷のようだが、いかがなされた」

「さ、さよう……あいたた」

「それは……名も知れぬあやしい道士めが、邪法を用いて拙者を痛めつけたのでござる」

「はて、郭京どのは道術・法術の名人とうかがったが、なぜそのあやしげな道士を返り討ちになさらなかったのか、解《げ》せませんな」

郭京は赤面して反論できない。使者は苦笑して、

「ま、それはよろしい。このたび、聖上（皇帝陛下）の師であられる林霊素大先生のご推挙で、郭京どのを枢密府で登用することになり申した。そこで拙者がお迎えにあがった次第。お身体が痛むであろうが、なるべく早く、ご同行ねがいたい」

「わかり申した。林霊素大先生のお呼びとあらば……あいたた」

「それにしても、その道士は何者であろうかな」

使者が首をかしげると、趙良嗣が、ひとりの男をつれて入室してきた。

「失礼、この男が何やら使者どのに申しあげたい儀があるとのことで、つれてまいった」

使者は男を見すえた。

「何を申したいのか」

「あの道士は、たぶん梁山泊の残党です」

「何ッ!?」

痛みも忘れて、郭京は叫んだ。

II

「どうしてそれがわかる？」

「私めは枢密府の馮彪《ふうひょう》さまの部下でして、馮彪さまは先日、梁山泊の残党どもに殺害されました。その残党どものなかにいた男のひとりが、今日の見物人にまじっておったのです。法術合戦のあとで、その男と道士が、したしげに話をしていたのを、たしかに見ました」

「まちがいはあるまいな」

「男の名はわかりませんが、顔はまちがいございません」

会話を聞いていた郭京《かくけい》は、興奮のあまり牀《ベッド》からころげ落ちた。

「そ、それでわかり申した。拙者を痛めつけたやつは、梁山泊の妖術使いであった公《こう》孫勝《そんしよう》めにちがいござらぬ。彼奴《きやつ》めをとらえれば、大手柄でござるぞ、趙大官人《ちよう》」

「ううむ」

「ためらっている場合か。公孫勝は梁山泊の大幹部でござった。それと知って逃げられでもしたら、趙大官人の大失態になってしまいますぞ」

「よし、わかった。しかし、公孫勝は妖術の達人と聞く。うかつには手を出せぬが、いかがいたそう」

「それは拙者におまかせなされ」

郭京は樊瑞《はんずい》を公孫勝と思いこんでいる。その「公孫勝」に負けたくせに、と趙良嗣《りようし》は内心、苦笑したが、妖術だの法術だのになると、郭京にまかせるしかなかった。

「よろしいかな、妖術使いが苦手なのは、犬や豚の血と人間の汚物、ニンニクの汁。彼奴が眠っているところへ、これをぶっかけたら、身動きひとつできぬ。簡単につかまえることができ申す」

「汚物……」

趙良嗣と使者は顔をしかめたが、郭京は傷の痛みを忘れたように張りきった。

一方、郭京の報復を予測した樊瑞は、寝る前に土をこねて人形《ひとがた》のようなものをふたつつくると、ひとつを蔡慶《さいけい》に渡した。

「用心のためだ、今夜は服をぬがずに寝よう」

「こりゃ何だね」

「我々の身替りさ」

灯を消してまもなく、室外に人の気配がした。梁山泊で百戦錬磨のふたりは、すぐ目をさまし、房室の隅にひそんだ。闖入者《ちんにゅうしゃ》たちは、ふたりの姿にも気配にも気がつかない。

忍び寄った樊瑞が、ふっと息を吹きかけると、郭京はたちまち目をまわし、ばったり牀の上に倒れた。

樊瑞と蔡慶は、開いたままの扉から外へ出る。

「これからどうするかね、混世魔王」

「とりあえず飲馬川《いんばせん》に身を寄せるしかなさそうだ。途中、おぬしの家に寄って、家族をつれていこう」

ふたりは闇にまぎれて立ち去った。

一方、兵士たちは、牀をとりかこみ、血と汚物をまぜたものを牀一面にぶっかけ、麻紐で厳重にしばりあげた。臭さと汚なさをこらえて外へ出る。

趙良嗣の邸まで引きずってくると、

「お前らが縛ったのは、わしだ！」

大声でどなるので、兵士たちが松明《たいまつ》を近づけてみると、たしかに郭京、全身、血と汚物まみれだったのでおどろいた。

「これも妖術師のしわざと見える。ああ、臭い、汚ない、はやく洗ってやれ」

趙良嗣の命令で、郭京は全身を洗われ、服も着替えさせられた。

「おのれ、二度までも、公孫勝めが」

くやしくてたまらないが、二度もひどい目にあったのも自業自得。たてつづけにしてやられたのも恥ずかしく、もはや口をきこうとしない。

「我々は北京大名府へいって、童《どう》枢密（枢密使・童貫）にお目にかかるといたそう」

使者が鼻をつまみながら言い、趙良嗣も同じことをしながらうなずいた。

童貫は梁山泊の宿敵ともいうべき存在である。二度にわたって梁山泊を攻撃し、ついには総首領の宋江《そうこう》と副総首領の盧俊義《ろしゆんぎ》とを毒殺した。阮小七《げんしようしち》などが童貫に出会ったら、あとさき考えず朴刀でぶった斬るにちがいない。

その童貫は、いまや十五万もの大軍をひきいて北京大名府に駐屯している。

この当時、宋《そう》の北方では風雲が急を告げていた。

契丹《きったん》族の遼、女真《じょしん》族の金。二ヵ国が北アジアの覇権をかけて抗争のさなかだったのである。遼も金も、一国だけで敵を亡ぼすことはできず、宋を自分の陣営に引きこもうとして、必死の調略戦をまじえていた。

宋の朝廷では、

「旧交の遼につくか、新興の金につくか」

両派に分かれて、議論がつづいている。

蔡京《さいけい》も童貫も悩んで決心がつかなかったが、そこへあらわれたのが李《り》良嗣という人物であった。これこそ、後の趙良嗣である。

李良嗣は童貫を熱心に説得した。彼の主張は、「金と同盟して遼を亡ぼす」というものであった。

「金国の勢いは、まさに東に昇る太陽。遼は西に沈む太陽でございます。金軍を利用して遼を亡ぼし、我々はその間隙《かんげき》に、かつて遼に奪われた領土を回復すればよいのです」

短くまとめればそういうことだが、李良嗣の弁舌はすばらしく巧みで、童貫や蔡京だけでなく、徽《き》宗《そう》皇帝もその気になった。童貫には十五万の大軍をあたえ、李良嗣には国姓《こくせい》(皇室の姓)をあたえて、以後、趙良嗣と名乗らせることにしたのである。たいへんな名誉であった。

で、この趙良嗣が、よせばいいのに郭京をともない、使者とともに北京大名府に駐屯している童貫のもとをおとずれたのが、宣和五年(西暦一一二三年)八月のことであった。

北京は後世の北京《ペキン》とはちがう。黄河《こうが》の北岸に建設された城市《まち》で、別名を「大名府」という。当時の宋では、黄河より北で最大の都市であった。童貫は、今後の作戦計画を相談するため、趙良嗣を呼んだのだが、飲馬川の話を聴いて仰天した。

童貫はうめいた。

「李応《りおう》は梁山泊でも最高級の幹部だった。宋江や盧俊義と同様、毒殺しておけばよかったのだ。こたびは馬俊《ばしゅん》を都統制に任じて二千の兵をあたえる。李応以下、飲馬川の賊どもをことごとく誅殺《ちゅうさつ》せよ」

九月にはいって、すぐのことだ。馬俊は部下の張雄《ちょうゆう》や郭京らと兵二千をひきいて、飲馬川に押しよせた。だが飲馬川はもともと険《けわ》しい上に、李応のもとで完全に要塞化されている。攻撃法に悩んでいると、敵の陣頭に李応が馬に騎《の》ってあらわれた。左右に樊瑞と楊林《ようりん》がひかえている。郭京は樊瑞を指《さ》して、

「おのれ、公孫勝のえせ道士めが、今日こそは逃がさぬぞ。馬前の塵《ちり》にしてくれよう」

　樊瑞は哄笑《こうしょう》した。

「地獄にいきそこねた亡者が、何をぬかす。おれが公孫勝とは、お笑いぐさだ。お前が本物の公孫勝先生に出会っていたら、とっくにあの世いきだったんだぞ」

　郭京は激怒し、馬腹を蹴って樊瑞におそいかかろうとした。馬俊は、素人《しろうと》の郭京が逆上するのを制止し、張雄に出馬を命じる。

　張雄は長刀を振りかざして李応に斬ってかかった。李応は槍をしごき、十五、六合わたりあったところで、武器を引いて馬首をめぐらす。

　張雄は逃がさじとばかり、馬を駆って猛然と追いすがる。李応は振りかえりざま、背中におびた飛刀を抜きとり、宙を裂く勢いで投げつけた。

　飛刀術、天下無双。ねらいたがわず、張雄の左肩をつらぬく。張雄は長刀を取り落とし、馬首にしがみついて必死に逃げもどる。樊瑞と楊林は、すかさず兵士たちに命じ、一気に攻めかかった。

　馬俊はささえきれず、官軍の兵士たちは大混乱におちいった。たがいに突きとばし、踏みつけあって、おびただしい死傷者を出す。七、八里も逃げまどって、ようやく態勢をたてなおし、点呼《てんこ》してみると、三百人に近い兵がうしなわれていた。

馬俊は意気消沈して、翌日、援軍を求めることにした。その夜は陣をもうけて、早々と寝ることにする。

李応は意気揚々と帰陣したが、そこではおどろくべき客人が彼を待ち受けていた。


「おお、公孫勝先生ではありませんか。それに朱武《しゅぶ》どのも。法術と軍略をきわめたおふたりが、いらしてくださるとは、飲馬川はもはや天下無敵でござる」

彼の前には、ふたりの道士がいる。ひとりは公孫勝、ひとりは朱武。梁山泊の生き残りであることは、もちろんである。公孫勝は梁山泊百八頭領の序列第四位で、法術をきわめて功績はかず知れず。朱武はもともと少華山《しょうかざん》の賊だったが、軍略・用兵術の達人だった。

梁山泊の戦いが終わった後、公孫勝は故郷の二《に》仙山《せんざん》に帰り、朱武は公孫勝の弟子となって、ともに道教の修行につとめ、すっかり世すて人となり、旧《ふる》い同志たちとの交流は絶えていたのだ。

「いや、李応どの、あたたかく迎えてくださったのはありがたいが、飲馬川にとどまるつもりはござらん。じつは、ちと妙なことがありましてな」

「と、おっしゃると？」

そこで朱武が説明した。

九月九日、重陽《ちょうよう》の節句。秋のさなか丘に登り、紅葉や菊花を愛《め》でつつ宴を開く風習がある。ふたりは二仙山の道教寺院である紫虚宮《しきょきゅう》を出て丘の上でささやかな宴をもよおした。椰子酒《やしざけ》、松花飯《まつのみめし》、乾したたけのこ、消梨《みずなし》などで飲みかつ食べ、漁鼓板《ぎょこばん》をたたきつつ歌をうたう。漁鼓板というのは、楽器の一種で、両端を魚の皮でふさいだ竹の筒を、紐でつないだ二枚の板でたたいて鳴らす、いたって簡単なものである。

何曲か歌い、かつ飲んで楽しくやっていると、ふいに紫虚宮が騒がしくなった。五百人ほどの兵士に包囲され、つぎつぎと道士たちがとらえられている。

おどろいた公孫勝と朱武が隠身《いんしん》の術を使って身をかくし、近づいてみると、兵士をひきいた男が、口ぎたなく道士たちを詰問していた。

「さあ、とっとと白状しろ。公孫勝をどこに匿《かく》した？　それとも、どこに逃がした」

「丘の上におられるはずですが……」

「どこにもおらんわ。この郭京さまを甘く見るなよ。公孫勝めは妖術でもって虎峪寨を騒がせ、また飲馬川の李応と組んで馮彪父子を殺害した大悪党なのだ。きさまら、その一味とあれば、ただではすまぬ。痛い目にあうのを覚悟しておけ！」

郭京は兵士たちに命じて、道士たちを連行し、さらに紫虚宮じゅうの金目のものを掠奪させて立ち去った。

「先生、大悪党とは、やつのことです。見逃してよろしいのですか？」

朱武がささやくと、公孫勝は、ささやき返した。

「彼らは官軍だったから、なぜこのようなことになったか、事情がわかるまで、うかつに手は出せぬ。しかし、わしはこの二、三年、二仙山から出たことはない。妖術だの殺人だのと、身におぼえのないことだ。どうなっておるのか」

「私が先日、香を買いに山をおりたとき、城市で噂を聞きました。最近また飲馬川に盗賊があつまって、相当、強いのだそうです。もしかしたら、それが李応どのの一党かもしれません」

「うむ、ありえるな」

「とりあえず飲馬川へ行って、事情をたしかめてみては、いかがでしょう」

「それがよかろう。もう二仙山にはおれぬし、道士たちも何とかしてやらねばならぬしな」

……というわけで、公孫勝と朱武は、三日の旅で飲馬川へとやってきたのだった。

III

「……なるほど、そういうわけでござったか」

たがいに語りあい、語り終えるうちに、夜になっていた。

「考え、図《はか》ってこうなったわけではござらんが、もと梁山泊で義を結んだ兄弟たちが、こうしてあつまってくるというのは、天意としか思えませぬ。公孫勝《こうそんしょう》先生、朱武《しゅぶ》どの、ぜひこのまま飲馬川におとどまりあって、我らをご指導ください」

李応《りおう》の言に、公孫勝は無言。朱武が応《こた》える。

「我らはすでに世すて人。いまさら戦火に身をさらそうとは思いません。公孫勝先生がお疲れのようだから、一夜の宿だけお借りして、明日は仙境を求める旅に出ようと存ずる」

「しかし……」

「むろん無料で泊めていただこうとは思わぬ。きちんと宿代はお支払いします」

もとの軍師・朱武はそういって、李応たちに何やら説きはじめる。

深夜、戦い疲れて眠りこんでいた官兵たちは、突然の喊声《かんせい》にはね起きた。

「夜襲だ！」

火矢が飛びかい、陣幕が炎上する。馬に鞍《くら》をおくひまもなく、甲冑をまとういとまもない。一方的に官兵たちはなぎ倒され、逃げまどい、賊兵たちの刃を血に染める。

馬俊《ばしゅん》は飛びおきて甲冑だけは身につけた。槍をつかんで本陣から躍り出たものの、

「総大将は、きさまか!?」

一喝とともにくり出された李応の槍が、馬俊の胸をつらぬいた。

張雄《ちょうゆう》は甲冑もつけげず、剣も持たず、必死で逃走する。樊瑞《はんずい》は馬を騎《の》りまわし、官兵たちを槍でたたき伏せながら、

「郭京《かくけい》、出て来い！」

呼ばわったが、応答はなかった。

張雄は、わずかな敗残兵をひきつれて、しおしおと童貫《どうかん》のもとにもどり、敗戦を報告した。激怒した童貫は、みずから二万の大軍をひきいて飲馬川を討伐しようとしたが、そこへ都から急報がもたらされた。

「北方で金軍と遼軍が激突し、遼軍は大敗して、皇帝は行方不明となりました。このままでは遼の旧領土はすべて金国のものとなってしまいます。枢密使におかれては、一刻も早く、ご出馬のほどを」

童貫はあわてて北方遠征にとりかかった。もはや飲馬川の盗賊どころではなく、大軍をひきいて北方へと出撃していった。

この夜襲計画が、朱武のいう「一夜の宿代」だったわけだが、大勝利をえた飲馬川では、引きとめようとする李応たちと、立ち去ろうとする公孫勝たちとの間で、押し問答がくり返された。だが、それも思わぬ形で決着がついた。

飲馬川の奥に、白雲坡《はくうんは》という土地がある。ふたつの滝が飛沫《ひまつ》をあげ、その飛沫には虹がかかる。緑色の苔《こけ》むした石がかさなりあい、老松《ろうしょう》がかぞえきれないほどそびえて、その間を涼風が通りぬけていく。絶景の地だ。だめでもともと、と、李応は公孫勝たちをそこへ案内した。すると、公孫勝は、すっかり白雲坡が気に入り、朱武ともにここに住むことを承知した。滝の前の平地に質素な草庵《そうあん》が建てられた。

こうして、飲馬川には、李応、裴宣《はいせん》、楊林《ようりん》、杜興《とこう》、蔡慶《さいけい》、樊瑞、公孫勝、朱武と、梁山泊の生き残りが八人そろうことになった。

北方の政治的・軍事的情勢は、急流化していた。宋の朝廷のだれもが想像していたより、金軍は、はるかに強かったのである。

金軍は単独で遼軍を倒せない、だから宋軍と盟約を結んだのだろう。だれもがそう考えていた。事実はちがった。金軍は単独で、遼・宋の両軍を倒すだけの実力をたくわえていたのである。

金軍の東元帥（東部方面軍総司令官）・斡離不《オリブ》は、前皇帝の次男であったため「二《に》太《たい》子《し》」と称されていたが、弟の「四太子《したいし》」兀朮《ウジュ》を副元帥として出陣し、遼軍二十万を撃滅して都をおとし、皇帝を捕虜とし、万里《ばんり》の長城周辺の雲州《うんしゅう》、武州《ぶしゅう》など十州を占領した。

一度そこで斡離不が軍をとどめたのは、盟約によって、長城以南の幽州《ゆうしゅう》など六州と燕京《えんけい》は宋軍が占領することになっていたからである。童貫は自信満々で遼軍に攻撃をしかけた。遼軍はすでに潰滅状態にある。かるく勝利して六州を占領し、歴史的な大功をたてようと考えていた。

宋軍は遼軍におそいかかった。

負けた。

潰滅寸前の遼軍にも負けるほど、童貫のひきいる宋軍は弱かったのである。童貫はあわてた。このみっともない敗北には、朝廷からの重罰が待ち受けているであろう。そこで童貫は金軍に密使を派遣し、自分のかわりに遼軍と戦ってもらうことにしたのである。

斡離不はあきれたが、童貫が莫大な謝礼を約束したので、軍をひきいて嵐のごとく南下した。完全に遼軍を潰滅させ、六州を占領して、それを童貫に渡してやったものである。

「二哥《アルコー》、気前がよすぎやしないか」

二哥とは「二番めの兄上」という意味だが、不服そうにいったのは兀朮である。斡離不は笑って答えた。

「童貫はいったぞ、六州の土地以外はすべて持っていってよい、とな。そうさせてもらおうではないか」

土地だけは持ち去ることができない。童貫が六州に乗りこんだとき、現地の財宝、食糧、牛馬など、あらゆる物資は金軍に持ち去られていた。そればかりか、住民もほとんど連行されていた。金国は、広大な新領土を開拓する労働力を必要としていたのである。

童貫が手にいれたのは、無人の荒野であった。しかし、形式的には、「遼軍を破って六州を得た」ということになる。

童貫は不名誉な事実をかくし、大いばりで「凱旋《がいせん》」してきた。そのなかに、例の趙良嗣《ちょうりょうし》もふくまれていたのである。

いまや趙良嗣は、本物の大官人であった。侍御史《じぎょし》という高位の官につき、高価な馬に騎《の》ってきらびやかな官服をまとい、大勢の部下をひきつれて、黄河の渡津《わたしば》へとさしかかる。

馬上から周囲の風景をながめわたしていた趙良嗣の視線が、ふと一点にとまった。渡津の建物の近くにすわりこんでいた人影に、見おぼえがあるような気がしたのである。

「あの者をつれてまいれ」

趙良嗣に命じられて、兵士たちがつれて来たのは、ひとりの花子《ものごい》だった。いや、花子同然のみじめな姿だが、まちがいなく郭京である。趙は、恐縮しきりの郭京から、これまでの話を聴いて、舌打ちした。何とも役に立たぬ男である。

「どうにもしようのない男だな。これ以上、親しくしても、ろくなことはなさそうだ。といって、一時は友人としてあつかった仲。花子にまで落ちぶれたのを見すてるのも後味が悪い」

考えた末、一通の書面をしたため、三十両の銀子をそえて郭京に手渡した。

「これを持って、建康府《けんこう》（後世の南京《ナンキン》）に行きなさい。そこに王朝恩《おうちようおん》という公子がおられる。大臣の王黼《おうほ》閣下のご長男だ。この書面で、遊び相手として推薦しておいたから、邸へ入れてくださるだろう。くれぐれも腰を低くしてな」

「何と御礼を申しあげればよいのやら」

「荷物を運ぶ従者も必要だろう」

そこで汪五狗《おうごく》という下級兵士に、郭京のおともを命じ、別れていった。

郭京は身体を洗い、服を着替えて道士の姿になると、たったいままでの苦労も忘れ、そっくりかえって歩き出した。汪五狗は荷物をかついでついていく。何日かの旅の後、

「ここは天長県《てんちようけん》です。河の向こうは、もう建康府ですよ」

河ひとつ、といっても長江《ちようこう》である。百人乗りの船が往来し、対岸も見えない。日も暮れかけたので、渡江は翌日のことにして、その日は宿をとろうとした。ところが、せいぜい三、四十戸のささやかな集落で、半数は農家、半数は漁家、宿といえば貧相な商人宿が一軒あるだけだ。郭京と汪五狗は、選択の余地もなく、その宿にはいる。

「今夜の宿をたのむ。それに飯だ。酒と肉があったら、たっぷり出してくれ」

郭京がどなると、ずいぶん待たされたあげく、老人が奥から出てきた。病身だとかで、卓の上に、酒を一升、米を二升、煮こみ野菜ひと皿を置くと、

「わしゃもう寝《やす》むで、飯を食いたきゃ、自分で炊《た》いてくだされや」

と言って、すぐに引っこんでしまった。

郭京は腹を立てたが、どうしようもない。ふと気づくと、汪五狗の姿もない。とたんに心細くなって、そのまますわっていると、やがて汪五狗がもどってきた。どなりつけてやろうとしたとき、よい匂いが鼻をつく。

「どこで何をしておったんだ」

「飯をつくっていたんですよ」

汪五狗は灯火をともし、卓上に、茶碗と大皿、それに杯をならべた。ほかほかの白飯が山盛り、大皿には何と、肥えた鶏が丸ごとのっている。

「鶏なんかいたのか」

「すぐ近くにね。さあ、どうぞ、旦那」

「気のきくやつだ、よしよし、お前もいっしょに食っていいぞ」

ふたりが夢中で飲み食いしていると、突然、扉が開いて、ふたりの男がはいってきた。

「鶏どろぼうめ、こんなところにいやがった」

荒々しく踏みこんできた。汪五狗の胸ぐらをつかむ。

「何をしやがる」

「決まってる。お官衙《やくしょ》に突き出すんだ。さあ、来やがれ」

郭京がわめく。

「ひかえろ。愚民ども、わしは帝《みかど》の師、林霊素《りんれいそ》大先生の一番弟子だ。うかつなことをすると、ただじゃすまんぞ」

「林霊素も森霊素もあるもんか。たとえ天子さまだって、他人の鶏を盗んでいいって法はねえだろう」

揉《も》みあっていると、客室のひとつから若い男が出てきた。郭京たちの先客らしい。

「まあまあ、あまり騒ぎなさんな。こちらの方は、鶏を買うつもりだったが、だれもいなかったので、先に食べてしまったのだ。お前さんは代金がほしいだけだろう？　この銀子をあげるから、放してあげなさい」

一銭の銀の小粒を渡す。鶏を三羽は買える金額だ。男たちは態度を変え、郭京と汪五狗を放して出ていった。

Ⅳ

郭京《かくけい》は若い客人に礼を述べた。

「いや、おかげで助かりました。ご姓名をうかがえますかな」

「名乗るほどの者ではありませんが、尹文和《いんぶんわ》と申します。建康への旅の途中です」

「ほう、拙者も建康へまいるところです。明日は道づれということになりそうですな。じつは拙者は郭京と申しまして、林霊素《りんれいそ》大先生の一番弟子。王黼《おうほ》大臣閣下の御曹子からお招きをいただいたものです。銀子は明日、お返しします」

「あのていどのこと、お気にかけるにはおよびません。私はすこし疲れておりますので、先に寝《やす》ませていただきます。どうぞごゆっくり」

尹文和が引きとった後、郭京と汪五狗《おうごく》は食事を再開し、鶏の骨までしゃぶりつくして、ようやく満足した。

一方、自室に引きとった尹文和は、牀《ベッド》にもぐりこんで考えた。

「人助けのつもりだったが、よけいなことをしたかな。あの郭京という男、極悪人ではなさそうだが、信用できないところがある。用心してつきあったほうがよさそうだ」

一夜が明けると、旅のなりゆきというもので、三人はそろって宿を出た。郭京は、尹文和が若く、容貌もおだやかで、機知に富み、会話もたくみなことが気に入った。汪五狗に対しても、いばることがない。

長江を渡ると、建康に着く。後世の南京《ナンキン》である。往古《むかし》の六朝《りくちょう》時代の帝都で、人口は多く、商業と長江の水運が盛んで、名所旧蹟も数知れない。

こりるということを知らない郭京は、神楽観《しんがくかん》という道教寺院に宿をとって、「童《どう》枢密の親友だ」とホラを吹き、宴会を開かせて大いに飲み食い、騒ぎまくった。

翌日にはさっそく王朝恩《おうちょうおん》の邸宅をたずね、趙良嗣《ちょうりょうし》の親書をしめして面会を求める。王朝恩は世間知らずで遊び好きの坊ちゃんなので、たちまちふたりは仲良くなった。郭京が宿にもどると、尹文和がめずらしく元気がない。

「どうかなされましたか、尹どの」

「いや、あてにしていた知人が転居してしまっていたので、これからどうしたものか思案していたところなのです」

「ほう、それはそれは」

郭京は同情しつつ、胸中で思案をめぐらした。

「ここで別れてしまってもかまわんが、この尹文和という男、為人《ひととなり》もおだやかだし、機転もきく、話もおもしろいし、歌はめっぽううまい。おそらく名家のお伽衆《とぎしゅう》でもつとめていたのだろう。こいつを、おれの弟子ということにして、いっしょにつれていけば、おれの株もあがるというもの」

そこで尹文和を説得し、汪五狗に荷物を持たせ、王朝恩の邸宅へとって返した。

王朝恩は、郭京の言いなりである。郭京と尹文和にそれぞれりっぱな房室《へや》をあたえて滞在させ、汪五狗にも使用人用の小部屋をあたえた。あとは毎日、宴会つづきで、尹文和の歌はとくにお気に入りだった。

そうこうするうちに春になった。清明節《せいめいせつ》である。

王朝恩は、郭京と尹文和をつれて、燕子磯《えんしき》に遊びに出かけた。燕子磯は建康の北の城外にあり、長江に面した景勝地である。万花が咲き乱れ、江上には鳥が舞い、人々が遊びたわむれたり食事をしたりしている。建康第一の行楽地なのだ。

突然、郭京が声を張りあげた。

「公子、仙女が天下りましたぞ」

王朝恩と尹文和は、郭京の指さす方向を見やった。絶世ともいえる美女がふたり、これまた、十五、六歳のたぐいまれな美少年を先に立てて歩いている。好色な王朝恩

はたちまち涎《よだれ》を垂らさんばかり、

「どこの何者か、調べてすぐに報告せい」

と言いつけた。

ここで尹文和が色を正した。

「あのいでたちやものごしを見るに、良家の婦女であることは明白。めったなことはできません。殿のご体面にもかかわりましょう」

「ふーん、そうか、後日めんどうなことになってもこまるな。見るだけで、がまんするか」

王朝恩はあきらめたが、郭京は執念深い男だ。酔っぱらって散歩するふりをしながら、ねらいの一行を追跡した。

「尹文和のやつめ、せっかく弟子にしてやったのに、いい人ぶって説教なんぞしおって。気にくわんやつだ。この先も、じゃまをせんとはかぎらんから、二、三日のうちに追い出してやろう」

と、胸中につぶやく。

「しかし、何者の家中かな。母親と、その妹と、息子というところかな。女たちもだが、あんな美少年、見たこともない。王朝恩なんぞにくれてやるのは惜しい。おれひとりのものにしよう……しかし、尹文和のいうことにも一理ある。もし権門《けんもん》の者だったら、ややこしいことになる。たしかめる必要があるな」

執念とはおそろしいもので、郭京は、燕子磯一帯を歩いて、ねらいの一家のことを尋ねまわった。花《か》という姓であること、主人は若くして亡くなったこと、家は雨花台《うかだい》にあるということなどを知ったが、それ以上くわしいことはわからない。さすがの郭京もあきらめかけたが、とある尼寺で茶をふるまわれたとき、おしゃべりな老尼《ろうに》から話を聴くことができた。

「どのような方なのです、あのご婦人は？」

「じつは、もと梁山泊にいらした花栄《かえい》という方の未亡人なのですよ」

「なに、梁山泊!?」

大声をあげそうになって、郭京はあわてて口をおさえたが、たちどころに悪知恵をはたらかせた。老尼には、きびしく口どめをしておき、飛ぶように王朝恩の邸宅に馳せ帰る。

「公子、いいお報《しら》せがございますぞ」

「何だね」

「例の美女たちの正体がわかりました」

「そりゃうれしい。おぬしには、たっぷり礼をはずもう。で、どんな女だった？」

「おどろきなさるな。ひとりはもと梁山泊の頭領で弓をとっては天下一といわれた花栄の未亡人だったのです」

「りょ、梁山泊!?　本当かね」

王朝恩は目をむく。

「本当ですとも。現在、朝廷では、梁山泊の残党をきびしく取りしまるよう、天下に布告を出しておりますな。ここで一隊、兵士を差しむけ、勅命によって花栄一家をとらえ、都に護送する、ということにすれば、さからう者はおりません」

「ちょっとやりすぎのような気もするが……」

「何の何の、相手は梁山泊の逆賊の遺族。公子のお父上は朝廷の大臣。人死《ひとじに》を出すわけでもなし、公子が何をなさっても、とがめる者などおりません」

「それもそうだな」

「しかも、かよわい女子ども。最初はきびしくあたっても、途中からやさしくしてやれば、かえって公子に感謝するでしょう」

「うんうん、たしかに」

「それで、公子、女どもは公子がお好きになさってください。ですが、あの少年は、拙者めにおさげ渡し願わしゅう……」

王朝恩は笑い出した。

「いやに熱心だと思ったら、そういうことか。よしよし、そなたのいうとおりにしよう」

郭京は一隊の兵を引きつれて、亡き花栄の実家に押し入り、花栄夫人、その妹・秦《しん》夫人、その十六歳の息子を、強引に拘束した。

王朝恩邸の東の楼に閉じこめる。すぐには手を出さず、ゆっくり時をかけて想いをとげるつもりだった。

V

そのころ尹文和《いんぶんわ》は、王朝恩《おんちょうおん》の邸を出たところだったが、ひとりの老人に問われた。老人の主人の家族が姿を消したが、知らないか、というのである。それだけでなく、尹文和の顔をじろじろ見ながら、何かいいたげである。

尹文和のほうで、しびれを切らした。

「爺さん、私の顔に何かついてるかね」

「……し、失礼しました。うちの亡くなった大家《ターチャ》（旦那さま）のお知りあいに、似ていらしたもので、つい、お赦《ゆる》しを」

「赦すのどうのと、おおげさなものじゃないが、あんたの旦那さまというのは、どういう人だい」

「……大きな声では申せませんが、もと梁山泊の小李広《しょうりこう》・花栄《かえい》とおっしゃいました」

「なに、花栄どのだって!?」

尹文和のほうが、大きな声をあげそうになった。せきこむように事情を問う。

「それで、三人とも姿を消したというんだね」

「へい」

尹文和は手を拍《う》った。

「そうか、読めた。あの郭京《かくけい》のやつ、つくづく無法なやつだな。三人とも、悪だくみで王公子の邸につれこまれたにちがいない」

「そ、そんな無法な」

「無法だから無法者というんだ。爺さん、心配いらない。私の本名は楽和《がくわ》といって、梁山泊の生き残りなんだ。あんたの旦那さまの義兄弟だよ」

さよう、尹文和とは梁山泊の頭領のひとり鉄叫子《てっきょうし》・楽和の偽名だったのである。彼は、阮小七《げんしようしち》の件で身の危険を感じ、すばやく逃亡したものの、あてがなく旅をつづけていた。その後の阮小七や孫立《そんりつ》のことを知っていれば、まっすぐに駆けつけていたところだが、千里も離れて消息がつかめず、まったく別の方角に来てしまったのである。

「もう心配はいらないよ。あんたの御主人一家は、私が助け出してあげるからな」

花信《かしん》という名の老僕が大よろこびしていると、楽和はすばやく思案をめぐらした。まず、知人の消息がわかったからそこを訪ねる、と称して王朝恩に別れを告げる。ひそかに東の楼へいってみると、入口には汪五狗《おうごく》がつまらなそうな顔で見張りに立っていた。

「おぬし、郭京どのに使われて何年になる?」

「あほらしい、つい最近ですよ。あっしは以前、趙良嗣《ちようりようし》大臣のところで下働きをやってたんですが、郭京どのの随従《おとも》をするよう命令されて、以後、そうしてるわけで……」

「何か甘い汁を吸えたかね」

「ご冗談を。いうことばかりでかくて、ケチで、人使いの荒い人なんで、あっしはほとほと、いや気がさしてるんです」

「そうか、それなら」

楽和は懐中から銀二両を取り出すと、汪五狗に手渡した。

「これをとっておきなさい」

「アイヤー、こりゃまた、ありがとうございます」

「そのかわり、といっては何だが、美女たちの顔をおがませてくれんかね」

「どうぞどうぞ」

楽和は楼の二階に上ると、おびえたようすの花栄夫人に礼をほどこした。

「嫂嫂《あねうえ》、ご心配はいりません。今夜のうちに、ここから出してさしあげます」

突然そういわれて、花夫人はとまどうばかりである。

「私は梁山泊の鉄叫子・楽和です。花公子、ずいぶん大きくなられましたな」

花逢春《かほうしゅん》は顔をかがやかせた。

「おぼえています、楽叔叔《おじうえ》。梁山泊では、他の子どもたちといっしょに、よく歌を教わりました。とても愉しかったです」

「よくおぼえていてくれた。だが、いまは往古《むかし》をなつかしんでいる場合ではない。ここから君と母上、叔母上を助け出す。計画はもう立ててあるから、晩まで待っていてくれ」

「はい、おっしゃるとおりにします」

「では後ほど」

夕方になって、楽和は、ふたたび東の楼に姿をあらわした。

「やあ、夕食時だというのにまだ番人か、ご苦労だね」

「ごらんのとおりですよ。いったでしょ、人使いが荒いって」

「そう思って、差し入れを持ってきたよ」

楽和は、徳利《とっくり》を一本と、包みをひとつ、汪五狗に差し出した。

「包みの中には、饅頭《マントウ》やら何やらがはいってるから、食べたまえ」

「ありがたい、ありがたい」

汪五狗は喜々として徳利をかたむけ、饅頭にかぶりつく。と、いきなり、「うーん」とひと声、足を天に向けてひっくりかえってしまった。

楽和は汪五狗の腰から錠をはずすと、東楼の戸をあけた。

「嫂嫂、公子、下へ降りてきてください」

三人はいそいで降りてくる。すでに空には月が出ていた。一同がめざしたのは秦淮《しんわい》河《が》である。長江の本流と建康の城内をつなぐ河で、歴史上、軍事上の要地として何度も戦火がまじえられたが、いまはのどかなものだ。

秦淮河のほとりでは、老僕の花信《かしん》が舟を用意して待機していた。花家の財産も積みこまれている。全員が乗りこむと、舟は岸を離れた。

長江へ出る水門は、夜が明けないと開かない。そこで待機する。舟の上で花栄夫人は何度も楽和に礼をほどこした。

「何と御礼を申しあげたらよいのやら。おかげさまで、花家の一同、一生、御恩は忘れません」

「梁山泊の義兄弟どうし、当然のことをしたまでです。ただ、逃げ出したはよいが、これからどういたしましょうか。嫂嫂には何かご思案はありませんか？」

「さあ、それが、これといって……もし楽さまにお考えがあれば、それにしたがいます」

「では、杭州《こうしゅう》へ向かいましょう。先年、方臘《ほうろう》の乱で荒らされましたが、もうおちつきましたし、何ごとかあれば舟でどこへでも逃げられます。坊ちゃまのご成長ぶりを見るに、さだめし将来の大器、ゆるゆると御立身をはかられることです」

「何とぞご指導をよろしく」

舟は水門を出、長江を下流へと進んでいく。蘇州《そしゅう》の港をすぎ、宝帯橋《ほうたいきょう》をこえ、夕方になると呉江《ごこう》のあたりまで下ったので、そこに舟がかりすべく針路をとった。

そのとき、二艘の舟が荒波をものともせず、こちらの舟に近づいてきた。矢のような速さだ。先立つ舟の舳先《へさき》には、ひとりの男が立っていたが、ヒューッと鋭く口笛を吹くと、手にしていた三つ股の魚扠《やす》を横なぐりに一閃、こちらの船頭を水中にたたきこんでしまった。

「……水賊か!?」

男は楽々とこちらの舟に躍りこんできた。楽和は腰の刀を抜いて立ちはだかる。男が突きこんでくる魚扠を、楽和は刀ではじき返した。夕闇のなかに火花が散る。舟が揺れ、楽和がよろめいたとたん、第二撃がおそいかかってきた。楽和はすばやく手首を返して、それもふせいだ。またしても火花が散る。男は一歩、跳びのいて、夕闇をすかすように楽和を見すえながらどなった。

「そこの優男《やさおとこ》、おぬし何者だ!?」

楽和は聴覚がするどい。相手の容姿よりも声で、正体をさとった。

「おぬし、梁山泊の童威《どうい》ではないか。私は鉄叫子・楽和だ!」

「おう」

男は魚扠を引き、大きく息をついた。

「もうすこし時刻《とき》がおそかったら、義兄弟どうしで殺しあうところだった。あぶない

あぶない」

「私だけじゃない。舟のなかには、花栄どのの妻子がおられる」

「そうか、とにかく、こんなところで長話もできん。おれたちの家へ来てくれ」

そこで一同は、童威の先導で太湖《たいこ》の方角へ舟を向けた。

「よく来てくれた。楽君にはきっといい知恵があるだろう。助けてほしいんだよ」

童威のその言葉で、楽和は、また事件が彼を待っていることをさとったのである。

第四章　新天地へ

I

……時は半年近くさかのぼる。

江南《こうなん》の太湖《たいこ》は、細長い梁山泊《りょうざんぱく》とことなり、ほぼ円形の湖だ。その一部に銷夏湾《しょうかわん》と称される湾があり、千五百年の往古《むかし》、春秋時代の呉王《ごおう》・夫差《ふさ》が絶代の美女西施《せいし》をつれて夏の季節をすごした、といわれている。

千五百年も前の離宮は、いまや影も形もないが、二、三年前から、七人の男たちが土地を買って質素な家を七軒建て、そこに住みついた。湖畔には竹林、橘柚《みかん》の花があり、色彩もあざやかに、ささやかな桃源境をつくっている。

ここに住みついた七人のうち、ふたりには妻がいるが、あとは気楽な独り身のようだ。庶民らしいが金銭《かね》はあるらしく、漁をするでもなく、毎日、のんびりと釣りをしたり、風景を愛《め》でつつ酒宴を開いたりしている。土地の住民から「老官《だんな》」と呼ばれているのは、堂々たる偉丈夫である上に、気前がよいからだ。

太湖は梁山泊よりはすこし小さいが、風光の美しさはまさるであろう。太湖には七十二峰と呼ばれる多くの小島があり、東洞庭山《ひがしどうていさん》と西洞庭山と称されるふたつの島が、とくに有名である。豊かな湖で、多くの魚がとれ、周囲の平野には縦横に水路が走って、米やアブラナの栽培と養蚕《ようさん》が盛んだ。

混江竜《こんこうりゅう》・李俊《りしゅん》は舟の上に立って、大きく手足をのばした。梁山泊で水軍をひきい、官軍の軍船を焼きはらい、無数の官兵の血に刃を染めた日々が虚言《うそ》のようだ。

方臘《ほうろう》討伐で心身を血にまみれさせた李俊は、戦いが終わった後、かえって暗い気分になった。おそらく朝廷内で陰謀がめぐらされ、梁山泊の一党はことごとく亡ぼされるだろうと看《み》てとった。だが、朝廷を妄信している総首領・宋江《そうこう》は、李俊らの意見を容《い》れなかった。

李俊は宋江とけんか別れする気はなかった。とくに気のあった童威《どうい》、童猛《どうもう》の兄弟と語らい、病気と称して上京しなかった。阮小七《げんしょうしち》とおなじである。官位も財宝もいらない、気に入った土地で、のんびりとおだやかな人生を送りたかった。

李俊、童威、童猛を迎えいれてくれたのは、太湖の漁師四人——費保《ひほ》、倪雲《げいうん》、高《こう》青《せい》、狄成《てきせい》である。李俊たちは彼らと義兄弟の杯をかわし、太湖に住みついた。

ここで気楽に生涯を送るつもりでいる。そのつもりでいながら、夜半に夢を見て牀《ベッド》を汗でぬらすことがある。阮小七ら水軍の頭領たちの先頭に立って、軍師・呉用《ごよう》と談判したときの夢。

「朝廷は信用できません。奸臣どもが権力をほしいままにして、悪のかぎりをつくしているのです。宋江大哥《あにき》に決断してもらって、もういちど梁山泊へ——」

李俊は黙然と窓の外を見つめた。雪はやむ気配もなく降りつづく。

千山　鳥の飛ぶこと絶え
万径《ばんけい》　人跡滅す
孤舟　簑笠《さりゆう》の翁
独《ひと》り釣る　寒江の雪に

唐《とう》の柳宗元《りゅうそうげん》の名詩など知らないが、李俊にも多少の風流心はある。

「雪見の酒宴を開こうじゃないか」

六人の義兄弟に、李俊は提案した。雪見といっても、家の中から見るのではない。わざわざ雪の中を外出して、湖を見おろす小山に登って酒を飲もう、というのだから、酔狂《すいきょう》なことである。反対する者もまたいなかった。

七人は笠をかぶり、毛皮の上着をまとい、雪を踏みしめて登っていく。半刻ほどで頂上に着くと、平らな大きい石の雪を払い、火をくべて酒をあたため、魚、酒づけの蟹《かに》、牛肉などをならべる。さながら水墨画に描かれた風景である。

しばらく飲みかつ歌い、寒さを忘れかけたころ。

一同の視界が白くかがやいた。おどろいて見ると、一条の稲妻が小山のふもとに突き刺さった。同時に、耳を割るような雷鳴に一同は伏せる。

好奇心旺盛な一同は、起きあがると、先をあらそうように雪を蹴って、落雷の場所に駆けつけた。雪が熱で溶けた地面に、長さ一尺ばかりの白い石板が落ちていた。何やら文字らしきものが刻んである。

「これはどうやら対句《ついく》のようだな」

「大哥《あにき》、読んで聞かせてください」

そこで李俊は、ひと苦労して文字を読みあげるはめになった。

天に替わって道を行ない、久しく忠義を存す
金鰲《きんごう》の背上《はいじょう》　別に天地有り

「どういう意味です、大哥？」

「わからんよ、おれは文人でも学者でもないぞ。だが、こんな怪異は、きっと天意によるものだ。とくに、一行めの〝替天行道〟は、梁山泊の旗印だった」

「ああ、たしかにそうだ」

と童猛。

「とりあえず、家に持ち帰って、供《そな》えておくとしよう。いずれ、誰か学のある人に読んでもらえばいい」

李俊は、うやうやしく石板を拝すると懐中に入れ、宴を終えて帰宅した。

丁自燮《ていじしょう》は寒さにひとつ身慄《みぶる》いした。友人である呂志球《りょしきゅう》の邸宅で、雪見の宴としゃれこんだのだが、窓を開けると雪が吹きこんでくる。早々に窓を閉めた。

「冬の雷とは、めずらしゅうござるな」

呂志球が炉の上で手をこする。充分に酔って、丸い顔がすでに真赤だ。丁のほうは、ドジョウのような顔にナマズのような髭をはやしている。

「あの雷が落ちたところに、金銀でも埋まっておれば、べつでござるがのう」

「ははは、丁どのらしゅうございますな」

丁自爕は官途《かんと》についているが、母親の喪中で帰郷中の身。呂志球はこの常州府《じょうしゅうふ》の知府《ちふ》である。彼らは「同年《どうねん》」の仲だった。つまり、おなじ年に科挙《かきょ》に合格したので親しく、生涯の友となる例もある。

「それで、呂どの、例の件はどうなりましたかな」

「ああ、あの件でござるか」

丁と呂は、ほくそえみあう。単に同年というだけでなく、両者は深い親しみを誇る仲だった。価値観がまったくおなじだったからだ。いわく「地位は金銭《かね》なり」。賄賂はもちろん、公金の横領、事件解決の手数料、さまざまな謝礼金など、たがいに知恵を出しあって、不義の財をきずいていた。

「うまくいっておりますぞ」

「それはありがたい」

「ですが、利益は……」

「もちろん折半《せっぱん》ですとも」

ふたりは高笑いした。呂志球は職権を濫用《らんよう》して太湖に境界線をしき、漁を禁止する。一方、丁自爕は、布告を出した。

「わしの許可証を受けとった者にかぎっては、境界線をこえて漁をすることを許す。そのかわり、漁獲量の半分はわしのものぞ」

もちろん、丁の発行する許可証は有料であった。

こうして、日本国の琵琶《びわ》湖《こ》の三倍以上にのぼる広大な太湖は、ことごとく丁自燮の「領湖」と成りはてた。

それを知って、李俊と義兄弟たちは激怒した。

「丁自燮のやろうが、この太湖を掘ったとでもいうのか。我々は漁をしなくてもすむが、漁民たちの生活はどうなる。ええい、腹の虫がおさまらんわ。ひとつ、わざと境界線をこえてやろう。丁のやつがどう出るか」

李俊ら七人は一隻の舟に乗りこんで、冬の太湖に乗り出した。境界線のあたりまで来ると、丁家の小舟が十艘あまり動きまわっている。許可証を持ってない漁船は拿捕《だほ》し、持っている漁船からは漁獲量の半分をとりあげていた。李俊らはそのまったただなかに乗りこみ、丁家の舟を三艘ほどひっくりかえして、悠々と引きあげたのである。

報告を聴いて丁自燮はあざ笑った。

「李俊といえば、梁山泊の残党。おとなしくしておれば見逃してもやろうものを、自分から竜の髭を引っぱりに来るとはな。よしよし、相手してやろうか」

呂志球は蘇州府《そしゅう》の知府に通告して、李俊らの逮捕を要請した。ところが、この知府は、めずらしく清廉《せいれん》な人物で、事情を知ると、李俊らにまったく手を出さず、放任しておいた。

呂志球は一度ならず催促したが、相手にしてもらえない。しかたなく、丁自燮のところへ相談に出かけた。

II

「……こういうわけで、蘇州府からは李俊《りしゅん》らの逮捕を拒絶されてしまいました」

「いまどき、正義派ぶるばかな役人がいたものですな。まあ、よろしい。どのみち李俊は放置してはおけぬやつ。こちらで何とかしましょう」

「こ、殺しますか」

「殺したって一銭の得にもなりゃしません。すこしばかり、こづかい稼ぎをして、器のちがいを見せてやりましょう」

二ヵ月ほどたって、常州一帯に布告が出された。「二ヵ月後に常州の城市《まち》で盛大な灯籠祭《とうろうまつり》をおこなう。十三日から十八日にかけて城門を開放するから、人民は大いに楽しむように」

「どうです、李大哥、おれたちも出かけてみませんか」

「そうだな、にぎやかなのは、おれも大好きだ。皆でいってみるか」

すると、慎重派の高青《こうせい》が反対した。

「やめたほうがよいのでは？　丁自爕《ていじしょう》と呂志球《りょしきゅう》が、長いこと手を出してこないのは不気味だ。常州はやつらの本拠地。どんな陥穽《おとしあな》をもうけているか知れたものじゃない。用心したほうがいい」

すると狄成《てきせい》が反論した。

「兄弟、そりゃなかろうぜ。やつらが、おれたちに手を出してこないのは、恐れているからだ。ここで行かなかったら、おれたちのほうが恐れているってことになる」

李俊は鼻の頭をかいた。

「まあ、無理にいく必要はないんだが、これは丁のやろうがしくんだこと。丁を恐れて灯籠祭にいかなかったとなりゃ、世間のいい笑いものだ」

十五日の朝、七人の義兄弟は舟に乗って常州をおとずれた。西門の、人目につかない場所に舟をつないだ。すでに午後である。

夜になって灯籠祭が始まるまでの間にも、おとなしくしていられる連中ではない。

用意してきた酒食を舟中にならべて、一次会とあいなった。

童威《どうい》がいった。

「おれと弟は、灯籠祭にはたいして興味がないから、舟に残るよ。日が暮れたら、西門のあたりを、うろうろしている。変事があったら、すぐ応援にいけるし、退路も確保できるだろう」

「悪いな、そうしてくれるか」

李俊ら五人は懐に短刀をしのばせ、城内にはいろうとひしめきあう人ごみにまぎれて、入城した。

おりから東の空に満月がのぼる。何千という数の極彩色《ごくさいしき》の灯籠がいっせいに点火された。紅、青、緑、紫……と光の輪がかさなりあって、人々の間から歓声がもれる。笛や琵琶の音が流れ、家々の二階からも見物人が身を乗り出す。

花火が打ちあげられて、満月の周囲を飾る。屋台も出て、家々の二階まで、人があふれかえらんばかり。

「来てみてよかったな」

閑静もいいが、たまには人波の中も悪くない。李俊は心地よく酔って、すっかり腰が重くなった。

「もう夜中近い。帰りは太湖を舟で渡らにゃならんし、そろそろ城市を出たほうがいい」

倪雲《げいうん》がいうと、狄成が応じた。

「まだいいだろう。たまにはお祭りさわぎもいいもんだ。さっき、誰かが、今夜も朝まで城門をあけっぱなしだと言っていたし、飲みあかそうぜ」

李俊も腰をあげる気になれない。倪雲と高青は席を立った。

「あんたらは、もうすこし飲んでいくといい。おれたちはひとあし先に西門に行って待ってるから」

李俊たちがさらに飲みつづけていると、ひとりの老人が唱い女《うためめ》をつれて階上へやってきた。李俊たちの卓にくると、琵琶を弾《ひ》き、感傷的な歌をうたいはじめる。李俊は銀の小粒をとり出して渡そうとした。

突然、階下から三、四十人の男たちが駆けあがってきた。手に手に棍棒を持ち、李俊たちにおそいかかってくる。

「しまった！」

短刀に手をかけたときは、すでにおそい。李俊と費保《ひほ》、狄成それぞれの上に四、五人がのしかかっており、身動きできぬ間に麻縄でうしろ手に縛りあげられてしまった。そのまま府庁へ連行される。

「用意のいいこった」

費保が吐きすてる。夜中だというのに、裁判の用意ができているのだ。

「ひざまずけ」

呂志球が傲然と命じたが、李俊たちは胸をそらして立ったままだ。

「我々は梁山泊を出て以来、官軍として北に南に駆けまわった。功こそあれ罪などない。何でひざまずかねばならぬ」

「登雲山《とううんざん》では阮小七《げんしょうしち》ら、飲馬川《いんばせん》では李応《りおう》、公孫勝《こうそんしょう》らが謀反をくわだて、たてこもっておる。しょせん汝らは生まれついての謀反人。ひとり残らず討滅せねば、国家の害たるは必定。ひとまず牢に入れ、いずれ都へ送ることにいたす」

阮小七や李応の名を聞くと、李俊の胸になつかしさが満ちた。それにしても、おとなしくしていられないやつらだな、と思ったのは、自分のことは棚にあげてというものだろう。

一方、高青と倪雲は西門のところまでもどってきたが、五十人ほどの兵士が大声でふれまわっている。

「知府閣下《とのさま》のご命令だ。ただちに門を閉めろ」

ふたりはあわてて城外へ飛び出した。門外では童威と童猛《どうもう》が待っていた。

「李大哥は？」

「まだ飲んでいる。いきなり城門を閉める、と兵士どもが騒ぎだしたので、間一髪《かんいっぱつ》、飛び出してきたんだ」

「おそらく何かあったな。しかたない、朝になってまた城門が開くのを待つとしよう」

城門が開くと、四人はまっさきに駆けこんだ。街は灯籠祭のあとかたづけが始まっており、うわさでもちきりである。

「梁山泊の残党が三人、つかまって牢につながれたとよ」

四人は胆を冷やした。話しあって、童威が代表して牢獄のようすを見にいくことにする。童威は府庁の前まで来て、牢獄の場所を確認すると、ただちにおもむいた。牢番たちに一両ずつ手渡して、李俊との面会を求める。

童威を見て、李俊は苦笑した。

「童兄弟、見てのありさまだよ、面目ない」

「まだ拷問されていないようで何よりだ。とりあえず二十両渡しておくから、役人たちにばらまきな。くれぐれも短気をおこすなよ」

「まったく、あいすまん」

「それで、知府のやつは何が目的なんだ？　あんたらを都へ連行する気なのか？」

李俊は眉をしかめた。

「やつは金銭《かね》の亡者だ。おれたちを都へ送っても、一銭にもなりゃせん。保証金として三千両、十日以内に渡せば釈放するとぬかしやがった」

「思ったとおりだ。三千両だな。何とかするから、気を落とさずに、吉報を待ってくれ」

童威の報告を受けて、同志たちはそれぞれ自分の家じゅうを引っくりかえした。みんな貧しくはなかったから、それなりの銀子はあつまったが、計算してみると二千両あまり。

「まだ千両たりないが、どうする？」

「どうでもこうでも、しなきゃならん。こうなったら、気がすすまんが、往古《むかし》の稼業だ」

そこで童威と童猛は、小舟を駆って、豊かそうな舟をおそうことにした。それが楽《がく》和《わ》らの舟だったのである……。

童威と楽和は、たがいにこれまでの経緯を語りあった。長い時間をかけて。

「我々は、どういう因果か、世間に飛び出すと、たちまち悪玉と張りあうことになるらしいね」

「まったくだ。楽さん、あんたは機知才覚のある人だ。何とか李俊大哥を救い出すのに、知恵を貸してくれんかね。花栄《かえい》どのの太太《おくさん》たちも、ここに住んでくれたら我々が守るし……」

そこへ夕食が運ばれてきた。同時に、倪雲と高青も帰って来る。彼らふたりと楽和、花逢春《かほうしゅん》はあいさつしあう。童威が、

「この楽さんは、おれたちみたいながさつ者とちがって、知恵のかたまりなんだ。いま、この人に、いい計略がないか、お願いしていたところさ」

楽和のほうを見ると、余裕の微笑を浮かべている。

「まかせていただこう。まず、知府の呂志球のやつに大恥をかかせて、つぎは丁自燮だ」

楽和は、すこし考えてから、花逢春少年に声をかけた。

「公子、今日は君の力を借りたいので、同行していただけるかな」

「よろこんで。でも、ぼくのような弱輩《じゃくはい》が、何のお役に立つんでしょう?」

「建康《けんこう》で君たちを誘拐した王朝恩《おうちょうおん》の弟に、なりすましてほしいのさ」

「おもしろそうですね！」

たちまち計画はまとまった。

Ⅲ

王朝恩の弟が、あいさつにやって来る。いい気持ちになった呂志球《りよしきゆう》は、門前に民衆をあつめて自分のえらさを見せつけた。

やがて、「王公子ご到着」の報。呂志球はいそいそと出迎えた。権門の子弟が、わざわざ訪問してくれた、という喜びは、しかし、一瞬で吹きとんだ。

「人民泣かせの小悪党、じたばたすると、胴体に穴があくぞ」

呂志球は左右の脇腹に突き立てられた短刀の尖端を感じ、魂を天外に飛ばした。

花逢春《かほうしゆん》少年が声をはげます。

「呂知府、よく聴け。我々は梁山泊の者だ。おぬしは何の理由があって、李俊《りしゆん》ら三人をとらえ、三千両もの大金をうばおうとするか。三人をいますぐここへつれてくれば、生命だけは助けてやる。でなければ、全身に三千の穴があくと思え」

呂志球が、拒否できるはずがなかった。

「お、お待ちを。すぐおつれします、すぐに、すぐに」

部下の方を向いて、李俊らをすぐつれてくるよう命じる。民衆の中から笑い声がおこった。

「日ごろ権力をかさにきていばりくさっているくせして、何てざまだい」

李俊はすぐさま解放されて府庁へつれてこられた。楽和《がくわ》の顔を見て、おどろいたのはいうまでもない。あわただしく語りあうと、今度は呂志球を人質にして、丁自燮《ていじしょう》の邸宅へ押しかける。これまた、いそいそと迎えに出てきたところへ、李俊が一喝した。

「李俊が身代金を納めにきたぞ！」

同時に、費保《ひほ》と狄成《てきせい》が短刀をひらめかせる。丁自燮は色をうしなった。

「こ、これはいったいどうしたことで……」

「何が、どうしたことだ。いったろう、身代金を納めにきたってな」

「り、李俊の一党か」

「そういってるだろう。きさま、民を虐《しいた》げ、国を害する官匪《かんぴ》め、さんざん人の血を吸ってきたからには、どういう罰を受けるか、承知の上だろうな」

丁自燮は床の上にはいつくばった。お赦しを、と泣き声をあげるばかりだ。

楽和が問う。

「で、おぬし、どれくらい不浄の資産がある？」

「た、たいした金額ではございません。せいぜい十万両といったところです」

この当時、つましい生活の庶民なら、二十両あれば一年を暮らすことができた。十万両といえば、五千家族の年間生活費にあたる。

「なるほど、たいした金額じゃないな」

楽和の声に、義憤と皮肉がこもった。

「そのていどの金額なら、惜しくはなかろう」

「はい、はい、全部さしあげます」

「我々は一両も一銭もいらぬ。今年は凶作で、庶民は国に税金を払うのに苦しんでいる。おぬしはその十万両を全部、国に差し出して、庶民の税を代納するのだ」

「は、はい、はい」

「呂知府、あなたは、丁自燮が今年の税を全額、代納する旨の公文書を作成し、署名捺印する。よろしいな」

「わかった、わかりました」

楽和はふたたび丁自燮に向きなおった。

「おぬしの米倉には、どれくらいの米がある」

「三百石ほどで……」

「一帯の貧しい人々を集めて、彼らに米を分配するんだ。つまるところ、おぬしが彼らから搾取《さくしゅ》したものなんだから、彼らに返せ。いいな」

「へへっ、おおせのごとくいたします」

「さて、最後の条件だ。今後、太湖を私物化して、漁民たちから物資をうばうような所業《まね》は、けっして赦さぬ。おぬしは、ここで悔いあらため、心を入れかえるのだ。最初で最後の機会だぞ。二度とやってみろ。かならず生命をもらいにくるから、そう思え」

「た、助けていただけますんで？」

「助かるのがいやか？」

「と、とんでもない。謝々、謝々」

「それじゃ舟にもどろうか」

楽和が先に立つ。呂志球と丁自燮も舟に乗せられたが、とある洲のところまで来ると、ぽいと放り出され、官兵たちに助けられたのは夜になってからだった。

李俊たちは無事に家に帰りついた。花逢春、その母、叔母に会って驚喜する。再会の楽和とは手をとりあった。

「賢弟に才知のあることは、梁山泊のころから知っていたが、ここまでとはな。おみそれしたよ」

「梁山泊じゃ、呉用《ごよう》軍師どのおひとりで充分、私の出る幕なんぞありませんでしたからね。宴会で歌をうたってりゃよかった。あのころがなつかしいですよ」

ふたりは声をあわせて笑った。

「それにしても、なぜやつらを助けてやったんだ？」

「あんな連中、殺す価値もないし、これからの一生、うばわれた銀子のことを歎いてすごすほうが、死ぬよりつらいからですよ」

「なるほど、ところで、これからどうする？」

いかに悪党とはいえ、呂志球も丁自燮も三品《さんぼん》の位にある高官である。朝廷としては、李俊らを放置しておくはずがなかった。

費保が発言する。

「この太湖を要塞化し、付近の漁師たちを集めれば、二、三千の官軍などものの数じゃないさ」

楽和は首を横に振った。

「太湖は広いとはいえ、何といっても袋地。ここで旗あげしても、外に向かって活動できない。すべての河口をふさがれ、周辺三州の兵が合同して押し寄せたら、防ぎようがない。まして、太湖周辺は豊かな土地で、住民たちも裕福に暮らしているから、我々の味方になるはずはない」

童威が叫んだ。

「いっそ、もういちど梁山泊にもどって覇業をおこすのがいいんじゃないか？」

「残念だが、梁山泊はひとたび栄えた後、みずから寨《とりで》を焼いて、二度と盛り返すことができなくなってしまった。亡びた王朝の都と同然、歴史上の役割を終えたのです。まして、ここ太湖からは遠すぎる。家族をつれての行軍、行く先々に官軍が立ちふさがって、我々は途上で全滅するでしょう」

楽和の断定に、一同だまりこむ。李俊が手を拍《う》った。

「楽君の意見はもっともだ。いま、ここであわてて決めることもない。当面は用心深く行動することにして、それぞれよい思案をしてみてくれ」

一同は解散して、それぞれの家にもどった。花逢春も、母と叔母のあてがわれた家に帰る。あとには、李俊と楽和がのこった。

「おれはひとり者だが、ひと部屋よけいにつくっておいてよかった。楽君を泊めることができる」

「ありがたいことです」

「何の、礼をいうのはこっちだ。六人の同志、気持ちのいい連中だが、おれと同類でな、頭より腕が先に立つ。仲間になってくれるな？」

「もちろん、それと花公子のことをお願いする」

「当然だ。母上がたも生命がけで守る。それでじつはさっそく相談があるんだが、さっきいってた今後のことだ。いい考えがあったら教えてくれんか」

「我々は宋《そう》の国内に梁山泊という別天地をつくりあげました。ですが、結果はご存じのとおりです。今後も、朝廷の奸賊どもと衝突することになるのは必定」

「まったくだな」

「そこで、ひとつ考えがあるのですが……」

「聴かせてくれ」

李俊が身を乗り出すと、楽和はゆっくり茶をすすった。

「太湖や長江《ちょうこう》より広いところへいくのです」

「というと？」

「海外です」

楽和は手をあげて、おおよその海の方角を指さした。

「宋の東から南にかけては、洋々たる大海がひろがり、無数の島々が浮かんでいます。未開の島もあり、無人島もありましょう。それを占拠して、別天地ならぬ新天地をきずくのです。もはや朝廷の奸臣どもの面《つら》を二度と見なくてもすむようになりますよ」

李俊は、うーむとうなり声をあげ、たくましい腕を組んだ。

「おどろいたな」

「おや、それほど意外ですか」

「いや、まさか楽君が、おれとおなじことを考えているとは思わなかった」

「これはこれは」

楽和は一笑した。

「さすが李俊大哥だ。たいした規模のことを考えていらっしゃる」

「お前さんもおなじじゃないか」

李俊は立ちあがった。両眼が炯々《けいけい》と光る。

「では、ひとつやってみるか」

「事は早いほうがよろしい。丁自燮や呂志球が腑《ふ》ぬけになっているうちに、太湖を離れましょう」

翌日は朝から計画の実行にうつった。一同に説明してただちに荷物をまとめさせ、四隻の漁船に二百余名をのせて、夕方には出航する。

IV

満月である。紙銭《しせん》を焼いて幸先《さいさき》を祈り、昼ともまごう明るさの中を進んでいった。

太湖から呉淞江《ごしょうこう》を出ると、すぐに長江の河口である。前方だけでなく右も左も縹渺《ひょうびょう》たる水が一面にひろがるのみ。ほどなく雲が出てきて、月を隠し、見わたすかぎり灰色の世界になった。

「これはまた、何もないところだなあ」

「何かがあるのは、この先ですよ。ただ、ちょっと早まったかもしれない。この船で海へ出られるかどうか」

楽和《がくわ》は、あごに手をかけて考えこんだ。

近くに、漁港らしき街並みがある。楽和は童猛《どうもう》をともなって小舟で上陸し、街を歩く人に声をかけた。

「ご老人、海へ出る船は、どのくらい大きかったらよいかね」

「船の大小は関係ねえ。形だね」

楽和は自分たちの乗ってきた船を指さした。

「あの船はどうだろう」

老人は頭《かぶり》を振った。

「大きさはけっこうだが、形がだめだね。底が平たくて、舳先《へさき》が丸い。湖や川ならいいが、海に乗り出したら、半刻もたたずにひっくりかえるね」

「それじゃ、あちらにつないである船の持ち主と話がしたいんだが」

老人は笑い出した。

「そりゃ無理じゃろうね」

「どうして？」

「どうしてって、お前さん、天子さまと話すつもりかね」

官船、とさとった楽和は、老人に礼をいって、街を歩いてみた。一番大きな建物に「秀州市舶司《しゅうしゅうしはくし》」と看板がかけられている。楽和は平然と中にはいっていき、役人に話しかけた。

「あの二隻の船を、売ってもらうわけにはいかないだろうか」

「冗談じゃない」

「三千両払うが、だめかね」

「だめだめ、三千両が五千両でも話にならんね。これは官船だ。朝廷《おかみ》のものなんだから」

楽和はうなずくと、童猛をうながして外へ出た。小舟から漁船に乗りうつると、さっそく李俊《りしゅん》が問いかける。

「どうだった？」

「話はつけました」

「すごいな、どう交渉したんだ」

「なに、交渉はぬきです」

楽和は笑った。温和な青年だが、もともと梁山泊の一党である。官物を力ずくで手に入れることに抵抗はない。

「よし、それでいくか」

李俊も不敵に笑った。

手下たちを港の各地に放って、官船のようすをさぐる。市舶司、つまり海運と貿易をつかさどる役所の役人たち、船員、庶民らから話を聴きまわり、楽和がそれらをまとめて計画を練る。

「たいした策略は必要なさそうだ」

楽和が結論を出した。そのとおりになった。

深夜になって、五十ほどの人影が官船に忍び寄る。船は朝廷の威光をかさに着てか、見張りさえ立てず、寝静まっている。一隻には費保《ひほ》が、一隻には倪雲《げいうん》が、先頭に立って躍りこんだ。

闘いらしい闘いもなく、事は終わった。運の悪い水夫が五、六人、斬ってすてられ、船を指揮する官員が降参すると、それでお終《しま》いだった。

暗いうちに、家族をふくめた一同が乗りこみ、必要な資材を運びこむ。船内には、絹、緞子《どんす》、書物、その他の貿易品が満載されていた。楽和が、公文書や官印などを自分の管理下に置き、操船に無用な官員たちは港に置き去りにして、李俊が高らかに宣告する。

「出発！」

帆に西北の風をはらませて、船は出港した。

花逢春《かほうしゅん》が声をはずませる。

「海を見るのは、はじめてです」

「私もさ。雄大なもんだ」

さいわい波も静かで、船はたいして揺れない。楽和は李俊の許可を得て、水夫たちを調査した。宋人の他に、インド、ペルシア、マレー、アラビア、チャンパなどの国々の者がいることがわかり、いずれ国に帰してやることを約束する。

二日後、行手右方に小さな港らしいものが見えた。水夫に問うと、

「韮山門《きゆうざんもん》です」

「軍船らしいものが見えるが……」

「海賊や密貿易にそなえているのです」

小さな軍港であった。避けて通りたいところだが、そうもいかない。近づいていくと、先方からも軍船が一隻出てきて、李俊たちの前方をさえぎる形になった。

「撃つな！　見ればわかるだろう、これは公船だ。令箭《れいせん》と文書がある」

「では見せてみよ」

楽和は、大食人《アラビア》から奪っていた文書を差し出した。大食の文字など読めないので、内容はわからない。賭けてみるしかなかった。

賭けは敗れた。

「賊と決まった。本物の公船なら、公務で高麗《こうらい》へ行くと言うはず。こんな見当ちがいの方角へ来るわけがあるか！」

高麗は宋から見て東北にある。朝鮮半島にある国だ。一方、華山門は後世の浙江《せっこう》省と福建《ふっけん》省の境界にあるから、高麗行きの船が立ち寄るはずがない。

「こやつらをとらえよ！」

統制《とうせい》が怒号する。事破れたり、と看《み》てとった費保が、五つ股の魚扠《やす》を投げつけると、みごと統制の頸《くび》すじをつらぬいた。統制は海へ転落し、血と海水の飛沫をあげる。

童威《どうい》、童猛、倪雲、高青《こうせい》ら、いっせいに刀を抜き放ち、統制の船に躍りこんだ。

「待った！」

叫んだのは李俊でも楽和でもない。大将頭巾と木綿甲《もめんよろい》に身をかためた官軍の将校である。

「早まるな。あんたがたの顔には見おぼえがある。もしや梁山泊の好漢たちではないか」

「おれは他ならぬ梁山泊の混江竜《こんこうりゅう》・李俊だ。そういうおぬしは何者か」

せた。

「おう、やっぱり」

将校は船板の上に平伏した。いささかとまどいながら、李俊は彼の手をとって立たせた。

「おれは許義《きょぎ》といいます。梁山泊では水軍に属し、張順《ちょうじゅん》哥哥《あにき》の麾下《きか》におりました。おなつかしゅうござる」

「そうだったのか、これは奇縁だな」

「ここを通りかかられたのは、何処《いずこ》へいかれるおつもりで？」

李俊は頭をかいた。

「いや、確たるあてはないのさ。ただもう、朝廷の奸賊どもと争うのに、ほとほと愛想がつきたので、海外へ脱出して、どこかの島に住みつくつもりなんだ」

「それでしたら、おれもおともします」

許義が叫んだ。

「何年もここに住んで、海のことなら、お手のものになりました。ぜひ、案内役として、おつれください」

「そうしてくれるなら、ありがたい。こちらから頼みたいくらいだ。ただ、おぬしは役人、任務を放り出してよいのか」

許義は笑い出した。

「李の親分、失礼ですが、そうおっしゃっても説得力はありませんぜ」

「まったくだ」

こうして、許義とその部下三百名を仲間に加えると、合計十隻になった船団は、波を切って東へ進んだ。

「いまのところ、うまくいってるな」

「うまくいってもらわなきゃこまる。海のもくずになったら、いい笑いものだからね」

「そのときはそのときだ。楽君、ひさしぶりに君の美声を聴かせてくれんかね」

「いいでしょう」

楽和が琵琶をとって鳴らしつつ、朗々たる美声をひびかせはじめた、その時。

「鯨《くじら》だあ、鯨が出たぞ!」

とたんに、見たこともない巨大な魚が、海面に躍り出た。こちらの船と大差ない大きさだ。これまた大きく飛沫がはねて、李俊たちはずぶぬれになる。

「射よ! 射よ!」

費保がどなると、二、三十の弓からいっせいに矢が放たれた。

楽和がちらりと花逢春を見やると、心得た少年は鉄柄の弓をとって船首に立ち、ねらいすまして放つ一箭《いっせん》、みごと超大魚の左目を射抜いた。しとめた鯨を、苦労して海岸に引っぱりあげ、生まれてはじめての美味な肉を飽くほど食しながら、思わぬ宴会となった。ちなみに、この時代、鯨は魚と思われている。

そんな挿話をはさみながら、針路を東に向けて、さらに二日。前方に島影が見えて一同は歓声をあげた。許義が解説する。

「この島は清水澳《せいすいおう》と申して、暹羅《せんら》国のいちばん西の島です。といっても、正式に統治を受けているわけでもなく、まあ島民たちは税も払わず、平和に暮らしています」

「平和に、のんびりか」

李俊は笑った。

「そいつはけっこうなことだ。広さや戸数はわかるか」

「広さは二十里四方、戸数は千戸そこそこというところでしょう」

「上陸してみる価値はありそうだな」

二隻の海船は清水澳に針路を向けた。

常緑樹が生《お》いしげり、緑豊かな島だ。高い山はなく、丘陵がつらなる手前に広く耕地が開けている。家々はいずれも大きく、屋根は草ぶきだった。風に乗って、蜜柑《みかん》の香がほのかにただよってくる。

「たしかに、よさそうな島だな」

「ええ、米、茶、果実類がよくとれ、漁もさかんで豊かな島ですよ」

ところが岬をめぐると、印象が一変した。数軒の家が焼かれたとみえ、火は消えたものの、きなくさく、くすぶっている。田畑は荒らされた跡が歴然だった。

「あまり平和でもなさそうじゃないか。事情を島民に尋ねてみよう」

楽和の意見で、李俊たち一行は上陸した。彼らを見て逃げまわる島民たちを三名ほどつかまえる。

「心配ない。我々はあんたたちに危害を加えたりはしないから、ただ、話を尋《き》かせてもらいたいんだ」

楽和のやさしそうな顔だちや、温厚な態度で、島民は安心して質問に答えた。

「あの家々を焼いたのは沙竜《さりゅう》というやつです」

「沙竜か。して、どこから来たやつかね」

「金鰲島《きんごうとう》の長でさ。もう兇悪なやつで、年に二、三回やって来ては、女をさらい、食糧を掠奪し、暴行をはたらいていきます」

金鰲島と聴いて、李俊と楽和は目をあわせ、うなずきあった。

「金鰲島とは、どんな島かね」

「ここから東へ、海上を五十里ばかりいったところにあります。広さは百里四方もありましょうか」

「かなり大きいな」

「戸数は三万戸ほどもあります。土地は肥えて豊かで、おまけに沙竜は海上貿易だけでなく、海賊行為もやっておりますから、たいへんな富を持っています」

「沙竜とは、どんなやつだ、もうすこし詳《くわ》しく教えてくれ」

「さっきも申しましたように兇悪なやつで、年に何度かやって来て、物資を掠奪し、家を焼き、女をさらい、さからう者は殺します。やつさえいなければ、この島は極楽なのですが……」

「もし我々が沙竜をやっつけたら、我々をこの島においてくれるかね」

老人たちは手をこすりあわせた。

「そりゃ願ってもないことで」

V

「どうだね、楽君《がくくん》」


「金鰲島は我々がいただくとしましょう」

平然と楽和《がくわ》は応じる。

「せっかく海外へ出ながら、清水澳ひとつでは、なさけない。金鰲島こそ、我らの新天地です。善政をしいている国なら気が引けますが、沙竜《さりゅう》が虐政をおこなって、人々を苦しめているというなら、遠慮はいりませんよ」

「そうだな。金鰲島こそ我々の新天地だ」

「では、まず足もとからかためていくとしましょう」

李俊《りしゅん》は楽和の意見にしたがった。まず島民一戸ごとに銀子二両を渡し、島の中央の高台を買いとって石垣をきずき、木材で営舎を建てる。看板には「征海大元帥府《せいかいだいげんすいふ》」と大書して入口に立てた。

「おいおい、征海大元帥というのは、ちょっとおおげさじゃないか」

「なあに、文句のあるやつは、そのうち押しかけて来ますから問題ありませんよ」

軍を再編制し、さらに兵を募《つの》る。密貿易をおこなっている者や、漁夫などを選抜して兵士にしたて、軍律を守るよう誓わせた。

こうして、兵を調練し、田畑を開き、節季には祭礼をおこなって半年ほどたったころ、晴れた海上に雷鳴のような音がとどろいた。

「号砲だ。沙竜のやつがやって来た！」

島民たちは、うろたえる。李俊は、かねての計画どおりに指示を下した。童威《どうい》、童《どう》猛《もう》、倪雲《げいうん》、高青《こうせい》の四人を四方に伏せる。自分自身は甲冑を身につけ、参謀の楽和、副将の花逢春《かほうしゆん》、費保《ひほ》とともに千人をひきいて浜辺の柵をかためた。許義《きよぎ》は海上にひかえる。

待つほどもなく、五隻の大船が水平線上にあらわれ、まっすぐに向かってきた。戦術も何もなく、そのまま浜に押し寄せてくる。見れば中央には、ひと目で沙竜とわかる人物がいた。

沙竜は冑《かぶと》はつけず、甲《よろい》だけ。身長は他の者より頭ひとつ高く、髪もひげも真赤だ。足は裸足で、手には巨大な斧をかかげている。浜に近づくと、兵士たちはつぎつぎと浅瀬に飛びおり、水を蹴りながらせまってきた。

充分、引きつけておいて、楽和が合図すると、柵の間から百五十の弓兵が、いっせいに矢を放った。ふせぐこともできず、敵兵は飛沫をあげて倒れる。

沙竜は甲に二本の矢を受けたが、意にも介さない。雷のごとき咆哮《ほうこう》をあげると、大斧をふるって、柵の一部をたたきこわし、そこから躍りこんできた。

待ってました、とばかり、李俊が槍をしごいて応戦する。三十合ほど激しく撃ちあったが勝敗は決しない。そこで費保が加勢に出て、さらに二十合ほど闘ったが、沙竜はまたもひと声咆えると、大斧を一閃、費保の槍をへし折ってしまった。

費保は武器をうしなって跳《と》びのく。さらにふたりの敵兵が長刀をふるい、李俊の両脚をなぎ払ってきた。これには李俊もたまらず、槍を引いて踵《きびす》を返す。

沙竜が李俊の後頭部めがけて大斧を振りかざしたとき、弓弦《ゆづる》の音が鳴りひびいて、沙竜の巨体がもんどりうった。左肩に矢が突き立っている。花逢春が放った矢である。

「いまだ！」

楽和が高く手をあげて合図すると、四方の伏兵がいっせいに起《た》った。ふたりの敵兵は長刀を放り出し、沙竜の巨体を左右からかかえて逃げ出す。

李俊はふたたび踵を返した。費保は敵兵が放り出した長刀をひろいあげて沙竜を追う。

あとの戦いは一方的だった。童威と童猛は三隻の大船を奪取し、沙竜は二百人以上の兵をうしなって、かろうじて逃げのびた。

「勝ったぞ！」

となると、すぐ「祝宴だ宴会だ」となるのが「好漢」たちの癖だが、楽和が杯を置いて発言した。

「敗れたとはいえ、生きているからには、沙竜が報復に出てくるのはたしかだ。その余裕をあたえてはならない。さいわい大船を三隻ぶんどったから、明日にでもこちらから金鰲島を攻めるべきだ。今夜のところは、兄弟衆、一杯だけにしておいてください」

「たしかにそのとおりだ」

李俊たちは大杯に一杯だけ飲んで、その夜はすぐ解散した。

翌朝、狄成《てきせい》を島の守備にのこし、他の頭領たちは武装して船に乗りこんだ。海路五十里、半日の航程で島影が見えた。近づくにつれ大きくなる。清水澳の十倍以上はありそうだ、と、楽和は看《み》てとった。

沙竜も凡物《ただもの》ではない。敵が勝ちに乗じて攻めてくるであろうと察し、負傷をおして、みずから抵抗の指揮をとる。内湾に通じる洞門はかたく閉ざし、石弩《せきど》をならべて、堅固な守りだ。

かくして李俊たちは攻撃の機を待ったが、三日におよんでも隙がない。楽和は許義をともない、舟で偵察に出たが、延々と岩壁がつらなり、さすがの彼も策の立てようがない。

童威と童猛が提案した。

「おれたち兄弟で考えたんだが、正攻法では無理だ。深夜の奇襲でいこう」

「一番の得意技だな。まかせた」

計画を念入りに打ちあわせて、夜を待つ。

童威と童猛は上半身裸になった。硫黄や煙硝《えんしょう》などを厳重に油紙につつんで腰に結びつけ、短刀を口にくわえ、船上から海面におりて、そろそろと潜行にうつる。

洞門の扉は海面下一丈ほどの深さに達していた。そこをくぐりぬけ、内湾にはいりこむ。ふたりは、破裂寸前の肺をかかえて、ようやく上陸することができた。

「この石垣には火のつけようがない。むだ骨おりをやっちまった。見つからないうちに脱出しよう」

「まあ、そうあせるな。何かいい方法があるはずだ」

童威は弟をなだめたが、秋に水中にいたこととて、身体は冷えきっている。強健な彼らも途方にくれた。と、鉄の門扉《もんぴ》が開く音がした。ふたりはすばやく海中にすべりこむ。

四人の兵士が、ふたりの若い女をつれて出てくると、何やら笑いたわむれながら一艘の舟に乗りこんでこぎ去った。門は開いたままである。

童威と童猛は、ふたたび岸にはいあがった。

「油断大敵とはこのことだ。沙竜のやろう、夜中に女といちゃつくつもりだぜ」

「させとけばいいさ。ありがたいことに、門が開いた」

門内にはいると、民家がつづいている。空は満天の星だ。

童威は小石をひろって火種を打ち出した。すばやく硫黄と煙硝にうつす。この島の家々は、ほとんど竹垣でつくられているようだ。火のまわりが迅速《はや》く、十ヵ所ほどに火を放つと、たちまち燃えあがり、燃えうつって、裂け弾《はじ》け、はでな音をたてた。

住民たちは寝ぼけ半分で必死に家を飛び出す。朴刀を持った夜まわりの兵士がふたり、あわてて駆けつけてくるのを、待ち伏せして短刀で刺し殺し、甲冑をはぎとって着こんだ。

李俊は外海から炎を望むと、

「殺《シャア》！」

とひと声、船を岸につけ、槍をしごいて、まっさきに陸に躍りあがった。

沙竜は女たち相手のたわむれを中断して、窓の外を見やった。家々が炎上して昼間のごとく明るく、星の光を消してしまいそうな勢いである。

「おのれ、宋人め」

甲冑もつけず閨房《けいぼう》を走り出ると、正面から李俊に出くわした。沙竜は以前に受けたばかりの矢傷で、大斧をふるうことができない。やむをえず刀を抜いたが、本来の武勇を発揮することなどできはしなかった。三、四合、撃ちあっただけで、李俊の槍を咽喉に受け、地ひびきをたてて倒れる。

すかさず倪雲が飛びかかって、首を打ち落とした。

「沙竜は死んだぞ。お前たち、だれのために闘う。殺しはしないから降伏せよ」

朗々と告げる美声は楽和のものだ。

兵士たちは、いっせいに投降する。楽和はまず彼らに命じて家々の消火にあたらせた。

ついで物資の点検にあたる。沙竜の富は想像を絶していた。倉には米穀が山のごとく、絹もつみかさなっている。金銀財宝はその数も知れない。

楽和は朝までかかって財宝の目録をつくると、牢獄の囚人をすべて解放し、ひとりひとりに銀子五両をあたえた。家が焼けた者たちにも銀子を配って謝罪する。

沙竜の豪邸は、花夫人、秦《しん》夫人ら女性たちの住居にあて、近くの大きな民家を買いとって「征海大元帥府」の額をかかげた。楽和は「大元帥府参軍《さんぐん》」として、民政と軍事の双方で李俊を補佐する。童威と童猛は湾口の守備、費保と倪雲は左右の副将、高青は武器と軍船の管理、狄成は三百名をひきいて清水澳の鎮護、許義は李俊の警護隊長——と、午前中には人事がすべてさだまった。

太湖からつれてきた漁夫、韮山門の官兵、清水澳で集めた兵士、降伏した敵兵など、すべてで三千名に達した。

第五章　戦争と結婚

I

「韮山門《きゅうざんもん》から東へ五十里で清水澳《せいすいおう》、そこから東へ五十里で金鰲島《きんごうとう》、さらに北へ百里、そこに暹羅国《せんら》の本島があります」

語るのは、梁山泊《りょうざんぱく》残党の登雲山《とううんざん》集団に加盟した扈成《こせい》だ。ほぼ五年を海外ですごした彼は、仲間うちでもっとも見聞が広く、彼の海外譚は宴会のたびに仲間たちを喜ばせた。

「東海のどまんなかあたりかな」

「だいたい、そんなところですね」

「どれくらい広いのかね」

「かなりのものですよ。東西に五百里、南北に三百と五十里ほどです。言語《ことば》は通じるし、気候といい風土といい、わが国の江南《こうなん》地方とまったく変わりません」

「往古《むかし》、この国の人々が海を渡って住みついたとか？」

孫立《そんりつ》の疑問に、扈成が答える。

「そういうこともあるでしょう。私は二年間、住んでいましたが、国祖は伏波《ふくは》将軍だ、といわれていましたからね」

「ほう」

「しかし、本当のところはわかりません。わが国では、南方や海外のこととなると、すぐ伏波将軍が持ち出されますからね」

「たしかに」

笑い声がおこる。伏波将軍とは、後漢の光武帝《こうぶてい》の臣下で名将の誉れ高かった馬援《ばえん》のことで、南方の平定に大功を立てた。死後、伝説的存在となり、中華の南部には彼の廟や像がいくつもある。

「登雲山《ここ》も悪いところじゃないが、船に乗って、そんなところへ行ってみてえなあ」

阮小七《げんしょうしち》が杯をかたむけると、孫新《そんしん》が応じた。

「小七哥哥《あにき》は杯に乗って、どこへでもいけるじゃないか」

ふたたび笑い声がおこった。

金鰲島を支配下において、半月が経過した。その間、李俊《りしゅん》は楽和《がくわ》らと相談しながら、「年貢を十分の一にする」とか、「婦女子を害する者は厳罰に処する」とかいった布告を出し、民心の安定につとめた。そういったある日のこと。

「暹羅国の軍、来襲！」

李俊はいそいで諸将をあつめ、討議した。楽和がいう。

「すでに金鰲島を手に入れて根拠地はできあがり、城壁は堅固、精兵は三千。それに兄弟たちが力をあわせれば、恐れるものはない。まず洞門をきびしく固め、敵の兵力を確認した上で、作戦をたてよう」

李俊はそれにしたがった。

さらに楽和は、沙竜《さりゅう》の部下で降服していた者たちの中から三人を選び出し、洞門の上から、暹羅軍のようすをくわしく見て報告させた。

暹羅の軍船は四、五十隻、兵士は三千人ていどと看《み》てとると、楽和は降兵《こうへい》たちに問いかけた。

「一隻、とくに大きな船があるな」

「へい、紫色の旗を立てたやつで……」

「あの船に、お前たちの国王は乗っているか」

「めっそうもございません」

降兵たちの話によると、暹羅の国王・馬賽真《ばさいしん》は伏波将軍・馬援の末裔《まつえい》で――扈成が聴いたら苦笑するところだ――、為人《ひととなり》は寛大で慈悲深いが、気が弱く、みずから戦いに出たことはない、という。

「お前たちの国で、誰が実際に権力をにぎっている？」

「宰相がふたりおります。左宰相の共濤《きようとう》と、右宰相の呑珪《どんけい》で」

左宰相は民政・財政を、右宰相は軍事を担当している。左宰相の共濤は、国王をさしおいて権勢をふるい、右宰相の呑珪は剛勇無双で、兵士たちの人望があつい。

「すると、あの大船に乗って指揮をとっているのは呑珪のほうか」

「あの、ひときわ身体の大きい、りっぱな甲冑を着けているのがそうです」

楽和は眉をしかめた。

「で、その呑珪のとなりにいるやつは誰だ？　文官の衣服を着ているが」

「それが共濤で」

「左宰相の担当は民政だろう？　何で戦場にしゃしゃり出て来る？」

「たぶん……」

「たぶん？」

「勝ったら功績《てがら》を横どりするつもりではないか、と」

共濤は狡猾で奸智に長《た》け、権勢欲が強く、呑珪の足をひっぱろうと、つねにたくらんでいる、と降兵たちはいうのであった。

「おやおや」

楽和は溜息をついた。

「その種《て》のやつらは、わが国にしかいないと思っていたが、世の中どこもおなじだな。よし、わかった。よく教えてくれた」

楽和から銀子をあたえられた降兵たちは、よろこんで引きさがる。

この間、呑珪は軍船を岸に近づけ、洞門めがけて矢の雨を降らせたが、鉄の門扉は傷つきもしない。

楽和は李俊のもとへ行き、何ごとかささやいた。

半刻ほどたって、暹羅軍は、にわかにいろめきたった。鉄の洞門が開き、金鰲島の軍船が列をなしてあらわれたからである。呑珪はさっそく味方の軍船で横列を編成し、迎え討った。

双方、船を前《すす》めると、たがいに声のとどく距離になる。まず呑珪が、潮風できたえた雷声をとどろかせた。

「強欲な宋人どもに告ぐ。何の故《ゆえ》あって、わが領土を占領したか。おとなしく兵を引くなら、生かして帰してやろう。だが、もし否というなら、汝らことごとく海に沈め、魚の餌にしてくれようぞ！」

李俊はどなりかえした。

「宋人だろうと何人だろうと関係ないわ。我々はきさまらの国を攻めとろうというだけのこと。きさまら、すぐ立ち帰って、国王に降伏をすすめればよし、でなくば、魚の餌になるのは、きさまらのほうだ」

聴いて激怒した共濤、采配をふるって全船に突入を命じた。波がわきかえり、鷗《かもめ》の群れが高く低く海面を舞う。

呑珪は自分の軍船を、敵の船に衝突させると、二本の鉄鞭をふるって躍りこんだ。右に撃ちこみ、左に払い、まっこうからたたきつける。彼の周囲には、たちまち七、八の死体がころがった。

「強いな」

「いまです」

楽和の進言にうなずくと、李俊はいつわりの遁走にかかった。各船、秩序もなく、ちりぢりばらばらに外海へ逃げ出す。

「卑怯者めが、とってかえせ！」

怒号して追おうとするのを、船を寄せてきた共濤がなだめた。

「洞門は開いたままだ。一気に内湾に突入して金鰲島を奪《と》りもどそうぞ。逃げたやつらは放っておけ。行く先も帰る場所もなく、自滅するだけだ」

そこで暹羅国の軍船は、洞門に殺到した。入口は広くないから、一隻ずつはいるしかない。やがて広い内湾に出ると、城壁の上に三人の武将が立っているのが見えた。花逢春《かほうしゆん》、倪雲《げいうん》、高青《こうせい》である。　指さして共濤はあざけった。

「宋兵は弱いと聞いておったが、まさにそのとおりであったわ。汝らの味方は、もうおらぬ。さっさと城門をあけて我らを迎えよ」

「弱いのは、きさまらのほうだろう。城にはいりたきゃ、そこの浜にはいつくばって哀願しろや」

倪雲が、やりかえす。

「おのれ」

共濤が兵を上陸させようとしたとき、シュルシュルという音がして宙に一発の花火が開いた。つづいて城壁上に千人以上の兵があらわれ、火矢と石弾の雨を降らせてくる。

ほぼ円形の内湾である。隠れる場所もなく、たちまち軍船の帆が燃えあがり、船腹に穴があき、兵士たちが斃《たお》されていった。

うろたえた共濤は、もともと武官ではない。呑珪は剛勇だが、船団を返そうにも、洞門は一隻でふさがれてしまい、いっせいに退却する術《すべ》もなかった。それどころか、その一隻が炎上したかと見ると、船体を衝《つ》きくずすようにして突入してきたのは、逃げ散ったはずの金鰲島の軍船である。船首には李俊が槍を持って立ち、

「射よ！」

と号令一声、火矢と石弾をあびせてきた。

何隻かの暹羅船は岸につけ、兵士たちが上陸したが、城門が開いたと見るや、花逢春、倪雲が兵をひきいて殺到してきた。

火煙は天に冲《とど》き、叫喚の声は地をふるわす。上陸した暹羅兵はことごとく斬り殺された。

「降伏せよ。生命は助けてやる」

呼びかけた楽和は、共濤と呑珪を指さして、

「どうだ、降伏するか」

と笑いかけた。

ただひとり、船上で奮戦していた呑珪は、共濤を見やってどなった。

「左宰相、拙者が血路を開く。貴公は生きて本国へもどられよ」

猛獣のように咆えると、李俊たちの乗っている軍船に飛びうつってきた。二本の鉄鞭が旋風をおこすと、李俊の部下たちは頭を割られ、頸をへし折られて、甲板を血に染める。

「惜しいな」

「やむをえません」

楽和の言葉にうなずいて、李俊は槍を持ちなおした。返り血を満身にあびた呑珪が突進する。李俊の左右から、童威《どうい》、童猛《どうもう》、費保《ひほ》が応戦した。

四人を相手に、呑珪はなお三十合ばかり荒れくるったが、費保の槍を頸すじに受けてよろめいた。

「首はやらんぞ」

血笑《けっしょう》すると、呑珪の巨体は、二本の鉄鞭を手にしたまま、舷側から海中へ落下していった。

II

「何じゃ、敗れたと!?」

暹羅国王・馬《ば》賽真《さいしん》は悲鳴を放った。

ただ一隻で逃げもどった共濤《きようとう》は、平伏してろくに声も出ない。

「どうするのじゃ、どうすればいいのじゃ」

「…………」

「呑珪《どんけい》が死んだと申すのも真実《まこと》か」

「……はい」

「そなたは左宰相ではないか。いや、もはやたったひとりの宰相じゃ。どうするのじゃ!?」

「…………」

「宰相なら宰相らしくせえ！」

暹羅の都城は海岸から二里ほど離れている。天険らしきものもなく、城壁の高さも一丈ていどだ。防備は、もっぱら金鰲島にたよっていた。外敵が侵攻しようとすると、金鰲島が周辺二十四の島を糾合して軍船団を編制し、海上で遊撃戦を展開して撃退してしまう。ために、あえて暹羅国を侵そうとする者はなく、太平を享受していたのである。

ところが、いまや暹羅の本国には猛将・呑珪なく、金鰲島は領主・沙竜《さりゆう》もろとも敵の手にうしなわれた。各島は暹羅を救援するどころか、巻きぞえを恐れ、静まりかえって成りゆきを見守っている。

国王は玉座にへたりこんだ。

暹羅に上陸し、海岸に陣を張った李俊軍のもとに、一通の封書がとどけられた。国王からの親書である。

「どういう内容かね？」

一同のなかで、こむずかしい文書が読めるのは楽和《がくわ》だけだから、皆、楽和の手もとをのぞきこむ。

「だいじな相談があるから、一時、兵を退《ひ》いてくれ。使者一名のみ入城してほしい――まあ、そういった内容です」

「虫のいいことを」

倪雲《げいうん》につづいて、費保《ひほ》も笑う。

「こいつはあれだな。攻撃される直前の時間かせぎだ。承知しちゃいかん」

「同感」

と、童威《どうい》や童猛《どうもう》も口をそろえる。

「そうともかぎらない。我々が上陸し布陣しても、何の反応もなく、外から援兵が来るようすもない。兵力は尽《つ》き、計略の立てようもなくなったのが明らかだ。ここはひとつ、私が出向いてきます」

楽和はひとり馬に騎《の》り、悠々として王城へはいっていった。一刻ほどして出てきたときには、微笑を浮かべている。

「征海大元帥、花《か》公子、おふたかただけこちらへ」

幕舎のひとつに李俊《りしゅん》と花逢春《かほうしゅん》だけを招き入れた。

「で、どうだった？」

李俊が問うと、花逢春も身を乗り出す。

「縁談です」

「は？」

「暹羅国王は、花公子をぜひ公主《こうしゅ》（王女）の婿に、と望んでいます」

李俊と花逢春は思わず顔を見あわせた。楽和はつづける。

「婚儀が成立し、和約が成ったあかつきには、我々は暹羅国の公認のもとに、金鰲島と清水澳を領有することになります。我々としても、これ以上、血を流すことは避けたいし、暹羅国と対等の立場で金鰲島を領有できれば、めでたいこと。まあ、そういった次第です」

「承知したのか？」

「とんでもない、ご本人の意見をうかがってませんからね」

楽和と李俊が目を向けると、花逢春は頬を赤く染めた。

「私はそのお話を受けたほうがいいのでしょうか」

「我ら汚れた成人《おとな》の計算としては、受けておいて、相手から最大限の利益を引き出すのがいいと思うけどね。公子、あなたは道具ではない、あなたがご自分で選ぶことです」

「その公主というのは、美人かね」

と、李俊が中年男らしいことを尋く。

「私は蔭《かげ》から見せてもらいましたが、年齢は十五とか、あれほどの美少女は中華にもめったにいないでしょうな」

楽和は愉快そうに笑った。

「といっても、他人の目。公子はもちろん、お断わりになっていいのです」

花逢春はうなずくと、風にあたるため、いったん外に出ていった。見送って、李俊が問う。

「で、賢弟《けんてい》、どうなんだい、じつのところは」

「悪くない話だと思いますよ。力でもって暹羅国を制してもいいが、むだな血が流れるし、民衆の怨みも買う。国王は軟弱だが、沙竜のような暴君でもありませんしね。先方から持ちこんできた縁談ですから、こちらから条件もつけられる」

「条件?」

「倪雲と高青《こうせい》に兵五百人をつけ、花公子の護衛役として、王城に駐屯させてもらうのです。もし変事があった場合にそなえて。それだけの兵力があれば、宰相の共濤というやつが何かしでかしても対応できる」

「共濤は、たしかに油断できんやつだな」

「何がおこるにしても、元兇は共濤のやつでしょう。いざとなったら、元兇をやってしまえば事はかたづきます」

こうして二ヵ月後の吉日、花逢春と公主との間に盛大な婚礼の式典と祝賀の宴がもよおされた。それは百年の後まで、暹羅国の民に語りつがれるほどのものであった。

王宮の外にも料理がならべられ、庶民がかってに食べられるようになっている。空には花火があがり、街角には千もの竜灯《ランタン》が飾られ、王宮からは妙なる音楽が流れてくる。と思えば、高青と倪雲のひきいる五百の兵が整然と行進し、そのあとをついていく子どもたちが、大籠《おおかご》いっぱいの花を群衆に向かって投げる。

深夜まで楽しい騒ぎはつづいた。

翌日、李俊、楽和らは金鰲島への帰途についた。名残りを惜しむ花逢春に楽和が告げた。

「何か変事があれば、我らは一昼夜で救援に駆けつけますが、念のため、高青と倪雲を残していきます」

「ご配慮ありがとうございます」

「国王はよい御方ですが、宰相の共濤には、くれぐれもご注意を」

「心得ました」

「あなたはここの王族になられたわけですが、けっして驕《おご》らず、民にうとまれぬようなさってください。充分おわかりのことでしょうが」

「すべてお教えのとおりいたします」

語りつづければ際限《きり》がない。彼らは名残りを惜しみつつ別れた。

金鰲島にもどった李俊たちは、自分たちの新天地をつくる作業を再開した。高処の望楼に立って、楽和と相談しつつ、島の地図を見ながら、

「あそこに橋をかける」

「あそこを切り開いて道をつくる」

「あの地点に牧場を……」

などと決めていく。地図自体も、しだいに精密になっていくのである。

貧しい民に仕事をあたえ、俸給を渡す。火災が広がるのをふせぐため、家々の屋根を草ぶきから瓦《かわら》に替える……やることは、いくらでもあった。

「いや、これまでは、人生最大の快は、弱い者いじめの悪党をぶった斬ることだ、と思っていたが、それよりおもしろいことがあるものだなあ」

「酒の味も、ひと味ちがうでしょう」

「まったくだ」

ある日、清水澳を視察しての帰路、突如、強風におそわれた。怒濤《どとう》が天高くひるが

えるありさまに、水夫はあわてて船を岩礁《がんしょう》によせ錨《いかり》をおろし、風の状態をうかがった。

と、一隻の船が強風を衝いてやって来た、と見えたが、大音響とともに帆柱が吹き折られ、帆は海面に横倒しとなって、船体は渦を巻いて回転する。水夫たちはこの海域に慣れていないらしく、なす術がない。船の乗客たちは右往左往、立っていられないところへ、再三、大波をかぶって、あるいは海へ転落し、あるいは帆柱の下部にしがみつく。

李俊は大声で、救助するよう命じた。

Ⅲ

水練に自信のある兵士たちがつぎつぎと飛びこみ、力のかぎり二十余人を船上に引きあげる。荷物も半分ほどはすくいあげた。

ようやく波もおさまったので、あらためて船から岸にうつし、布で身体をつつんで休ませ、あたためた酒を飲ませる。やっと人心地がついたところで、李俊《りしゅん》が、ひとりに尋ねた。

「助かって何より、で、どこのお人かね」

「私は開封《かいほう》の医者で、安《あん》と申します」

「安……？」

しげしげと顔をながめて、李俊は大声をあげた。

「アイヤー、あなたは安道全《あんどうぜん》先生ではありませんか」

「えっ、あ、あなたは李俊どの！　ま、まるで夢のようじゃ」

安道全は梁山泊の生き残りで、「神医《しんい》」と称されるほどの名医だった。李俊はあわてて、あたらしい衣服を安道全にあたえて着替えさせる。楽和《がくわ》が問いかけた。

「いったい、どうなさったのです」

「や、楽和君までいるのか。ああ、生き返った気分じゃよ。いやな、高麗《こうらい》国の国王が重病にかかって、わが国に医師の派遣を要請してこられたのだ。それで、わしともうひとりが……やや、盧《ろ》先生はご無事じゃろうか」

「ここにおりますよ」

あわれっぽい声がして、水びたし泥だらけの中年男がはい出てきた。

助かった人々と荷物は、金鰲島の市街地に運ばれ、客殿に迎えられた。すぐ祝宴の準備がはじまる。

安道全が楽和に語りかけた。

「楽君、あんたはここで元気にやっているようだが、杜興《とこう》君にはえらい迷惑がかかったんじゃよ」

「え、それはどういうことです？」

おどろく楽和に、安道全は、杜興が孫立《そんりつ》の親書をあずかったばかりに、流刑になり、ついに李応《りおう》らが飲馬川《いんばせん》に寨をかまえるにいたった経過を語った。

「まいったな、そんなことになっていたとは」

楽和は頭をかかえた。李俊が笑う。

「まあ、そのおかげで、我々はこうやってここにいる。天意というものでしょう」

宴がはじまると、李俊は安道全に、宋の朝廷のようすを尋ねた。安道全は溜息をつく。

「もう、何をいう気もおこりませんな。ひどくなる一方です。各地に盗賊がはびこり、刑はきびしく、税は重く、蔡京《さいけい》や童貫《どうかん》は遼国《りょう》と金国《きん》との争いに介入して無用の兵《いくさ》をおこすありさま」

「あいかわらずですなあ」

「わしも、今日は旧《ふる》い友人に遇《あ》って、つい朝廷を批判しましたが、開封にもどったら、何もいわぬつもりです。わが身が危のうございますからな」

すぐ近くの席に盧師越《ろしえつ》がいたが、一言もしゃべろうとはしない。陰気に目を光らせているばかりである。楽和は不安をおぼえた。

「安先生、よろしかったら、ここにお住まいになったらいかがです？　遭難死なさったことにしておいて」

「わしも島や街のようすを見て、そう思わんでもなかったが、勅命を受けて高麗へ渡った以上、都へ帰って復命《ふくめい》せんとね」

「楽君のいうとおりだ。朝廷でいやな目にあわずにすみますぞ」

「心が動くが、そうもいかんよ。聖上（皇帝陛下）をあざむくことになるしね」

「そうおっしゃるなら、無理にお引きとめもできんな。せめて数日、ゆっくり滞在なさっていただき、船や荷物もととのえてから、送り出してさしあげましょう」

十日ほどで、別離の日が来た。楽和は安道全に一通の書面を差し出した。

「どうも私の手紙は災いを呼ぶようなので、心苦しいのですが、もし先生が登州《とうしゅう》から上陸なさるのでしたら、義兄の孫立に手紙をことづけさせていただきたいのですが
……」

「ああ、登雲山なら都への道すじだ。かまわんよ。まさか杜興君の二の舞いにはなる

まいさ」

名残りを惜しみつつ、彼らは別れた。

金鰲島のほうはさておき、安道全は四、五日の航海で登州に着いた。ここで轎《かご》に乗りかえ、都をめざす。

登雲山のふもとを通りかかったとき、一行は四、五十人の盗賊に包囲された。だが、安道全が孫立の知人だとわかると、鄭重《ていちょう》に寨に案内された。孫立、阮小七《げんしょうしち》らは、よろこんで安道全を迎え、欒廷玉《らんていぎょく》や扈成《こせい》は初対面のあいさつをかわす。

よろこぶ一方で、孫立は首をかしげた。

「安道全先生は、解散後ずっと開封で侍医としておすごしと思っておりましたが、今日はまた、どういう風の吹きまわしで？」

そこで安道全は、高麗行きの話からはじまって、今日までの経緯を語り、楽和の手紙を手渡した。孫立は一読、目をみはる。

「妻の弟の楽和とは、ひさしく音信不通だったが、ずいぶんとはでなことをしでかしていたんですな」

手紙が一同にまわされ、そろっておどろきを禁じえない。扈成が溜息をついた。

「暹羅国か。いいところでしたよ、なつかしいな」

ついでに安道全は、楽和に話した杜興のことを物語り、

「あんたの手紙は、どうやら嵐を呼ぶ性質があるらしいぞ」

と冗談をいうと、一同、哄笑する。突然、阮小七が大声をあげた。

「こいつは愉快だ、おれたち兄弟、みんな、ひと旗あげちまったぜ。安先生、開封なんかへ帰って奸臣どもにいじめられることなんぞありませんよ、ここにいてくださいよ」

「ありがたいが、そういわれても……」

「おれ、この前、食いすぎで腹を痛くして、あやうくあの世へいくところだったんですから。先生がいてくれれば安心だ」

安道全が返事にこまっていると、盧師越がしきりに帰ろうと持ちかける。彼には山賊の友人などいないから、ここにいても愉しくはないし、早く帰宅したいのだ。

阮小七はいらだって、いきなり立ちあがり、盧師越の胸ぐらをひっつかんだ。

「ここをどこだと思ってるんだ、都のヤブ医者め。そんなに帰りたきゃ、ひとりで帰れ！」

「賢弟、つつしみなさい。この人は、わしといっしょに勅命を受けた身じゃぞ」

「勅命が何だってんです。もし、おれの気にさわったら、よしんば天子さまだって、

げんこ一発くらわしてやる」

欒廷玉が割ってはいった。

「おちつきたまえ。安先生にご迷惑がかかる。おふたりの先生方がお急ぎということなら、今夜だけお泊まりいただいて、明日、お見送りするとしよう」

阮小七は、しぶしぶ手を放した。盧師越は全身、冷汗をかいて声も出ない。

翌日、安道全と盧師越は都へ向けて旅立った。

十日あまりの旅で、つつがなく開封に到着すると、まず太師・蔡京《さいけい》に復命する。これは何ごともなくすんだ。というより、蔡京は心ここにあらず、の態である。

「両先生のお帰りをお待ちしておったのじゃ。というのも、わしの側室がふとした病にかかって、いまだに治らぬ。さっそくだが、治療してもらいたい」

ふたりの医師は、奥へ案内された。朱塗りの渡り廊下を歩む間にも、池あり、名石あり、名木あり、大理石の炉からは沈香《じんこう》の煙が立ちのぼっているし、庭には白孔雀《しろくじやく》が放たれている。

どれほどの大金が投じられているのやら。安道全は温和な男だが、そこは梁山泊の一員だっただけあって、つい皮肉な気分になった。

すぐ診察ということにはならない。脈をとるため、調息《ちようそく》がおこなわれる。呼吸をととのえ、五色のぎやまんの茶碗で峒山《どうざん》の銘茶を服して、さてそれからである。

診察でも、太師の側室とあっては、直接、顔はあわせられない。絹の帳《とばり》の間から、白玉でつくられたような腕が差し出される。

この側室は十九歳だが、蔡京は七十代後半で、掌中《しょうちゅう》の珠のように寵愛しているのだった。安道全は目を閉じ、精神を統一して脈をとり、たちまち病因を察知した。たいしたことではない。

奥からもどって、蔡京に伝え、処方を記すと、鄭重に送り出された。

蔡京は、いまひとりの医師・盧師越に薬の調合を命じて外出する。これがまずかった。

「安道全が処方して、おれが調合だと？　これでは、おれは安道全の下役ではないか。いまいましい、見ているがいい」

高麗このかた、盧師越は安道全の世話になりっぱなしで、かえって不快な思いをさせられてきた。もともと安道全に劣るという意識が、彼をそそのかした。彼は安道全の処方とまったくことなる薬を調合し、さっさと帰宅してしまったのである。

側室はその夜、急死した。

憤激した蔡京は、翌朝早く安道全と盧師越を呼びつけた。盧師越はすぐにやって来たが、安道全は来ない。聴けば、城外に知人を訪ねているという。

「すぐに探し出して、つれてまいれ。で、盧師越、これはどういうことじゃ。人ひとり死んだのだ、場合によっては極刑じゃぞ」

盧師越は慄えあがる演技をしながら、あることないこと蔡京に吹きこんだ。蔡京は奸臣といわれながらも、相応の才幹と学識をもって宋の政権をになってきた。だが、年齢も七十をすぎて判断力に多少の衰えが生じている。まして愛する側室をうしなって動揺しているところだ。盧師越ごときの口車に乗って、安道全を、太師暗殺未遂の逆賊と思いこんでしまった。さらに、

「太師閣下、もともと安道全は梁山泊の残党、おそばにお近づけになったのが、まちがいでございます」

盧師越にいわれると、まさにそのとおり、と納得し、ただちに安道全を大逆犯として逮捕するよう、布告を発したのである。

安道全は都で気ままな生活を送っていた。妻も子もいない。ではひとりで住んでいるかというとそうではなかった。

蕭譲《しょうじょう》と金大堅《きんたいけん》。このふたりも梁山泊の生き残りだが、安道全とちがって妻子がある。蕭譲は書の達人で、文書を担当し、金大堅は篆刻《てんこく》の名人で、印章を担当してい

た。三人は気があったので、開封では大きな家を買い、いっしょに暮らしていた。

その日は仕事もなく、蕭譲と金大堅は茶を飲みながら雑談をしていたが、そこへ開封府庁の役人たちが、どっと乱入してきて、ふたりをからめとってしまった。

「これはいったい何ごとだ」

金大堅がどなる。

「安道全はどこにおる？　隠しだてすると、ためにならんぞ」

「彼はいま外出中だ。だいたい、何で隠しだてしなきゃならん」

蕭譲が役人たちをにらみつける。

「だまれだまれ、安道全は太師さまの暗殺を謀《はか》った罪によって指名手配になったのだ」

「安道全が手配されたからとて、なぜ我々がつかまえられねばならん？」

「共犯の容疑だ。いいたいことがあれば、府庁でいえ」

蕭譲も金大堅も、文人ながら梁山泊の頭領のひとりだった。五、六人の相手ならものともしないが、すでに縛られているので抵抗のしようもない。そのまま府庁に引ったてていかれてしまった。

当の安道全はというと。

太師・蔡京の大邸宅を出たあと、家に帰らず、荷物を持って城外へ出た。高麗へ出かける前に、何人かの知人から餞別をもらっている。土産《みやげ》を持って、あいさつまわりをするつもりだった。

そのなかのひとりが、安道全を引きとめ、無事帰国を祝って宴を開いてくれた。好意に甘えて、一泊し、朝になって開封城内にもどってきたのだ。

安道全は友人たちと共有する家にはもどらず、太尉・宿元景《しゅくげんけい》の邸宅に参上した。宿元景は、朝廷の大臣たちの中で、ただひとり、梁山泊の味方をしてくれる人である。あいにくと宿元景は早朝から朝廷に参内して留守、ということで、安道全は客院で待つことになった。午《ひる》近くになって宿元景は帰宅したが、安道全の顔を見るや、腕をつかんで書斎に引っぱりこんだ。

Ⅳ

安道全《あんどうぜん》は拝礼して、

「太尉さまには、ごきげん……」

といいかけたが、さえぎられてしまった。

「安先生は何もご存じないようだ。私にいわせれば、それが無実の証拠だが……」

「い、いったい何ごとでございましょう」

「先生、先ほど勅令が出されました。先生は、太師暗殺未遂その他の国事犯として、全国に指名手配されましたぞ」

安道全は仰天した。

「ま、まさか。まったく身に覚えのないことでございます」

「太師側の証人は、おなじ侍医の盧師越《ろしえつ》。心あたりはござらぬか」

そう問われて、安道全は、盧師越が阮小七に詰《なじ》られたことを思い出した。彼自身も、盧師越のいる前で、朝廷批判をやってしまったのだった。安道全は椅子からころげ落ちそうになった。

「私め、太師暗殺がどうのこうのということ、何も存じあげませぬ。どうか、閣下、お慈悲をもって、私めをお救いくださいませ」

宿元景《しゆくげんけい》は額の汗をふいた。

「できるだけのことはしましょう。わが家にかくまいたいところだが、太師の手は、かならずここにも伸びてくる。都を遠く落ちのびて、身を隠しなさい。その間、私は開封《かいほう》で真相を調査します」

宿太尉は家僕《かぼく》を呼ぶと、安道全に銀三十両と衣服ひとそろいを渡した。

「私の家の者に変装していきなさい。門兵に問われたら、宿太尉の用で南方へ行くというのです」

「何とお礼を申しあげたらよいか……」

「さ、いそいで」

安道全は宿元景にいわれたとおり、変装して開封城外へ出た。袋をせおい、とぼとぼと歩き出す。彼は年齢も五十歳近い。行くあてもなく、ただ歩きつづけて開封から遠ざかった。

「ああ、こんなことになるのだったら、李俊《りしゅん》どののいうとおり、金鰲島に住みつけばよかった。しかし、いまでは赴《い》く術《すべ》もない。こうなったら、登雲山《とううんざん》にいって、しばらく時を待つしかないな」

冬が近づき、北風が頰をたたき、黄塵《こうじん》が路上に舞う。話し相手もなく、追手におびえながら旅すること十日、ようやく山東路《さんとうろ》にはいった。日は西山《せいざん》に落ち、宿をとろうにも、尋けば宿駅まで十五里もある。脚は疲れはてて痛み、空腹で半ば倒れそうになりながら、ひたすら足を動かしつづけた。

「あたた、もういかん」

悲鳴にもならぬ声を発してへたりこんだのは、とある一軒家の小さな門の前だった。二、三本の古樹がそびえ、小川には石の橋がかかり、一株の老梅《ろうばい》が流れに影を落としている。五、六羽の寒雀《かんすずめ》が蕾《つぼみ》をつついていたが、安道全の声におどろいたか、あらそうように飛び立った。

「どなたかな？」

おだやかな男の声がして、門のところに人影があらわれた。安道全としては、その声にたよるしかない。

「旅の者です。すっかり疲れはてているのですが、こまったことに宿がとれません。はなはだあつかましいことながら、一夜だけ房室《へや》を拝借できませんでしょうか。もちろん、お代はお払いします」

男は夕闇をすかすように安道全を見ていたが、微笑したように見えた。

「たしかに、おこまりのようだ。かまいませんよ。ただ、田舎のこととて、おもてなしはできませんが、さあ、どうぞ」

地獄で仏とはこのことだ。安道全は、うれし涙をこぼしそうになりながら、男について家の中にはいった。客院に通されると、家僕が燭台《しょくだい》を持ってきて卓上に置く。ふたりはたがいの顔を、はっきりと見た。

「おや、あなたは」

おなじ言葉が、ふたつの口から発せられた。

「安道全先生ではありませんか」

「聞煥章《ぶんかんしょう》参謀史《さんぼうし》！」

「はは、参謀史はやめてください。私の一生の汚点です」

聞煥章は梁山泊の一員ではなかった。むしろ反対側にいた。太尉・高俅《こうきゆう》が梁山泊討伐軍をもよおしたとき、高名な文人であった聞煥章を無理に参謀史（参謀長）として引っぱり出したのだ。そして惨敗した。聞煥章の進言や献策を、ことごとく高俅が無視したからである。何のために聞煥章を登用したのかわからないが、おそらく高名な文人を、自分の下に置いてみたかったのであろう。

「お話ししたいことは山ほどあるが、まずお食事を」

家僕が酒と料理を運んできた。芥子《からし》をつけた湯豆腐、野菜餡《あん》の饅頭《マントウ》など、「牛肉さえあればいい」という李俊《りしゅん》や阮小七《げんしょうしち》とは大ちがいである。

ふたりは飲みかつ語りあって、すっかり意気投合した。結果、聞煥章のひとり息女《むすめ》が病だったのを安道全が治療し、一方で安道全が逃げ出した後、開封府がどうなっているかを聞煥章が知人にたのんで探り出す、ということの運びになった。

安道全は恐怖と不安から逃れて、ゆっくりと聞煥章の家に滞在することができた。ところがひと月ほどたったころである。

散歩に出た安道全が、街道すじまで足を延ばしてみて、愕然《ぎょっ》として立ちすくんだ。ふたりの流刑囚を、ふたりの端公《たんこう》（護送役人）が追いたてていくのだが、流刑囚というのが、何と、蕭　譲《しょうじょう》と金大堅《きんたいけん》なのである。

先方も安道全を見た。金大堅が「安……」といいかけたのを、蕭譲があわてて足を踏みつける。安道全は夢中で駆けより、袖をまさぐって、ありあわせの銀子を端公に渡す。離れた場所で話をすることができた。

「ご両人、もしかして私のせいで罪に問われたのでは？」

「まあ、そういうところです。ただ、連座で重罪になるところ、宿太尉のおとりなしで、軽くすみ、沙門島《さもんとう》へ流されることになりました」

「軽罪でも罪は罪。もともと私のせいなのだから、いまから自首して、あんたがたを釈放してもらおう」

蕭譲は制止した。

「いかんいかん、我々は軽罪ですんで、二、三年の辛抱だが、先生がつかまれば死刑はまちがいない」

「しかし……」

「それより、開封に残してきた家族のことをお願いしたいのですが」

そこへ聞煥章があらわれて、一同を家に招いた。端公たちは熱い酒をふるまわれて、機嫌よく早々と寝てしまう。安道全たち四人は、たがいに相談し、蕭譲と金大堅の家族は、聞煥章が引きとって保護することになった。蕭譲と金大堅は、それぞれ家族あてに事情を報《しら》せる手紙を書き、安道全はふたりに三十両の銀子を贈った。翌日、ふたりは感謝しながら沙門島への流刑の旅を再開したのであった。

三日後、聞煥章は安道全を家に残して、開封へと旅立った。十日あまりの旅で、開封に着く。ただちに宿元景の邸宅を訪れた。

「太尉閣下には、安道全、蕭譲、金大堅の三名をご保護くださり、生命を救っていただきました。ご恩の報じようもございません」

「いや、私にもっと力があればよかったのだが、現状ではこれが精いっぱい。恕《ゆる》してほしいのは私のほうだ。開封には、長くいないほうがよい。何かこまったことがあったら、私の名をお出しなさい」

聞煥章は、蕭譲、金大堅の家族をつれて家へ帰ってきた。すると今度は、留守をまもっていた安道全が出かけるという。

「ふたりが流された沙門島と、旧い友人たちのいる登雲山は、おなじ方角。ぜひとも訪ねて、ようすを見てまいります」

こうして入れちがうように安道全は東へ旅立ったが、三日めに思わぬ人物たちに出会った。何と、蕭譲と金大堅を沙門島へ連行していったはずの端公たちである。

「これは、おふたり、沙門島まで行ったにしては、ずいぶんお帰りがおはやいですな」

「それが妙な案配《あんばい》になりましてね。登雲山のふもとを通りかかったとき、山賊におそわれたんでさ。どうやら、おれたちが護送していたふたりは、登雲山の連中と昔なじみだったらしい。それで、ふたりの身柄は奪われてしまいました」

「ほう、それはそれは」

「おれたちのほうは殺されそうになったんですが、ふたりがけんめいに生命乞いしてくれたんで助かりました。首領というのがいい人で、迷惑料だといって二十両くれましたよ。で、こうしてこれから開封へ帰るところです」

「それは災難でしたな、お気をつけて」

安道全は内心、大よろこびで端公たちと別れた。阮小七や孫立たちが救ってくれたにちがいない、と思うと、気が抜けるほどに安心した。

「やれやれ、これでわしも沙門島くんだりまで行かずにすんだわい。さっそく登雲山へ行くべきところだが、せっかくここまで来たのだから、泰安州《たいあんしゅう》に立ち寄って、戴宗《たいそう》どのに会っていくか。何とかいう廟で、道術の修行をしているはずだ」

さらに三日、方角をすこし変えて泰安州に着く。天下一の名山たる泰山《たいざん》の門前町だけあって、たいへんな人出だったが、さいわい戴宗とはすぐに会うことができた。

戴宗はこれまた梁山泊の一員で、「神行法《しんこうほう》」と称される秘術の達人である。久々の再会をよろこびあったが、それも二、三日のことだった。

十五万の大軍をひきいて、北京大名府に駐屯している枢密使・童貫《どうかん》から戴宗に呼び出しがあったのである。ふたりは別れて安道全は登雲山へと出立し、戴宗はいやいや北京大名府へ出かけていった。

神行法を使うので、日数はかからない。両脚に甲馬《こうば》をくりつける。これは後世の用語でいえば、「加速装置」ということになろう。

通常の十倍の速さで北京大名府に着くと、さっそく戴宗は童貫のもとに出頭した。

V

臨時の枢密府で徽宗《たいそう》を迎えた童貫《どうかん》は、愛想がよかった。

「これから先、北辺はますます騒がしくなり、軍隊の務《つと》めも重くなろう。わしは以前から、そなたの神行法に感心しておった。統制の職をさずけるゆえ、各地の文書の往来に力を貸してはくれぬか」

「私めはすでに出家して道士となった身。いささかお役に立った後は、ふたたび廟へもどらせていただきます」

「惜しいのう。まあよい、いっさいは戦《いく》さに勝った後のことにしよう。よろしくたのむぞ」

童貫個人の用に使われるなら、まっぴらだが、国事とあってはそうもいかない。戴宗は両脚に甲馬をくくりつけて東奔西走、北方の山野を駆けめぐった。

遼軍は瀕死の状態にあったが、三万の兵力をもって、なお最後の抵抗をこころみた。金軍の四太子・兀朮《ウジュ》は、わずかな兵をひきいて遼軍を追ったとき、伏せていた遼軍に包囲され、あわやの危機におちいった。このとき、兀朮は矢を射つくすと、敵の槍をうばって八人を殺し、五人を傷つけて生擒《いけどり》にしたという。兄の二太子・斡離不《オリブ》が兵をひきいて駆けつけ、弟を救い出した。

捕虜たちの口から遼の皇帝の所在を知った斡離不と兀朮は、鴛鴦濼《えんおうろく》の地をおそい、遼帝を生擒にした。

ここに遼は滅亡した。宋の宣和七年（西暦一一二五年）のことである。

また宋軍はほとんど何もしなかったが、童貫は、遼を亡ぼした大功労者だというので、元帥の称号を受け、予《よ》国公に封じられた。

それだけならまだよかった。宋の天子・徽宗《きそう》は、これも道術のおかげだ、として、師の林霊素《りんれいそ》は巨万の財宝をさずけられ、二万人の弟子もやりたい放題で、汚職、公金濫費《らんぴ》、女色のかぎりをつくした。その中には、王朝恩《おうちようおん》と郭京《かくけい》もいたのである。

「いかがですかな、公子、小生といっしょにいて、よかったでしょう」

「いや、まったく、この栄華も郭先生のおかげ。しかし、私の前恩も忘れんでくれよ」

「忘れていないからこそ、こうして、酒食をともにしているのではござらんか」

「いやいや、まったく、ありがたいありがたい」

彼らが美酒をあおり、美女を抱く間にも、破滅は足音をひそめて忍び寄りつつあった。

戴宗は最後の仕事として、南方の建康《けんこう》におもむき、そつなくそれを終えて、やっと不本意な任務から解放された。

「ふう、やっと解放された。すぐ北京大名府へもどってもいいが、せっかく建康まで来たんだ。二、三日、古都見物でもしていくか」

そういって宿を出たとたん、沓《くつ》が飛んできて、戴宗の頭上をかすめた。

「けんかだ、けんかだ」の声。

見れば、商人風の男ひとりが、七、八人を相手に大立ちまわりの最中である。白手《すで》で、武器は持っていない。周囲に三人ばかり倒れているのは、功夫《カンフー》でやられたものと見える。

「何だ、蔣敬《しょうけい》君じゃないか」

「……やあ、戴宗どの」

男は汗を流しながらあいさつした。

「すこし、てつだっていただけませんか。さすがに、ちょっと人数が多いもんで」

「しょうがないな」

戴宗が一歩前《すす》んだとたんに、男たちのひとりが殴りかかってきた。戴宗は、かるくかわしておいて、掌底《しょうてい》で相手の顔を一撃する。相手はみごとに地にころんだ。

「新手《あらて》だ、まずいぞ、退け」

男たちは、蔣敬ひとりをもてあましていたところ、戴宗が出現したので逃げ出していった。

「おかげで助かりました」

「助ける必要があったかね」

この蔣敬は、またまた梁山泊の義兄弟のひとりである。計数《けいすう》に長じ、金銭の管理や運用においてならぶ者がなく、梁山泊では会計を担当していた。武術《ウーシュウ》の腕もなかなかのものである。

ふたりは居酒屋にはいって再会の杯をあげた。

「それにしても、いったい何があったのだい」

「何、やつに薬種を売っても代金を払わないので、催促にいったら、逆に、品物をよこさず代金をとろうとするサギ師だ、なんていうもんで……けんかに勝ったってしょうがないんです。五百両とりもどさないと、つぎの商売ができない」

「おれはいま、心ならずも童貫のもとで統制をやってるんだ。権力を振りかざすのもいやだが、その五百両は取り返してあげよう」

「何と、ありがとうございます」

「ところで、蔣兄弟は知ってるかね。阮小七《げんしょうしち》や孫立《そんりつ》が登雲山で、李応《りおう》や裴宣《はいせん》が飲馬川で、それぞれ旗あげしたことを」

蔣敬は目をみはった。

「本当ですか？　いいえ、知りませんでした、もっぱら南の方をうろついていたもので。なつかしいな」

「それがいかん。彼らのように騒ぎをおこさず、地道に商売をやりたまえ。なつかしいだろうが、会いにいっちゃいかんよ」

「……わかりました」

その夜、ふたりは宿で夜おそくまで語りあった。戴宗もひさしぶりに気分がさっぱりした。童貫のために働きつづけてきたのだから、もっともなことである。

翌日、戴宗は役所を通じて、蔣敬のために銀五百両を取り返してやり、名残りを惜しみつつ別れた。

蔣敬は、商売上の調査もおこたりない。

「今年、長江《ちょうこう》の下流は米が不作、中流は豊作になるだろう。江州《こうしゅう》で米を先買いし、建康で売れば、ざっと二倍のもうけになるはずだ。江州へいくとするか」

江州は建康の西南、ざっと八百里の地点にある。蔣敬は建康の港である竜江関《りゅうこうかん》に行って、西へいく三板船《てんません》をやとった。船頭はずんぐりした中年男で陸《りく》、副船頭は細面の若者で張《ちょう》という。蔣敬が船内に荷物をおろしたとき、銀の重い音がして、ふたりの船頭の目が暗く光った。

第六章　登雲山《とううんざん》の攻防

I

船旅の幸先《さいさき》はよかった。おりから東北の風が吹き、江州《こうしゅう》へ行くのに舵《かじ》は立てたまま。帆に風をはらんで、長江《ちょうこう》の豊かな流れをさかのぼっていく。

十日に満たず、江州に近づいたが、あと三十里ほどの地点で、突然、風向きが変わった。西からの風が白波をおこし、船を下流へ押しやろうとする。そのうち黒雲が立ちこめ、雷がとどろいて大雨が降りはじめた。

やむなく船を、とある渚に寄せたが、人家もろくに見えない寂しい場所だ。

「ついてねえぜ、風があのままだったら、いまごろ江州の港にはいっていたのによ」

陸《りく》船頭がぼやく。張《ちょう》副船頭が応えた。

「お日さまと風だけは、どうにもならねえさ。いままでが調子よすぎたんだ。今夜はここに船がかりだな」

言葉をつづける。

「おれたちゃ毎日、お客さんに、ごちそうになってきた。今夜はひとつ、おれたちがお客さんにごちそうしますよ」

蔣敬《しょうけい》は手を振った。

「おいおい、いいよ。銀子なら、おれが持ってる」

「おれたちの、ほんの心ざしでさあ。気にせんでください」

ほどなく張が、雨の中をもどってきた。肥ったアヒルを三羽、それに蔣敬が名を知らない大きな魚をさげている。酒屋の後生《こぞう》が、ひと甕《かめ》の地酒を運んでついてきていた。

広くもない船内で酒宴がはじまる。

雨と風のせいでうすら寒くなっていたので、蔣敬はすすめられるままに五、六杯たてつづけに飲みほした。悪くない酒だったが、ふと心に疑念がわいた。

「人気《ひとけ》のない場所だ。それに、このふたり、どうも調子がよすぎる。おれは単身だし、ひょっとして悪心を抱かぬとはかぎらんぞ」

そこで杯を置こうとすると、陸と張のふたり、しきりにお世辞をいいながら、かわるがわる杯に注《つ》ぐ。蔣敬はやむなく五、六杯飲んだが、あとはかたくことわり、アヒルと魚をおかずに飯を食べた。

「疲れた、もう寝る」

用心のため服を着たまま、腰刀を枕もとに置いて目を閉じた。油断はしていないつもりだったが、熟睡するには適当な酔い加減で、しかも雨の音が睡魔をさそう。

……突然、はっとして目をさました。手さぐりで刀を探したが、ない。ときに雷光がひらめいて、陸が船首の方から、張が船尾の方から、目をぎらつかせてはい寄ってくるのが見えた。陸の手には蔣敬の刀、張の手には柴斧《まきわり》がある。

蔣敬は、反射的にはね起きた。前後をはさまれているから、横へ逃げるしかない。篷《とま》をはねあげたとたん、陸が奇声をあげて斬りつけてきた。

蔣敬はとっさに身を躍らせ、水音と飛沫をあげて長江へ飛びこんだ。

「やろう、逃げやがった」

「こんな荒波の中を、素人《しろうと》が泳げるもんか。長江の底で骨になるのが落ちさ」

「そうだな。しかし、肝腎の金銭《かね》のほうはどうだ？　重いだけのがらくただったら、とんだ骨折り損だぜ」

「あけてみようや」

陸が套子《にもつぶくろ》をさかさにしてみると、ころがりでたのは、ふたつの包み。黒い布でくるんであるのを開いてみると、雪のように銀子が目を射た。

「うわっ、すげえ。五百両はあるぜ」

「こんな大金、見たことねえ」

いつしか風はやみ、雨は小降りになっている。長江に慣れきったふたりの悪船頭は、帆をあげて江州へと出発した。

蔣敬のほうは、荒波に苦しみながらも、泳いで近くの岸にはいあがった。李俊《りしゅん》や阮《げん》小七《しょうしち》にはおよびようもないが、湘江《しょうこう》の産で、泳ぎは得意なのだ。

上陸はしたものの、近くに人家はない。服を着たまま泳ぐのも体温と体力をうばう。ふと目にはいったのは、松林の間にちらつく灯火である。よろこんで駆け出したとたん、すべすべした石を踏んだ。

……どれほどの刻《とき》がたったか、蔣敬が意識をとりもどすと、暖かい房室《へや》の乾いた蒲《ふ》団《とん》にくるまっていた。衣服も、古いが清潔なものに替わっている。

「おお、目がさめたかの」

ひとりの老僧が声をかけてきた。蔣敬は起きあがって、すわりなおした。

「老師がお助けくださったのですか。かたじけのうございます」

「他人に謀られたようじゃの」

そこで蔣敬が事情を語ると、老僧は、

「阿弥陀仏《あみだぶつ》、ただこの者、福にめぐまれ、無病息災なれ」

と、念仏をとなえる。蔣敬はつい苦笑してしまった。

つぎの一日で、蔣敬の衣服も乾いた。蔣敬は何の御礼もできぬことをわびたが、老僧は笑ってこころよく送り出してくれた。

蔣敬はさまざまに考えて、ひとまず江州へ赴《おもむ》くことにした。悪船頭どもの本拠地は江州の近辺にあるにちがいない。

金目のものといえば、腰帯につける金環《きんかん》ひとつだけだったが、途中の村で銀二両の現金に換えた。

疲れきって江州の城市《まち》に着く。市場で知人を物色したが、ひとりもいない。落胆して河畔を歩いていると、豪奢な建物を見つけた。近寄って額を見ると、「尋陽楼《じんようろう》」と記してある。「黄鶴楼《こうかくろう》」とならんで、中華史上、もっとも有名な料亭だ。

「ああ、これが尋陽楼か。江州に来て、ここに上らなかったら一生の損、というやつだな。料金もさぞかし……」

二両しか持っていないのに浪費はできないところだが、そこは「梁山泊《りょうざんぱく》の男だて」、ケチくさいのはごめんだ、と、思いきって登楼した。

三階まで上ると、さすが天下の絶景、滔々《とうとう》たる長江の流れに、名だたる廬山《ろざん》。古来いくつもの詩にうたわれ、有名な文人が訪れてきただけのことはある。

ぼんやりと見とれていると、いきなり後方から肩をたたかれた。

「おい、梁山泊の残党、こんなところで何をしてるんだ？」

愕然《ぎょっ》として振り向くと、にやにやしながら若い男がたたずんでいる。いった当人が梁山泊の残党、穆春《ぼくしゅん》であった。

「おどかさんでくれよ。しかし、元気そうで何よりだ」

「うん、まあ、元気だけはあるがね」

「とにかく、久しぶりだ。一杯やろう」

「いや、じつは、正直いっていま一銭も持ってないんだ」

「それくらい、おれが出すさ」

そこでふたりは窓ぎわの席をとり、盛大に飲み食いをはじめた。

穆春も十代で梁山泊にはいった組だ。兄の穆弘《ぼくこう》にくっついて、のようなものである。それまでは実家の権勢をかさに着た不良少年だった。いったん梁山泊にはいった後は、文武の達人たちに接して、ずいぶん変わった。

戦さが終わった。兄の穆弘も死んだ。実家に帰ってみると老父も死んで、すっかり没落していた。以来、雑用と博打《ばくち》で生活している。

「ご先祖には申しわけないが、まあ、何とかやっていけてるし、年齢《とし》も若いから、どうにかなると思ってるよ」

「元気だけは残ってるな」

「あはは、暗くなってもしかたないしね」

「ところで、ちょっと尋きたいことがあるんだが……」

蔣敬は自分の事情を語り、陸と張というふたり組を知らないか、と尋ねた。穆春は知っていた。

「陸は陸祥《りくしょう》、張は張徳《ちょうとく》だろう。よりによって、いちばん性質《たち》の悪いやつにひっかかったもんだね」

「それほどのやつらか」

「客を脅して何倍もの料金をとる、荷物を抜きとる、他の船頭たちの仕事を横どりする……強盗殺人もいくつかやってるはずだ」

「そんな兇悪なやつらが何だって——聴くまでもないな」

「おれも他人《ひと》さまのことをとやかくいえるような身分じゃなし、かかわらないようにしていたが、蔣敬哥哥《あにき》が被害者になったとあっちゃ話はべつだ。すぐ退治しにいこうぜ」

ふたりはいったん港にもどって張徳の家を教えてもらった。張徳は女房もちだが、陸祥は独り者で、張徳の家に下宿しているという。

ふたりは港から東へ歩き、一里もないところで、蘆簾《よしず》を窓にかけた家を見つけた。

「ごめんよ、張さんはいるかい」

すると、卓についていた女が、おどろいたように立ちあがった。三十前の、妙に婀《あ》娜《だ》っぽい女で、黒布の服、桃色の帯、緑色の裙子《スカート》という姿だ。

「亭主なら留守だよ」

「じゃ、陸さんは？」

「やっぱり留守だけど、おっつけ帰ってくるでしょ」

穆春は蔣敬を指さして、

「こちらのお客人が、建康《けんこう》であんた方の船をやとって来られたんだが、船内に銀五百両を置き忘れたんだそうだ。返してあげてくれんか」

女の顔色が変わった。

「そんなこと、あたしゃ知りませんよ」

穆春は蔣敬をちらりと見る。蔣敬は心得て扉に閂《かんぬき》をかけた。穆春は懐から短刀を引き抜くと、女を床に押し倒し、片足で胸を踏みつけた。

「この潑婦《あばずれ》が！　返さぬとあれば、生命で返してもらうぞ」

どなりつけると、女は慄えあがり、

「官人《だんな》、生命だけは助けて。銀子は床下の酒甕《さかがめ》の中に隠してあるから」

「よし、それで、お前の亭主はどこにいる？」

「うちの人も酒甕の中だよ」

「何だって？」

穆春はまばたきした。女は告白する。

「あのふたりは見たこともない大金を持って帰ってきたけど、陸祥がいきなり、うちの亭主を斬り殺したんだ。で、手足をばらばらにして、酒甕の中につめこんで床下に埋めたんだよ」

「亭主が殺されたとき、どうして人を呼ばなかった？」

「そんなことしたら、あたしも殺される」

「いまは陸祥のやつはいないじゃないか」

「…………」

「もう何もいわなくていい。陸祥としめしあわせ、亭主を殺したんだろう。裁判の手間を、おれが省《はぶ》いてやる」

いうなり穆春の短刀がひらめいて、女の胸をつらぬいた。女はひと声うめいて息絶える。

そこへ、扉をたたく音がして、穆春と蔣敬を、はっとさせた。

「おい、何で扉を閉めてるんだ。さっさと銀子を掘り出しておけ、と言ったろう。鎮《ちん》江《こう》行きの船に乗りおくれたらまずいぞ」

陸祥の声だ。蔣敬は閂《かんぬき》をあける。半ば飛びこんできた陸祥は、女の死体と、その傍に立つ穆春の姿を見て、あっと声をあげた。

「陸祥ッ、思い知れ！」

蔣敬が、壁に立てかけられていた自分の腰刀を抜いて、陸祥の胸を刺しつらぬいた。

II

蔣敬《しょうけい》と穆春《ぼくしゅん》は五百両を奪《と》り返して張徳《ちょうとく》の家を出た。床下には張徳以外の死体も三、四体ころがっていて、陸祥《りくしょう》らの悪業が知れたが、官衙《やくしょ》にとどけるわけにはいかず、ふたりは一刻も早く江州から他州へ出ることにして先をいそいだ。

「先だって戴宗《たいそう》どのに逢ったとき聴いたんだがね、李応《りおう》どのや裴宣《はいせん》どのが飲馬川《いんばせん》で、阮小七《げんしょうしち》どのや孫立《そんりつ》どのが登雲山《とううんざん》で、それぞれまた旗あげしたそうだ。飲馬川はちょっと遠すぎるが、登雲山はそれほどでもない。いっしょに登雲山へ行ってみたらどうだろう」

蔣敬の意見に、穆春も同意した。

「山寨に住みなれてみると、世間に出るのはどうもいけない。陸祥みたいなやつらとかかわって、よけいな血を流すだけだ。あんたのいうとおりにしよう」

そこで方角をさだめて東北へ進んだが、蔣敬は体調が悪くなってきた。頭痛と吐き気がして、身体じゅう熱っぽい。

「兄弟、どうもおれは体調が悪くて、歩けなくなりそうだよ」

「そいつは弱ったね。ここはまだ江州の界内《うち》だ。役人に見つかったら、まずいことになる。もうすこし辛抱してくれ。州を出たら、すぐ宿をとって医者を呼ぼう」

蔣敬は、やむなく苦しさに耐えて半里ほど進んだが、「双峰山神之廟《そうほうざん》」と記された額の前で、激しい身慄いとともに、突然、倒れてしまった。

穆春はあわてて助けおこした。

「哥哥《あにき》、こりゃ重病だ。おれが甘かったよ。すこし廟の門に寄りかかっていてくれ。

休ませてくれるよう頼んでくる」

　蔣敬は返事もできず、うなずくばかり。穆春は廟に走りこみ、ひとりの香火《てらおとこ》に出くわした。

「もし、私は旅の商人ですが、御門前で、兄が病に倒れてしまいました。すこし休ませていただけませんか。治ればすぐに出立いたしますし、香金《おふせ》は充分にお払いいたします」

　穆春はもともと良家の出身なので、その気になれば、ていねいな口がきけるのである。同時に二粒の銀子をにぎらせたので、香火はすぐ道士を呼んできた。

　その道士は背が高く、顔は角ばり、頰鬚《ほおひげ》を伸ばして、頭には純陽《じゅんよう》頭巾と呼ばれる道士用の帽子をかぶっている。穆春の説明に対し、

「病人はこまりますな」

　と冷たい返事。穆春は赫《かっ》としたがこらえて、

「お礼は充分に」

　と強調した。道士はようやくうなずき、

「西の廊下で休ませてやりなさい」

　と香火に命じ、さっさと奥へはいっていった。

穆春が蔣敬を背おって西の廊下へ行ってみると、そこは何と、報応司《えんまさま》をまつった場所だった。床はしめり、窓は破れている。穆春はますます腹が立ったが、どうしようもない。板戸をはずして床に敷き、借りた蒲団の上に蔣敬を寝かせた。さらに、香火にたのんで、生姜湯《しょうがとう》をつくってもらい、自分は薬を買いに走る。

廟を出たところで、ひとりの男にぶつかりそうになった。目が落ちくぼみ、細いヒゲをはやした小男だ。穆春は小男をかわして走り去ったが、その小男がつれていた十五歳の少年には気がつかなかった。少年のほうでは、穆春を見て「小郎《わかだんな》」と呼びかけたのだが、穆春の耳にはとどかなかった。

かえって小男のほうが聞きとがめた。

「若だんなとは、いまのやつのことか」

「ええ」

「いったい誰だ」

「いつもぼくの家で博打をやってる穆家の若だんなだよ」

「ふーん」

この小男の名は竺大立《じくだいりつ》という。江州きっての悪党として名高い人物だった。特技は人をおとしいれること、趣味は人をだますこと、という男である。

少年のほうは池芳哥《ちほうか》という。なかなかの美童である。家は賭博場をいとなんでおり、穆春は景気のいいときなど、こづかいをやっていたものである。

この日、廟には四人の悪党があつまったのだった。まず竺大立、近くの村の保正《ほせい》(庄屋)・袁愛泉《えんあいせん》、その友人の朱元《しゆげん》、廟の道士・焦若仙《しようじやくせん》である。四人とも気のあう同士で、他人の財産を横領したり、無実の人間を牢送りにしたり、一家離散、獄死、流刑……と、不幸にした人々の数は算《かぞ》えきれない。その連中が顔をそろえたのは、月一回の例会のためだが、竺大立が穆春とすれちがったことから、思わぬことがおきる。

四人は客院で昼から酒宴をはじめたが、ほどなく竺大立がいいはじめた。

「先日、江州の柳塘湾《りゆうとうわん》で陸祥のやつが殺されたろう」

「ああ、いい気味だ」

「それで、目撃者の話によると、犯人は男のふたり組ということだが、焦さん、心あたりはないかね」

「心あたりというほどでもないが、今日、ふたりづれの男が、休ませてくれといってきた。金銭《かね》を払うというので、病人のほうを休ませてやっている」

「うさんくさいな」

「朱さん、犯人をつかまえたら賞金はいくらになる？」

「一千貫だよ」

一貫は銀ではなく、銅銭一千枚分にあたる。

「それじゃ、四人で山分けといこうか」

「おいおい、まだ犯人はつかまっていないぞ」

「つかまったのも同然だ。さっき、おれがすれちがった男と、病人のふたり組。やつらが犯人に決まってる」

「うさんくさいとは、わしも思うが、証拠なんてないぞ」

「証拠は見つける。なかったら……」

「ふふ、いつもの伝か？」

拷問とでっちあげ、というわけである。

四人は杯を置くと立ちあがって西の廊下に行った。高熱で慄えながら横たわっている蔣敬をぐるりと包囲する。

「お客人、あんたの荷物を見せてもらいたいんだがね」

蔣敬は熱で半ば朦朧《もうろう》としながら応じた。

「そんなことをされるいわれはない」

「こっちには、あるのだよ」

竺大立がすばやく枕頭《ちんとう》の包みを奪ってあけてみた。中から雪色にかがやく五百両の銀子がころがり出る。悪党どもは歓声をあげた。

「正直なところ半信半疑だったが、竺さん、あんたの勘はたいしたものだ」

「へっ、金銭と血の匂いは、おれさまの鼻から逃れられねえよ」

蔣敬はうめいた。

「待て、その銀子はもともと私のものだ」

「うるさい、神妙にしろ」

朱は懐から黒い縄を取り出し、蔣敬の首にかけてから残りの部分で後ろ手にしばりあげた。蔣敬は病身の上、相手は四人、武器もない、とあっては、観念せざるをえない。穆春が罠にかからないことを祈りながら、柴房《さいぼう》（たき木小屋）に放りこまれ、外から錠をかけられた。

四人は客院にもどって酒宴を再開した。竺大立が景気よく杯をあおる。

「この五百両は、官衙の知らないことだから、とどけ出る必要もない。おれが見つけたんだから、半分はおれがいただくとして、残り半分は、あんたら三人で公平に分配すればよかろう」

「今日はまったくいい日だな」

「善人には善果があるのさ」

さて、芳哥は竺大立にそそのかされて家出し、悪事のてつだいや男色の相手をさせられていたが、ことの成りゆきを見て悩んでいた。もともとたいした不良というわけでもなく、穆春には好感を持っていたからである。

「とてもあの四人にはついていけない。殺人犯というけど、ちがうかもしれないじゃないか。もし穆の若だんなが殺されでもしたら、たいへんだ」

そこで芳哥は、こっそり忍び出て香火に相談した。

「あのふたりの客人は、犯人とはかぎらないよ。こっちの四人は、病人から五百両も取りあげたり、いろいろ悪だくみしてるけど、巻きこまれたら、たいへんなことになる」

「そうだな、小舎《ぼうず》のいうとおりだ。巻きこまれることはねえ。もうひとりの客人は、じきもどって来るだろうから、門の外で待っていて教えてやろう」

ふたりが廟の門外へ出たところで、汗まみれで帰ってきた穆春に出会った。

「何だ、芳哥、こんなところで何してる？　家にもどらないと叱られるぞ」

「若だんな、それより……」

芳哥と香火は、口々に事情を話した。

「そういうわけだから、廟内《なか》へはいらないで、早く逃げてください」

「教えてくれてありがとうよ。だが、病気の義兄弟を置いてはいけない。あんたたちは門の近くにいて、いつでも逃げ出せるようにしていろ。けっして近づくんじゃないぞ」

穆春は憤怒をおさえて、忍び足で客院に近づき、室内のようすをうかがった。悪党四人は、すでに五百両を手にいれ、一千貫ももらったつもりで、飲めや歌えの大騒ぎをつづけている。

「もう夕方だ。穆とかいうやろう、ちとおそくねえか」

「おそかろうが早かろうが、もう逃がれられぬ運命さ。ここへはいってきたとたん、棒で一発だ」

「死んだらどうする？」

「まだひとりは生きてるから、死んだってかまうものか」

穆春の怒りは爆発したが、手には武器がない。裏へまわって何かないか探すと、開《かい》墾《こん》用の鉄錐《つるはし》が見つかった。鋭くとがって、手ごたえのある重さだ。

「これで充分」

穆春は客院へもどると、いきなり扉を蹴りあけた。

「待たせたな、もどって来たぞ！」

酔いしれていた悪党どもは、あっとおどろきあわてたが、油断しきっていたので、にわかに抵抗もできない。

穆春は躍りあがって、まず袁愛泉の頭に鉄錐を撃ちこんだ。血が音をたてて噴き出す。朱元が椅子を振りかざし、振りおろすのをかわした。椅子は食卓にぶつかって砕け、卓上の皿や茶碗が宙に躍る。

朱元がべつの椅子を持ちあげたとき、穆春の鉄錐がうなりを生じて、朱元の側頭部に突き刺さった。鉄錐を引きぬいて振り向くと、道士の焦若仙が食卓を乗りこえて逃げようとしている。襟首をつかんで引きもどすや、咽喉に鉄錐をたたきこんだ。

息をはずませながら四人めを探すと、まさに竺大立が窓から這《は》い出そうとしていた。穆春は鉄錐を振りおろすと、竺大立は反射的に右腕をあげて身を守ろうとする。鉄錐は容赦なく、その右腕をたたき折った。

III

穆春《ぼくしゅん》は外に出た。芳哥《ほうか》と香火《てらおとこ》が抱きあって慄えている。

「おれの義兄弟はどこにいるか知らないか」

「う、裏の柴房に閉じこめられています」

「ありがとよ」

穆春は柴房へと走って、扉を蹴りあけた。

「哥哥《あにき》！」

見れば蔣敬《しょうけい》は柴の上にすわりこんでいる。

「あの畜生ども、みんなぶっ倒してやった。胸がすっとしましたよ」

蔣敬をしばっていた黒縄を断ち切り、自由の身にしてやる。

「立てますかい？」

「ひどい目にあったが、さっきから妙に気分がよくなってる。苦労かけて悪いな」

「何の、これしきのこと」

穆春は大いそがしである。奪われた銀五百両、腰刀、荷物を探し出し、厨房で酒を三、四杯たてつづけにあおる。蔣敬には、買ってきた薬を飲ませた。

「穆小郎《わかだんな》……」

「おう、芳哥か。世話になったたな。だけど、もう二度と、こんな連中に近づいちゃいかんぜ。朝になったらすぐ家にお帰り」

「はい、そうします。もう、こりごりです」

「ご両親も喜んでくださるだろう。さてと、最後にひとつやることがある」

穆春は客院へとってかえし、窓の下でもがいている竺大立《じくだいりつ》の首を、腰刀で斬って落とした。

蔣敬も完全に体調をとりもどし、ふたりは半月ほどの旅で登雲山に到着した。

何かようすがおかしい。街道は封鎖され、三つもの大がかりな陣営がきずかれていた。軍旗がひるがえり、刀槍が林立し、軍馬がいないている。うかつに近寄れない。

「どうなっているんだか、とにかく一杯やってようすを見よう」

ふたりは二里ほど引きかえして、街道すじの居酒屋にはいった。すると、

「悪いわねえ、いま休業中なんですよ」

そういいながら奥から出てきた女を見て、蔣敬と穆春は、あっと声をあげる。

「こりゃおどろいた。顧《こ》のおばさんじゃないか」

「まあまあ、蔣さんと、穆さんの弟さん、どうしてここへ？」

この酒場は、かつて阮小七《げんしようしち》と扈成《こせい》が立ち寄った顧大嫂《こだいそう》の店だったのである。三人はいそいで拝礼をかわした。

「私たちは登雲山に身を寄せようとやって来たんです。ところが街道は封鎖……いったい何があったんですか」

「官軍が討伐に来ているところなのよ。登州《とうしゆう》、青州《せいしゆう》、萊州《らいしゆう》の兵をあわせて五千」

「そいつはまた……」

「まあ、奥で休んでおいきなさい。夜になったら山に登ればいいよ、あたしが案内するから」

そこでふたりは奥にはいって休み、一杯やりながら夜を待った。

深夜、顧大嫂が松明《たいまつ》を持ってふたりを山上にみちびいた。山寨では旧友たちが、大よろこびでふたりを迎えた。

「何と、安道全《あんどうぜん》先生までおいでとは。おれなんかとちがって、おだやかに暮らしていなさるとばかり思ってましたよ」

穆春がいうと、安道全は胸をそらし、

「何の、わしとて梁山泊の好漢だからの」

と、いばってみせたので、一同、爆笑する。

笑いがおさまったところで、孫立《そんりつ》が説明した。

「例の奸臣ども、登雲山に我らが結集したのに怒って、本格的に討伐に乗り出してきたのさ。総大将は鄔瓊《うけい》といって、こいつがなかなかに強い。二度ばかり戦ったが勝負がつかず、正直もてあましているところなんだ」

そこで鼂成が口を開いた。

「孫大哥《あにき》、このおふたりは絶対に信用できる人たちですね」

「ああ、もちろんだ。梁山泊の義兄弟だからな」

鼂成は微笑した。

「それでしたら、ひとつ妙計があります」

全員の視線を受けて、鼂成はいった。

「早ければ三日、おそくても五日のうちに、官軍を潰滅させてごらんにいれましょう」

官軍の将・鄔瓊のもとに、青州統制・黄信《こうしん》が兵五百人をひきいて参着したのは、二日後のことだった。

　萊州統制・兪仁《ゆじん》、登州統制・尤元明《ゆうげんめい》の両名は、半月も前に参陣し、二度の戦闘にも参加している。ところが、黄信は、もと梁山泊の頭領のひとりだった。病気と称して出動していなかったのだ。鄔瓊としては当然、腹を立てている。そこへ青州府からの通達がとどき、黄信の病が全快し、ついに出陣したのでよしなに、と申し出てきたのである。

　鄔瓊は左右に兪仁と尤元明をしたがえて黄信を迎えた。拝礼がすむと、鄔瓊は黄信に椅子をすすめ、声をかけた。いささか皮肉まじりである。

「黄将軍、病気と称して参陣しなかったのは、梁山泊時代の友誼《ゆうぎ》を思ってのことかな」

　黄信は一礼すると威儀を正した。

「末将《それがし》、かつて梁山泊において、天人ともに赦されぬ大罪を犯しました。聖恩をもって特赦を受け、いささかの武勲を立て、重職をさずかったのです。生き残った者はすべてそうで、聖恩に報いるのが当然。それを、ふたたび山に登って朝廷に弓引こうとは悪虐のかぎり。昔日《せきじつ》の友誼などありえぬことでござる。おうたがいなら何とぞ、それがしに、先鋒をお命じくださいますよう」

　黄信の堂々たる態度と、すぐれた容姿は、鄔瓊を感心させた。

「久しく聞いておった、将軍に『鎮三山《ちんさんざん》』の号があることは。まさしく、名は虚《むな》しく伝わるということはないものだ」

ちょうどそこへ中軍官《ちゅうぐんかん》（本営付きの将校）があらわれて報告した。

「登雲山の賊の手下が、降伏状を持ってまいりました」

「何？　よし、ここへ通せ」

手下がうやうやしく差し出した降伏状に、鄖瓊は目を通した。

「賊どもは降伏を申しいれてきたが、将軍各位はどう考える？」

尤元明が発言した。

「王者の師《いくさ》は、恩威ならびおこなわれるもの。かつての梁山泊の例もござれば、受け容《い》れて然《しか》るべきものと考えます」

すると黄信が烈《はげ》しく反対した。

「いえ、断じてなりません。もし良民がやむをえずして山にこもった、とあれば、情状《じょうじょう》をくむこともありえましょう。ですが、梁山泊の賊徒ども、ひとたび帰順を許されながら、ふたたび背《そむ》くとは天理《てんり》王法《おうほう》ともに認めざるところ。けっして降伏を容れてはなりません」

兪仁がいう。

「黄将軍のおっしゃることは、もっともと思われますが、ただ、降伏が許されぬと知れば、彼奴《きやつ》ら死にものぐるいで抵抗をつづけましょう。そうなれば、こちらの犠牲も増えますし、我らが不在の間に、各州で別の賊どもが蜂起しないともかぎりませぬ。ここは降服を許すが上策と心得ます」

鄔瓊はうなずいた。

「拙者も同感だ。いま北方に危機がせまっており、山賊ごときの征討に兵力を割《さ》いている余裕はない」

鄔瓊は、登雲山の手下に告げた。

「降伏の件、さし許す。三日以内に武器を放棄して、わが陣門に出頭せよ。全員、腰を縄で結んで一列になり、下山してくるのだ。よいな」

「かしこまりました。明日そのようにして全員、下山いたしますれば、死罪免除の証《しょう》札《さつ》をいただけますよう」

鄔瓊はその処置をとり、三人の将軍は退出、黄信は不満そうだったが、官軍の兵士たちは戦わずにすむ、と歓呼の声をあげる。

Ⅳ

深夜になった。

ふいに喊声《かんせい》がわきおこり、官軍の本営にいずこかの軍勢が突入してきた。

鄔瓊《うけい》は百戦練磨の将だけあって、甲冑をはずさず寝ていた。はね起きて見れば、数ヵ所に火の手があがり、陣営は赤々と照らし出されている。

官軍の人馬は熟睡していたので、にわかにたたき起こされ、悲鳴をあげて逃げまどう。鄔瓊は大桿刀《だいかんとう》(大なぎなた)を手に、馬に飛び乗ると、先頭に立って敵に立ち向かった。

と、突然、横あいから数十本の矢が飛来して、官兵がばたばた倒れる。そちらの方角を見て、鄔瓊は怒髪天《どはってん》を衝いた。

「裏切ったな、黄信《こうしん》!」

「おれは黄信ではない」

剣を抜いた相手が叫び返す。

「梁山泊の蔣敬《しょうけい》だ。見知りおけ!」

「おのれ、謀《はか》ったな」

鄖瓊が突進しようとすると、黒い騎影が彼をさえぎった。

「我は欒廷玉《らんていぎょく》、お相手つかまつる」

鉄槍をふるって突きかかる。鄖瓊が受けて、両者は三十合あまり火花を散らした。欒廷玉の槍が鄖瓊の肩を突き、彼は馬上から転落する。すかさず扈成《こせい》が躍りかかり、一刀のもとに首をはねた。

尤元明《ゆうげんめい》は本営の騒ぎを聞きつけ、起きあがって剣を手にしたところへ、阮小七《げんしょうしち》が飛びこんできて、朴刀を一閃、斬り倒す。

兪仁《ゆじん》は他のふたつの陣営が敗れたと看《み》てとると、馬に飛び乗って逃げ出した。孫立《そんりつ》が追いすがる。突如、前方をさえぎったのは鄒潤《すうじゅん》と穆春《ぼくしゅん》。兪仁はなす術なく、孫立の鉄鞭に頭をたたき割られて即死した。

かくして、夜明け前には官軍は潰滅状態となって四散《しさん》した。後には千余の死体を残して。

登雲山の一党は意気揚々と引きあげた。三百頭の軍馬に武器、糧食等の戦利品つきである。

その日、午前中にさまざまな戦後処理をすませると、午《ひる》からは宴会となった。阮小七や孫立が、扈成の機略を絶讃すると、欒廷玉や扈成は、黄信に変装した蔣敬の度胸と演技力をほめたたえる。

盛大に飲んで夕方になると、ひとつの課題が浮かびあがってきた。本物の黄信のことである。

「黄信どのを何とかしなくてはなりませんな」

「もし官軍の敗残兵どもが、黄信が裏切った、と訴えれば、黄信どのの身があぶない」

「彼は武勇すぐれ、友誼にあつい男。このさい、登雲山に招いて同志になってもらおう」

「では、この蕭譲《しょうじょう》が青州へ赴いて、彼を説得してきましょう」

話はまとまり、翌朝、蕭譲は白衣の書生に身をやつし、路銀をたずさえて青州へ向かった。

そのころ黄信は青州で憮然として日を送っていた。きまじめな彼は、梁山泊で生き残って、青州の統制に就任した後、きちんと務《つと》めをはたしていたが、登雲山の討伐に参加するよう命じられたときは頭をかかえた。義務は、はたさねばならぬが、登雲山の一党は梁山泊以来の旧友たちで、とても殺しあう気にならない。悩んだ末、怠慢を非難されるのを覚悟で、仮病を使い、兵を出さなかったのだ。

そこへ、蕭譲が訪れた。黄信はよろこんで彼を迎えたが、ふと蕭譲の額に残る金印《いれずみ》の痕に気づいた。

「蕭先生、あなたは開封《かいほう》で供奉《みやづかえ》のお身体、わざわざのお出ましは何の御用でござろう」

「いまの私は登雲山の賊徒なのです」

「な、何とおっしゃる？」

「額の金印の痕に、お気づきでしょう。話せば長くなりますが、私と金大堅《きんたいけん》は、安道《あんどう》全《ぜん》先生の冤罪《えんざい》に巻きこまれて、沙門島《さもんとう》へ流される途中、登雲山の旧友たちに救い出されたのです」

「何と、それはご災難でしたな」

「黄将軍、他人ごとではございませんぞ。今回の討伐失敗の件、かならずあなたにも災いが降りかかる。私が今日、参上したのは、あなたが逆賊としてつかまる前に、登雲山にいらっしゃるよう、お勧めするためです」

「それがしはつかまる覚えはないが……」

「いま朝廷は乱脈をきわめ、牢は冤罪の者であふれております。安道全先生、金大堅どの、それに私、ことごとく無実にして、官に追われる身。黄将軍とて例外ではござらぬ。一刻も早く、ここから逃げ出してください」

黄信がためらっていると、いきなり門前で騒ぎがおこった。

「裏切り者の黄信は、どこにおる!?」

咆えるような声がして、刀槍や沓音《くつおと》がひびく。黄信はとっさに蕭譲を奥の房室《へや》に隠れさせた。

扉を蹴りあけたのは、まだ若い将軍だった。ぎらりと光る目で黄信をにらむ。背後には完全武装の兵がひしめいている。

「梁山泊の残党、黄信とは、きさまか」

「そのとおりだが、無礼であろう、貴公こそ何者だ。白昼堂々、他人の家に武装して押しこむとは」

「逆賊が、えらそうにほざくな。おれは済州《さいしゅう》の都監・牛宝《ぎゅうほう》、先日、わが岳父《がくふ》の鄔瓊が、きさまの裏切りによって殺されたため、きさまをとらえに来たのだ」

「逮捕状か勾引状《こういんじょう》は？」

「そんなものはいらぬわ」

牛宝は刀を持ったままの手を振る。たちまち十数本の槍が黄信を包囲した。黄信は反射的に槍の一本の柄をつかむと、引ったくりざま、槍をふるった。突き刺すのではなく、柄でなぎ払ったのである。たちまち四、五人が床に転倒した。

「おのれ！」

牛宝が刀を振りかざすと、黄信の槍の穂先が、ぴたりと牛宝の咽喉もとについた。

牛宝は刀を振りかざしたまま動けない。黄信は、じっと牛宝を見ていたが、みずから槍をすてた。

「弁明は官衙《やくしょ》でしよう。つれていくがいい」

牛宝は大きく息をつくと、兵士たちに、黄信を縛って檻車《かんしゃ》に放りこむよう命じた。

牛宝が去ると、奥から出てきた蕭譲は、飛ぶように登雲山へと奔《はし》った。欒廷玉は、孫立、扈成、阮小七の三人を指名し、五百人の手下をしたがえて、青州からの街道に伏せた。

翌日、牛宝一行が林の中を通りかかると、鑼《どら》の音がひびくや否や、四人の騎馬武者が五百の兵をひきいて道をふさいだ。

「済州へ行くなら通行料を払え。そうしたら通してやる」

牛宝は怒髪天を衝いた。

「おれは済州軍の司令官だ。きさまらごときに通行料など払えるか。この草賊《そうぞく》めら、大胆にもほどがあるぞ！」

「司令官だろうが、たとえ天子さまだって、払うものは払ってもらう」

牛宝は逆上し、刀を抜き放って突進した。欒廷玉が槍をかまえて迎えうつ。孫立も鉄鞭をふるって応戦した。戦うこと十合ばかり、牛宝はかなわじと見るや、馬首をめぐらして逃げ出す。

その間に、阮小七と扈成は兵を蹴ちらし、檻車をたたきこわして黄信を救い出した。

黄信救出の目的をはたしたので、欒廷玉は牛宝を追わなかった。黄信は救われた礼を述べ、欒廷玉および扈成とは初対面のあいさつをかわした。

登雲山に帰り着くと、黄信は告げた。

「諸君に救われたからには、それがしも登雲山の一員となろう。以後、世間の望みは、きっぱり捨て去る。ただ、それにしても……」

蔣敬を見やって、

「おぬし、よくよくうまく、それがしに化けたものだな」

「いや、おはずかしい。今後、必要があったらいってください。いつでも身代わりになりますよ」

一同、哄笑し、その夜は黄信の歓迎会が盛大におこなわれた。

これ以降、大敗した官軍は、登雲山の強さに胆を冷やし、また北方情勢がさらに悪化したので、当分の間は登雲山にかかわることを避けることになったのである。

だが、登雲山のほうには、まだ課題があった。蕭譲と金大堅の妻が、聞煥章《ぶんかんしょう》のもとに、あずけられたままだったのである。おちついたところで、彼女たちを誰かが登雲山に迎え取りにいくと決まり、いろいろ議論した結果、穆春がその役を引き受けることになった。

穆春は、安道全、蕭譲、金大堅、の三人の手紙と、聞煥章への謝礼金百両を持ち、さっそく出発した。七日ほどの旅は何ごともなく、聞煥章の住む安楽村《あんらくそん》に到着する。

ふたりの夫人、聞煥章との面談は無事にすみ、話はすぐまとまった。ところが、その夜、聞煥章と穆春が酒を飲みながら話しあううち、穆春にとっては聞きずてならない話が出てきたのである。

V

聞煥章《ぶんかんしょう》の知人のおさない息子が、継母とその息子にいじめ殺された。

そういう話であった。

知人の名は仲子霞《ちゅうしか》というのだが、四川《しせん》の采訪使記室《さいほうしきしつ》（民政長官秘書）に就任したとき、六歳の男の子を後妻の胡氏《こし》にあずけていった。ところが、この胡氏がとんだくわせ者で、夫がいなくなると正体をあらわし、自分の先夫の子で「焦面鬼《しょうめんき》」というあだ名の若い男を家に引っぱりこんだ。ふたりして男の子を虐待して、とうとういじめ殺してしまい、あげくに夫の財産を浪費して、家を乗っとった状態にある。

「ひどい話ですなあ」

穆春《ぼくしゅん》が憤慨した。

「おさない子どもをいじめ殺すなんて」

「私も、他家のことなので口をはさまずにいたのですが、さすがにたまりかねて、抗議しにいきました」

「反省しましたか」

「とんでもない、その反対です。私が抗議するのをせせら笑うばかりか、私の娘を焦面鬼の嫁によこせ、というのです」

「何ですと!?」

「もちろん私はことわりました。子どもをいじめ殺すような母子のところへ、娘を嫁にやれるか、これまでの悪業を官衙にうったえてやる、と申したのです。ところが、彼らはなおもせせら笑って、うったえるのは自分たちのほうだ、と」

どこでどう探り出したものか、焦面鬼たちは、聞煥章が蕭譲《しょうじょう》と金大堅《きんたいけん》の妻たちをかくまっていることを知った。そこで、

「聞煥章は梁山泊の残党の家族をかくまっている。これは国家に対する反逆罪にあたる。ただちに逮捕するように」

という手紙を、開封府庁に送ったのである。

「それは一大事じゃありませんか。先生、すぐ一同で登雲山へ行きましょう。おっと、その前に焦面鬼をぶち殺してやらなくちゃ。やつの家はどこです？」

「まあ、おちついてください、穆春どの。たとえ開封府庁から直接の呼び出しがあっても、宿《しゅく》太尉（宿元景《しゅくげんけい》）が庇護《ひご》してくださいます。焦面鬼には、いずれ天罰が下りましょう。それよりも、ひとつお願いがあるのですが」

「何なりと」

「じつは私の娘のことなのです」

聞煥章の妻は亡くなり、家族といえば娘がひとりだけ。もし聞煥章が開封に呼び出されれば、娘ひとりで家を守ることになるが、そうなったら焦面鬼が何をしでかすか

わからない。

「ですから、私の娘も登雲山へつれていき、安道全先生の保護下に置いてやっていただきたいのですが」

「お安い御用です。たしかに引き受けました」

そこで夜のうちに荷物をまとめ、旅の準備をすすめた。

翌朝、太陽がまだ昇らないうちに、穆春は二台の馬車をやとって女性たちを乗せ、腰刀を差して、聞煥章に別れを告げ、登雲山へと向かった。

一日め、百里ほども進むと、初冬の日が暮れてきたので、安全そうな宿を選んで、女性たちを寝かせ、自分は腰刀を抱いて戸口で寝た。と、いきなり大声がする。

「焦面鬼さまが泊まってやったのに、房室代をとろうってのか！」

穆春は、はっとして起きあがり、声の主を見た。年齢は二十歳くらい、顔中に黒いあばた、目のくぼんだ兇悪そうな若者だ。

どうしてやろうか、と考えたとき、酔っているらしい若者は、宿代を踏みたおして外へ出ていった。もう鶏の鳴くころだ。

穆春はそっと若者のあとをつけた。早発《はやだ》ちの旅人が、北や東への道をいそいでいる。

穆春は一里ほども焦面鬼のあとをつけた。通りかかった古い廟のほとり、周囲には誰もいない。

穆春は足を速めて男に追いついた。

「おい、焦面鬼」

呼びかけると若者は振り向いて、「誰だ」と問う。

「お前に殺された子どもの幽霊だよ！」

「な、な、何だと？」

あわてて自分の腰刀を抜こうとする。躍りかかった穆春は、一刀で焦面鬼の脳天から斬りおろした。

廟の傍《そば》に涸れ井戸があったので、そこに焦面鬼の死体を放りこむ。宿へ駆けもどって、

「そろそろ出発ですよ」

と女性たちに声をかけた。四半刻もかかっていない。

十日後、一行は無事、登雲山に到着した。

聞煥章は開封へやって来た。さっそく太尉・宿元景に事情を語って善処をねがう。

宿元景は笑った。

「いま朝廷は金国《きん》の脅威におびえきって、梁山泊の残党どころではない。お気になさるな。その焦面鬼とやらいう人物、何かいってきたら、反対に、誣告罪《ぶこくざい》でとらえるよう、開封府庁に申しつけておこう」

聞煥章は安心して、宿元景のもとを辞した。街を歩いてみると、にぎやかさは以前と変わらないが、何やら不穏な空気が立ちこめている。

「役人ども、自分の家族を南へ逃がしたらしいぜ」

これぐらいの噂ならまだしも、

「宮中に一丈あまりの黒い怪異《ばけもの》があらわれ、あたりに毒気をふりまいて死人が出たそうな」

「犬のような形をした黒い男が、夕方になると子どもをさらって食うとよ」

「彗星が紫微宮《しびきゅう》（星座の名）にあらわれたが、長さが三丈もあったそうだぜ」

「狐や狸が、天子さまの牀《ベッド》にもぐりこんで来たそうな」

「男が妊娠した」

「女に六、七寸の髭がはえた」

……と、奇怪な話がいくらでも耳にはいってくる。

聞煥章は不安な気分で宿に帰った。

そのころ、ついに北方で火花が散った。

金国の将軍・張覚《ちょうかく》が謀反をおこし、宋に降伏を申しいれたのである。朝廷では、その降伏を受けいれるかどうかで大騒ぎになった。

童貫《どうかん》は、徽宗《きそう》皇帝に奏上した。

「張覚は将才あり、また彼の治める平州《へいしゅう》は要害の地。金国人の南下をふせぎ、国境を安んじることができましょう」

大臣の宋昭《そうしょう》が激しく反対する。

「それはなりません。先には金と同盟して遼《りょう》を亡ぼしました。ここで金に謀反する者を受けいれれば、今度は金の不信を買い、かならず後代に悔いをのこしましょう」

それを聞いた王黼《おうほ》（王朝恩《おうちょうおん》の父親）は大いに怒って宋昭を朝廷から追放し、張覚の降伏を受けいれるよう、徽宗皇帝にすすめた。皇帝は賛成し、張覚を鎮東《ちんとう》将軍に任じた。

そのことを知って、金国皇帝は激怒した。

「宋が遼を破ったのは、わが国の兵力を借りたからではないか。くわえて、長城南方の六州を手に入れたのは、わが国の好意。にもかかわらず、なお欲をかいて、同盟に背《そむ》き、平州をうばうとは。もはや伐《う》たざるべからず」

ただちに二太子・斡離不《オリブ》に二万の兵をあたえ、張覚を攻撃させた。

激戦三日、ついに張覚は力つき、平州を放棄して童貫のもとに逃げこんだ。平州を占領し、火のような速さで追撃してきた斡離不は、痛烈に童貫を非難した。

「よくも同盟に背いて謀反人を受けいれたものよ。張覚めを引き渡すなら赦しもしようが、でなければ一戦あるのみ。さあ、どうする?」

童貫はうろたえ、やむやく張覚を殺して、その首を金軍に送りとどけた。しかし斡離不は納得せず、童貫自身が謝罪に来るよう要求した。慄えあがった童貫は、謝罪に出向くどころか、こっそり開封へ逃げ帰ってしまったのである。

そのころ郭薬師《かくやくし》という半独立の将軍がいて、宋につくか金につくか迷っていたが、張覚の死を聞いて憤然となった。

「金国が張覚の首を求めれば、すぐに殺してあたえる。もし、おれの首を求めれば、おなじことをするだろう。宋、信ずべからず」

郭薬師は五万の兵を引きつれて、金軍に降り、その南下を先導して、怒濤のごとく開封にせまった。宣和七年十二月のことである。

第七章　黄河《こうが》の濁流《だくりゅう》

I

「金《きん》軍が来る！」

恐怖の叫びが開封《かいほう》に満ちた。

民衆は家財道具をかついで、続々と南方に向かった。その列は百里もつづいたといわれる。

聞煥章《ぶんかんしょう》も宿を出て南へ向かおうとした。ところが、宿を一歩出たとたんに、声をかけられた。

「おお、聞煥章先生ではござらぬか。こんなところで何をしておられる？」

馬に騎《の》った堂々たる武将であった。よく見れば呼延灼《こえんしゃく》である。梁山泊《りょうざんぱく》の頭領たちの中でも高位の将軍であった。

「呼延将軍！」

「南方へ逃れられるおつもりか」

「さようです」

呼延灼は、かるく眉をひそめた。

「いまは、おやめになったほうがよろしい。この混乱では、何がおこるか知れたものではない。もう二、三日ようすをごらんになっては？」

「ですが、もう宿を出てしまいました」

「それがしの家にお泊めしよう」

「ありがたいお話です」

こうして聞煥章は呼延灼の邸へ移動することになった。まず客院に通されて茶を出される。その間に奥では聞煥章の房室が用意されているのだが、ふたりは気持ちよく会話をかわして時をすごした。

聞煥章が登雲山《とううんざん》の同志たちのことを語ると、呼延灼は苦笑した。

「どうも、われらの義兄弟たち、平穏な人生とは無縁なようですな。せっかく生き残ったのだから、もうすこしおだやかに暮らせばよいものを」

「それもこれも、悪党どもからせまられて、どうしようもなかったのです。私のような局外の者すら巻きこまれるくらいですから」

「もっともですな。それがしも、しょっちゅう梁山泊の残党呼ばわりされます。相手にしないようにしておりますが……ところで、先生、ひとつお願いがあるのですが」

「何でしょう」

「それがしには息子がおりまして、名を呼延鈺《こえんぎょく》と申すのですが、今年、十七になります。健康で、ひととおり武芸も身につけましたが、文の道はまだまだです。先生がご滞在の間、ご薫陶《くんとう》をたまわりたいのですが、いかがでしょう」

聞煥章はすこし考えたが、呼延灼の邸にやっかいになる以上、そのていどのお返しは自然なことだし、街がこれほど混乱していては外出することもない。それにもともと家塾をやっていて、子どもにものを教えるのが好きな性質《たち》である。こころよく承諾した。

「お引き受けいたしましょう」

「おお、ありがたい。これ、誰かおらぬか、鈺を呼んできてくれ」

すぐに、ひとりの少年が呼ばれてきた。背が高く、引きしまった身体つき、両眼の光は力強く、英気に満ちている。なるほど、さすがに呼延灼の子だ、と聞煥章は思った。

師弟の礼をかわし、食事の後はさっそく孫子《そんし》の講義がはじまった。

ところで、この呼延鈺はひとり息子だったが、その日のうちに兄弟ができるのである。

午後も呼延灼は外出して、兵営での教練を視察したが、帰途、竜徳牌坊《りゅうとくはいぼう》という建物の傍を通ると、突然、小路からひとりの大男が息をはずませて飛び出してきた。紅《あか》い羊皮の箱をかかえている。

その直後、十五、六歳の少年が追いすがってきた。眉目清秀《びもくせいしゅう》で白皙《はくせき》のその少年は、

「どろぼう！　どこへ逃げる気だ!?」

と叫ぶ。

すると、近くにいた三人のこれまた大男が少年の襟首をつかんだ。

「おい、坊や、何であいつを追いかける？」

少年はいらだった。

「放せ！」

「まあまあ、おちつきなよ」

「さては、お前たちも、あいつの仲間だな」

振りほどこうとするが、いっこうに放そうとしない。少年は怒気を浮かべると、正面の男に掌底《しょうてい》で一撃をくらわせた。大男は路上に吹っとぶ。ついで右足をあげ、ふたりめの男の股間を蹴りつけると、悲鳴をあげてうずくまった。

三人めの男が立ちすくんでいる。少年は飛ぶように、箱を持った男の背後にせまって、功夫《カンフー》の足技をくらわせた。男はもんどりうって倒れる。少年は、すばやく箱をうばい返した。

「つぎは官衙《やくしょ》に突き出すぞ！　とっとと消えろ！」

周囲の看的人《やじうま》たちは少年に感歎の声を送って拍手した。

呼延灼まで馬上でつい見とれていたが、少年が歩き出すと声をかけた。

「小官人《おわかいの》、いずこのお人かな。よほどだいじなものと見えるが、箱の中身はいったい何かね？」

少年は呼延灼を見やったが、あやしからぬ人物と看《み》てとると、おちついて箱を路上に置き、礼をほどこした。

「私の姓は徐《じょ》と申します。箱の中身は、三代相伝の甲《よろい》で、金鎖でかこんだもの、名を賽唐猊《さいとうげい》と申しまして、亡き父が十万貫をつまれても手放さなかった逸品です。父は方臘《ほうろう》征伐に従軍して亡くなり、母も他界しましたので、乳母とふたり暮らしをしております」

呼延灼は息をのんだ。

「すると君は徐寧《じょねい》どのの息子か!?」

「父をご存じなのですか」

「私は呼延灼といって、君のお父上とは、梁山泊で義兄弟の仲だったのだよ」

少年の頰が紅潮した。呼延灼と聴けば、おさないころ梁山泊で逢ったことを思い出す。

「叔叔《おじうえ》でいらっしゃいましたか。最初、お顔を想い出せず、たいへん失礼いたしました」

路上に平伏するのを、呼延灼は馬から飛びおりて抱えおこした。

「わが甥よ、ご両親とも亡くなったとあれば、私の家に来ないかね。私にも息子がおるが、家は広いし、何の問題もない、いや、ぜひ来てくれ、と、こちらからたのみたい」

徐寧の息子は、深々と頭をさげた。

「私は天涯孤独の身、叔叔のご好意をおことわりするのは失礼です」

「では来てくれるか」

「お言葉に甘えて」

さっそく呼延灼は少年を同行して帰宅した。少年の名は徐晟《じょせい》、年齢は十六という。

「息子よりひとつ下だな」

そういって、呼延灼は呼延鈺を呼び、ふたりに兄弟の盟《ちか》いをさせた。ついで聞煥章に対しては師父としての礼をさせる。さらに徐晟の家からは乳母をつれて来させた。

呼延鈺と徐晟は十年前から五年前にかけては、梁山泊でいっしょに遊んだ仲だ。往古《むかし》を思い出して、たちまち交友をとりもどした。

ともに聞煥章からは兵学を、呼延灼からは剣、弓、槍、鞭をまなび、みるみる上達していった。しかし、楽しい日々も長くはなかった。

十二月のある日、帰宅した呼延灼は、きびしい表情で、ふたりの息子を書斎に呼んだ。

「一大事だ。聖上（徽宗《きそう》皇帝）が退位あそばす」

少年たちは声もなく呼延灼を見つめる。

「大位《たいい》（帝位）は皇太子がお継《つ》ぎあそばし、来年正月一日をもって靖康《せいこう》と改元されることになった」

「ぼくたちに何かできることがありましょうか」

ふたりが口をそろえて叫ぶ。呼延灼はうなずいた。

「よくぞ申した。朝廷の儀は、我らが口をはさむことではない。だが、金軍は南下して黄河《こうが》の北岸に展開し、渡河の機会をうかがっておる。その数、十万とも二十万ともいうが、断じてやつらに黄河を渡らせてはならん」

「ぼくたちも戦いにおつれください！」

「私もそのつもりでおる。だが、そなたたちは無位無官、このままでは戦いに参加できぬ」

「だったら、どうしたら……」

「明日、演武場で閲武《えつぶ》（御前試合）がおこなわれる。天下の英雄義士を選んで、軍を編制するためだ。それに参加して合格すれば、私がそなたたちを戦場にともなおう。どうだ、やるか？」

「もちろんです！」

翌朝、呼延灼父子三人は、夜明け直前の星空の下を、演武場へやってきた。内侍《ないじ》・梁方平《りようほうへい》が指揮官である。見やれば、参加者は千人をこし、梁方平が統帥台に上って座を占めた。

演武は着々とすすんでいったが、とくに目立った武芸の達人はあらわれない。見物していた呼延鈺と徐晟は、顔を見あわせてうなずきあい、馬を出して統帥台の前にすすんだ。

II

「両名ともまだ子どもに見えるが……」

梁方平《りょうほうへい》は小首をかしげた。呼延鈺《こえんぎょく》が張りのある声で応じた。

「失敗したときは、ぜひお笑いください」

「私ども、覚悟はできております」

梁方平は彼らの参加を認めた。

「よろしい。では弓を射てみよ」

二百歩の距離に標的が立っている。その中央に紅い円が描かれているが、さらに円の中に金貨がはまっており、それを射とめた者が最高点になる。この日、紅い円を射ぬいた者は何人もいたが、金貨を射とめた者はひとりもいなかった。

ふたりは、それぞれに馬を走らせ、弓を引きしぼると、電光一閃、二本の矢はひとしく金貨に命中した。どっと歓声があがる。

矢を射終わると、呼延鈺は双鞭を、徐晟《じょせい》は槍を持って勝負する。脚だけで馬をあやつり、演武場いっぱいに駆けめぐりながら、撃ちこみ、かわし、なぎ、受けとめて、いささかも破綻なく五十余合を渡りあった。

梁方平は大いによろこび、鉦《かね》を打って試合をやめさせた。両人を統帥台の前に呼んで問いかける。

「両人とも、まことにあっぱれな技量。いずこの何者か」

将軍たちの間から、胸を張って進み出たのは呼延灼《こえんしやく》である。梁方平に一礼して、

「両人とも末将《それがし》の息子にござる。こちらは呼延鈺、こちらは徐晟と申して、義兄弟たる故・徐寧《じょねい》将軍の実子を義子といたしました」

「さようか、とにかく両人ともみごとであったゆえ、驍騎校尉《ぎょうきこうい》に任じ、卿とともに出征させよう。金軍を破ったあかつきには、さらに昇任させるであろう」

何度めのことか、満場がどよめいた。

つづいて梁方平は、十名の将軍の名をあげ、翌日、出陣して黄河の守りにつくよう命じた。その十名とは、

韓世忠《かんせいちゅう》　王進《おうしん》　呼延灼　張俊《ちょうしゅん》　胡定国《こていこく》
劉光世《りゅうこうせい》　馬朮《ばちゅつ》　楊沂中《ようきちゅう》　汪豹《おうひょう》　岳飛《がくひ》

老若さまざまで、岳飛などはまだ二十四歳であった。つづいて、またもどよめきがおきる。各将軍にあたえられる兵は二千人ずつ、合計二万人にすぎなかったからである。金軍の二十万は誇大であったとしても、せめて五万はほしいところであった。だが、いないものはしかたがない。

三人そろって帰宅すると、呼延灼は聞煥章《ぶんかんしょう》に会って、今日の次第を報告した。

「敵は郭薬師《かくやくし》の軍だけで五万。わずか二万では、善戦してもささえきれますまい。私と息子たちは、かならずや生きてもどるつもりですが、心配なのは女たちでござる」

呼延灼には、妻と、十五歳の娘がいたのである。とても女だけで都に置いておくわけにはいかなかった。呼延灼は聞煥章に、女性たちを南方の汝寧《じょねい》に送りとどけてくれるよう依頼し、聞煥章はこころよく承知した。

翌日、呼延灼は、ふたりの息子と二千の兵をひきいて戦場へおもむき、聞煥章は女性たちを守って南下し、たがいに涙ながらに別れた。

ところが、汝寧の手前で、賊の王善《おうぜん》なる者が五十万もの大軍をひきいて暴乱をおこし、汝寧には行けなくなった。聞煥章は考えた末、東へ方向を転じ、登州《とうしゅう》の登雲山をたよった。登雲山では、よろこんで彼らを迎えたが、その話はこれまでとする。

すぐに年があらたまって、靖康元年（西暦一一二六年）となった。呼延灼と息子たちは、戦場で正月を迎えたことになる。戦場といっても、黄河をはさんで宋《そう》軍と金軍がにらみあい、まだ両軍は激突していなかった。

呼延鈺と徐晟は初陣だが、気おくれするより、見るもの聞くものがめずらしくてならない。黄河の北岸は冬の曇天《どんてん》のためによく見えないが、冬霧をついて金軍が渡河してくるのではないか、と思うと、不安に蒼ざめるより、興奮で身体が熱くなるふたりだった。

梁方平の本営で見かけた将軍たちの雄姿も、彼らをよろこばせる。

「見ろよ、あの岳飛という人は、まだ二十四、五歳で一軍をあずかっているんだってさ」

「すごいですね。義兄上《あにうえ》も負けていられませんね」

「まったくだ。あ、あっちの、すごく強そうな人は誰だろう」

「とてもきれいな女の人といっしょですよ。女の人は男装してる」

「だったら韓世忠将軍だ。ご夫人が女ながら智勇兼備の名将だって、父上から聴いたことがある」

「それにしても、もっと兵力がほしいですね」

「そうだよな」

梁方平は各軍の配置を決定した。呼延灼の部隊は、楊劉村《ようりゆうそん》という要地に配置された。すぐとなりは、汪豹将軍の陣である。

呼延灼が浮かぬ顔をしているので、呼延鈺が尋ねた。

「父上、何か気がかりなことでもあるのですか？」

「何でもない」

呼延灼は、地形を選んで防御柵をつくらせ、壕を掘って、二千の兵を配置した。それが終わっても、あいかわらず憂色《ゆうしょく》を浮かべているので、たまりかねて、今度は徐晟が問いかける。

「義父上、ご心配は何ごとでしょう。ぼくたちはまだ相談相手として不足だとは思いますが、お力になりたいのです」

呼延灼はためらったが、決心した。

「わかった。そなたらにだけ、打ちあけよう。私の心配は隣の陣だ」

呼延鈺の両眼が鋭く光る。

「汪豹将軍がたよりにならないのですか」

「たよりにならないだけなら、まだいいが……」

徐晟が、はっと息をのむ。

「まさか、裏切り……!?」

「それ以上いうな、息子よ」

呼延灼の声はきびしい。

汪豹は蔡京《さいけい》の門下で、御営指揮使《ぎょえいしきし》になりあがったのも、さんざん取り入った結果だった。軍事的な才能も功績もない。そのことを知っているから、呼延灼はつい疑惑の目で汪豹を見てしまうのだが、何の証拠もなく、公言するわけにはいかなかった。

悩んでいるうちに、汪豹の陣から使者が来た。呼延灼を、夕食に招待するというのである。

「父上、行かれるのですか」

「断わる理由もあるまい」

「ですが、もし……」

いいよどむ息子を見て、呼延灼は笑った。

「万が一のことがあったら、というのか」

「はい……」

「くだらぬことを心配するな。私を誰だと思っておる。建国の功臣・呼延賛《こえんさん》の玄孫《やしゃご》であるぞ」

呼延賛は、『楊家将演義《ようかしょうえんぎ》』に登場する猛将で、庶民の人気が高い。

呼延灼が汪豹の招待を受けたのは、汪豹の本心をさぐるためであった。その目的はかなえられた。陣中で、呼延灼に酒をすすめながら、汪豹はいったのである。

「残念ながら、いまの朝廷は沈む陽も同然、よく一木《いちぼく》のささえうるところではござらぬ。拙者と貴公が死力をつくして戦ったところで、誰がそれを認めるとお思いか。よしんば勝ったところで、功績は上面人《おえらがた》が持っていってしまい、負ければ罪を問われるのは我々。ここはひとつ、臨機応変にまいりたいものでござるな」

呼延灼は毅然《きぜん》として答えた。

「汪将軍らしからぬことをおっしゃる。我らは深く朝廷の恩を受けたものであって、一死もって恩に報いるは当然。功のありなしは問題ではござるまい」

「…………」

「金軍はたしかに強うござる。なれど、斡離不《オリブ》は深くわが国に、つまり敵地に侵入してござれば、わが軍の別動隊が黄河の北に展開すれば、退路を遮断され、孤立してしまうでござろう。そのときこそ大反撃の機会。我らはその礎《いしずえ》になればよしと存ずる」

汪豹は、わずかに口もとをゆがめた。

「さすが呼延将軍、拙者つくづく感服いたしてござる。失礼ながら貴公の心をためさせていただいたのだが、まさに金鉄《きんてつ》のご意志をお持ちだ。安心つかまつった。心をひとつにして、金賊どもを黄河のもくずにしてくれましょうぞ」

汪豹はさらに酒をすすめたが、呼延灼は、

「未熟な息子どもが心配でしてな、親ばかでござるよ」

といって辞退し、自分の陣へと帰った。汪豹は杯を卓にたたきつけた。

「ふん、聞きしにまさる頑迷なやつ。すぐにでも後悔させてくれるぞ」

III

陣にもどった呼延灼《こえんしやく》は、駆け寄ってきたふたりの息子に告げた。

「そなたたちの案じたとおり、汪豹《おうひよう》が二心《にしん》を抱いていることはたしかだ。どう対処するか、そなたたち、何か考えがあるか？」

「彼奴の裏切りがたしかなら、いざ戦いとなったとき、我々を攻撃してくるかもしれません」

呼延鈺《こえんぎよく》がいうと、徐晟《じよせい》が、

「陣の前方に小高い丘があります。あそこに五百ばかりの兵を置き、義兄上とぼくとで指揮して、犄角《きかく》の陣を張ったらどうでしょう」

「そうすれば、いざというとき、ただちに父上を救援に出られますね」

「うむ、よい考えだ」

こうして呼延灼が兵を分けて布陣したのを見ると、汪豹は最初、苦い表情をしたが、すぐに気味の悪い笑みを浮かべた。

「まあ、せいぜい悪あがきするがよい」

そして靖康元年（西暦一一二六年）一月九日。

夕方から暴風雨が一帯をおそった。空は墨を流したように暗くなった。雷光がひらめき、雷鳴がとどろき、黄河の波はさかまきつつ岸にぶつかる。

「このような天候のときこそ、きびしく備えねばならぬ」

呼延灼は徐晟をともない、河岸を巡察した。雨と河波とで、満身ずぶぬれである。

突如、陣営から火光がほとばしって黒雲に沖《とど》き、喊声がわきおこった。

「汪豹め、奸細《しのび》を潜入させおったな！」

呼延灼と徐晟はあわてて陣営に馳せもどる。すでに数百人の金兵が、放火殺人をおこなっており、指揮をとるのは誰かと見れば、火光に照らし出された馬上の人物こそ汪豹である。

　そのころ、呼延鈺は丘を駆け下って父たちに加勢しようとしたが、ばったり金国の将軍に出くわした。毛皮で縁どった冑《かぶと》をかぶり、堂々たる威容である。

「大金国の東元帥・斡離不《オリブ》とは、わがことよ。無益な抵抗はあきらめて投降せよ」

　総帥の斡離不を討ちはたせば、金軍は瓦解《がかい》する。とっさに決意した呼延鈺は、左右の鞭をあげて打ちかかった。

「孺子《こぞう》、勇ましいな」

　斡離不は鉄槍をあげて迎えうつ。風雨のなか、火花を散らすこと三十余合、さしもの呼延鈺も相手が斡離不とあっては不利は否めない。一歩引き、二歩しりぞき、あわやというとき、

「鈺よ、負けるでないぞ！」

　呼延灼と徐晟が駆けつけてきたのだった。斡離不と呼延灼とは、ほぼ互角。そこへ、ふたりの少年が左右から激しく攻めかかる。斡離不はさすがに不利を察し、鉄槍を振るって牽制した上で、馬首をめぐらして逃れようとした。まさにそのとき、

「二哥《アルコー》、何をしている⁉」

　雷光のなかにあらわれた黒影は、副元帥・兀朮《ウジュ》だ。重く大きな戦斧をあやつって、

三対一の乱闘に割ってはいった。

呼延灼を見て、兀朮はどなった。

「知らずや、宋将、わが金軍は、とっくに黄河を渡っておるぞ。汝ら、守るべき土地もなき敗残の将兵、何をいつまで無益な戦いをしておるか！」

「何ッ」

雷光と火光をすかして見ると、黄河の水面は、無数の大筏《おおいかだ》に埋めつくされている。十万の大軍を渡す大筏をつくるため、金軍は正月九日まで攻撃をひかえていたのだ。天候までもが、金軍に味方した。

「おのれ、逆賊」

呼延灼は斡離不の鉄槍を払いのけ、汪豹に向けて躍りかかった。汪豹は槍をあげて反撃したが、七、八合撃ちあうや、たちまち怯《ひる》んで馬首をめぐらした。兀朮がどなる。

「汪豹、何たる醜態《ざま》だ！　引き返して闘え」

「おい、四弟《してい》、味方をののしってどうする」

「おれは裏切り者はきらいだ」

「お前らしいな。だが、黄河を渡れたのは、汪豹のおかげだぞ」

斡離不にさとされて、兀朮はむっつりと黙りこむ。

夜半まで両軍の死闘はつづいたが、おびただしい数の金軍には抗すべくもない。呼延灼父子三人を包囲して、四方から斬ってかかる。呼延灼らは、じりじりと丘の上へ追いつめられた。呼延灼の甲冑は血と雨にまみれ、ふたりの少年は強くはあっても、まだ力の使いぐあいを完全に身につけてはいない。しかも雨が体力をうばう。呼延鈺も徐晟も、しだいしだいに腕は重くなり、呼吸が荒くなる。

気がつけば、二千の兵は百人あまりに討ちへらされていた。

斡離不と兀朮は、汪豹の裏切りで楊劉村からの上陸をはたすと、無人の荒野を往くがごとく、進撃を開始した。いくつかの大筏は黄河の濁流にうしなわれたものの、なお十万をこす大軍が鉄血の奔流となって宋軍をのみこんでいく。

こうなると、韓世忠《かんせいちゅう》や岳飛《がくひ》の指揮能力など関係ない。二万の宋軍は、ことごとく泥にまみれて雨中を潰走《かいそう》していった。それを見た総帥・梁方平《りょうほうへい》も、馬にしがみついて逃走してしまったのである。

将軍・馬撚《ばちゅう》は乱軍の中で戦死、胡定国《こていこく》は兀朮のふるう戦斧によって撃殺された。

呼延灼父子は取り残された。ようやく雨もあがったが、糧食もなく、矢も射つくした。

「もはやこれまでか」

呼延灼がうめくと、徐晟が異議をとなえた。

「こうなったら、決死の覚悟で山を下りましょう」

「そうです。こんなところで徒死《いぬじに》する手はありません」

呼延鈺も義弟に賛成する。呼延灼は考えたが、自分はともかく、若い息子たちをむだに死なせることはできない。

丘の上から見おろすと、金軍の陣営には、点々と火がともり、さながら地上の星のようだ。

「突入するならいまだ。夜が明けたら皆殺しにされるだけぞ」

生き残った兵士たちを引きつれ、呼延灼父子を先頭に、どっと丘を駆け下った。金兵たちが、いっせいに立って包囲してくる。半月の光のもと、金軍の将軍が馬上からこちらを見ているのに気づくと、呼延灼は怒りのあまり我を忘れた。

「売国の逆賊、そこを動くな！」

彼が双鞭をふるって撃ってかかったのは、汪豹であった。

「どうだ、どちらが利口《りこう》かわかったか」

汪豹があざ笑う。両者の間を金兵の人波がへだてた。

呼延灼と呼延鈺は双鞭《そうべん》を舞わせ、徐晟は槍をふるって、戦いつつ走り、走りつつ戦い、一条の血路を開く。汪豹は、逃がさじ、と槍をとって呼延灼に追いすがる。彼の槍が呼延灼にとどこうとした瞬間、呼延灼はさっと腕をあげて汪豹の槍に空《くう》を突かせた。

「図に乗るなッ」

大喝一声、鉄鞭の一撃で汪豹の冑《かぶと》をしたたかに打った。汪豹は目がくらみ、鼻血を噴いて馬上から転落する。

「どちらが正しいか、わかったか」

吐きすてて、呼延灼は馬を走らせる。金兵たちはあわてて汪豹を救い出したが、もはや追撃しようとはしなかった。

ようやく敵の追撃を振り切った。だが、かえりみると、ついてくる一兵もなく、父子三人だけである。

「全滅か……」

呼延灼は歎息した。

「父上のせいではありません」

「そうです。我々は死力をつくしました」

「死力をつくした結果がこれだ」

少年たちは黙りこむ。呼延灼はひとつ頭を振った。

「先のことを考えよう。いまさら開封《かいほう》へもどっても、もうおそい。汝寧に行っても、奸臣どもに敗戦の罪を着せられるのは必定。ふふ、その点だけは、汪豹めは正しかったな」

呼延灼はすこし考えた。

「そうだ、梁山泊にいた朱仝《しゅどう》が、いま保定《ほてい》の統制をしている。そこへ行って、しばらく身をおちつけ、天下の情勢を見るとしよう」

「朱仝って……」

「ああ、あのやたらと髯の長いおじさん！」

少年たちも、おぼえていた。三人は久々に笑いあって、馬首を保定に向けた。

いつしか午《ひる》をすぎていた。村に酒亭があるのを見つけ、馬をおりて店にはいる。

「酒と食事がほしい」

「金軍が押し寄せまして、このところ牛肉もお出しできません。ろくなものがございませんが」

申しわけなさそうに亭主がいう。

「やむをえぬ、あるものでけっこうだ」

亭主は、地酒、野菜の煮物、米の飯などを運んできた。と、外で鶏の鳴き声がするので、それを料理してくれるようたのむ。

先夜来、何も食べていないし、少年ふたりは食べざかりだ。運ばれてきたものを夢中で食べていると、杯を手にしていた呼延灼が、回想をはじめた。

「もう何年前になるか、私は官軍の将として梁山泊を攻め、敗走した。皮肉なことに、晁よ、そなたの父上の槍の戦法で負けてしまったのさ。敗走する途中、ちょうどこんな酒亭にはいったが、現金がない。しかたなく、腰の金帯《きんたい》をはずして支払ったものだ。今日はそなたたちがいてくれるので、心づよい。ところで、うっかりしていたが、そなたたち、現金を持っているか？」

「大丈夫です。ぼくが何両か持っています」

呼延鈺が答える。

「はは、父親よりしっかりしているな。今日は金帯をはずさずにすみそうだ」

食べ終わると、三人は甲冑をぬいで身軽になった。甲冑は馬に縛りつけ、代金を支払って店を出る。

夕刻まで騎乗すると、保定の城下に着いた。見れば城門はかたく閉じられ、城壁上には軍旗が林立している。城外の住民は、すべて逃げ散ったようだ。

呼延灼は、城壁上の兵士に呼びかけた。

「統制の朱仝どのはおられるか。私は呼延灼という者だが」

「金軍が侵入してきたので、朱閣下は三十里はなれた飛虎峪《ひこよく》を守っておられます。ここには、おられません」

「そうか、はて、弱ったな」

呼延灼が思案していると、突然、金鼓《きんこ》が乱打される音がして、二百騎ほどの金兵が殺到してきた。呼延灼とふたりの少年は、あわてて馬首をめぐらし、小道を選んで駆けぬける。後方からは雨のごとく矢を射かけてくる。ようやく振り切ったときには、保定西方の山地の森にはいりこんでいた。

「さて、こまったぞ。朱仝には会えず、いたるところ金兵がうろついている。どうしたものか」

陽は沈み、森全体が暗くなる。名も知れぬ鳥が、あやしげな鳴き声をたてはじめた。

「義父上、あそこに灯《あか》りが」

徐晟の指さす方向を見ると、樹々の間に灯がちらついている。高い松が道の両側にそびえ、竹林がひときわ暗い蔭《かげ》をつくる、その向こうに大きな寺院らしき建物が見えた。

Ⅳ

「助かった。今夜は寺で宿を借り、これからのことは明日、考えるとしよう」

寺の前で三人が馬をおりようとしたときである。いきなり拍子木《ひょうしぎ》の音がひびき、山門が開いて、四、五十人の僧兵が躍り出た。手に手に槍や棍棒をかまえ、敵意をこめて三人をにらみつける。

「この飲馬川《いんばせん》の強盗ども、よくも探りにやってきおったな」

呼延灼《こえんしゃく》は、めんくらった。

「それがしらは、保定に知人を訪ねて会えず、日も暮れたので、こちらに一夜の宿をお借りしようと思ったのでござる。強盗などではござらぬ」

「ええい、黙りおれ。わが万慶寺《ばんけいじ》は、北斉《ほくせい》の創建より五百余年、すでに金国に帰順し、あやしい者はとらえるよう命令を受けておる。現にきさまら、宋軍の甲冑を馬につけておるではないか。宋の敗残兵と決まった。おとなしく、我らにつかまれ」

僧兵たちは猛然とおそいかかってきた。呼延灼ら三人は大いに怒り、鞭と槍で容赦なくなぎ払う。たちまち十人ほどが倒されると、残りの者は口ほどもなく逃げ出してしまった。

馬を飛ばして寺を離れ、しばらく行くと、大樹のもとに山神廟《さんしんびょう》がある。ここでひと休みしようと馬をおり、門をあけると、地面には月光が降りそそぎ、人影はまったく見えない。階段には落葉が降りつもっている。寒さと空腹で、元気なく階段に腰をおろした。

徐晟《じょせい》が急に立ちあがると、石ころをひろって火種を打ち出した。火を落葉にうつし、竹の扉をこわして燃やす。やがて身体が温まってきたが、その分、空腹が一段とこたえてきた。

徐晟はさらに枯れ枝をあつめようと、門を出かけたが、急に身をひるがえし、槍を持ってふたたび出ていこうとする。

「兄弟、どこへ行くんだ」

呼延鈺《こえんぎょく》の問いに対し、徐晟は手招きして義兄を呼んだ。

「哥哥《にいさん》、あそこを見てください。鹿が水を飲んでるでしょう?」

「ああ、かわいそうだが、ぼくらの夕食になってもらうか」

徐晟は槍をかまえて、じりじりと鹿に近づいた。鹿の耳が、ぴんと立つ。瞬間、徐晟の槍が宙を飛んで、鹿の脇腹を突きとおした。

まだ息のある鹿に、ふたりは駆け寄った。呼延鈺が腰刀を抜いて、鹿の頭を斬り落とす。傍に小川があるので、その場で胴体を開き、肉をきれいに洗って、ふたりがかりで廟の中に運びこんだ。

呼延灼は手を出さず、息子たちの作業をじっと見守っている。

ふたりは周囲をさがして、古い大きな酒甕《さかがめ》を見つけ出すと、これもきれいに洗って火にかけた。水を加え、十ほどに切りわけた鹿肉を放りこみ、窓枠をたたきこわして火にくべると、しだいに煮立ってきた。

残念そうに徐晟がいう。

「ほんのすこしでも塩があればいいのになあ」

「ぜいたくをいうなよ、肉があるだけでありがたいじゃないか」

応えて、呼延鈺は耳をすました。

「どうしたんです、哥哥？」

「どこかで人の泣き声がする」

「あ、たしかに」

ふたりは門の外に出た。泣き声は小川と反対のほうからする。ひとすじの小道をたどっていくと、泣き声はしだいに大きくなる。と、竹林の中に小静室《いおり》がひとつ建っていた。泣き声とともに光が洩れてくる。

窓の隙間から室内をのぞきこんで、少年たちは息をのんだ。激しく泣き叫んでいる女性を、ひとりの僧が後ろからはがいじめにし、もうひとりの僧が服をぬがせようとしている。

少年たちが格子窓に手をかけ、いっしょに引っぱると、窓の格子が二、三本引きちぎられて、はね飛んだ。

少年たちが室内へ飛びこみ、腰刀を抜き放つと、仰天した僧たちは、女性を放し、扉口から外へ逃げ出した。

「賊禿《ぞくとう》（悪僧）、どこへ逃げる!?」

徐晟がどなる。呼延鈺は、なるべく女性のほうを見ないようにして、

「はやく服を着てください」

と言いすて、兄弟そろって僧たちのあとを追った。

一方、呼延灼は、息子たちがなかなか帰ってこないので、山門の外へ出てみた。すると、

「待て！」

という息子たちの声とともに、ふたりの僧が、ころがるように逃げて来る。呼延灼は片手を伸ばすと、僧のひとりをその場にねじ伏せた。もうひとりはそのまま逃げ去ってしまう。

徐晟が駆けてくると、もがく悪僧の右腕に刀劈《みねうち》をひとつ、僧の右腕は折れてぶらさがった。

今度は、僧を引ったて、三人そろって小静室へやって来た。女性はおおかた身づくろいをすませていたが、髪だけはまだ乱れている。

「そなたは何者か、どうしてこういうことになったのだ？」

呼延灼の問いに、女性が答えていうには、金軍が侵攻してきたため、夫は妻を山中に避難させた。ところが金軍が再攻してきて、夫は行方しれず、妻は途方にくれて林の中にすわっていたところを、いきなりふたりの悪僧につかまり、この小静室に引きずりこまれて、あわやというところを、ふたりの少年に救われたのだ、と。

「なるほど、それで賊禿よ、お前に言い分はあるか？」

「せ、拙僧《せっそう》は万慶寺の者でございます。いまの住持《じゅうじ》は曇化《どんげ》と申して、弟の畢豊《ひっぽう》とともに金軍に投降しました。畢豊は、以前、竜角岡《りゅうかくこう》の寨を飲馬川のやつらにうばわれたので、金軍の力を借りて飲馬川をやっつけようとしております。拙僧は先輩とともに林の中を見まわっておりましたところ、この女を見つけ、先輩が邪心をおこし、女を小静室につれこんだのでござる。すべて先輩の罪で、拙僧は巻きこまれただけ。どうかお赦しを」

呼延鈺が顔を真赤にしてどなった。

「虚言《うそ》をつくな。お前は女の人の服をぬがせようとしてたじゃないか！」

「よろしい、よくわかった」

呼延灼はそういうと、腰刀を抜き、一撃に悪僧の首をはねた。

「小娘子《わかおくさん》、悪党どもは退治した。今夜はここに泊まって、明日になったら夫を探しにいけばよい」

「かたじけのうございます」

「ところで、そなたたち、食事の用意はどうした」

「あっ、そうだ、もう空腹で目がまわりそうです。この小静室には何かあるでしょう」

徐晟は厨房に飛びこんで、食物の櫃《ひつ》を探し出した。あけてみると、米、塩、味噌など何でもそろっている。

呼延鈺が廟から鹿肉を運んで来る。徐晟は米をといで飯を炊く。食事ができあがると、三人は盛大に食べ、女性にも食べさせた。ただし、女性はあまり食欲がなかったようだ。

一夜が明けると、呼延灼は息子たちに告げた。

「こうなっては、飲馬川をたよるしかあるまい。よろこんで迎えてくれよう。小娘子、飲馬川への道がわかるかね？」

「飲馬川はここから南西へ二十里ばかりのところです。役人たちは賊と呼びますが、庶民にはけっして害を加えないので、悪くいう者は誰もおりません」

「うむ、さすが梁山泊の好漢たちだ」

呼延灼たちは女を帰らせると、甲冑をつけ、馬上の人となって南西へ向かった。

十里も行かぬうち、前方に喊声がとどろいた。

見れば、前方の坂を、一騎が飛ぶように駆けて来る。その後ろから、黒い鷲《わし》の旗をかかげた百騎あまりの金兵が追いすがる。

「やっ、あれは朱仝《しゅどう》どのではないか」

呼延灼が叫ぶ。朱仝は、かつ戦い、かつ走って来たが、追いすがった金兵のひとりが槍をくりだして、朱仝の背中を刺そうとした。とたんに閃光が走り、徐晟の投じた槍が金兵の胸をつらぬく。金兵は宙を蹴って落馬した。

他の金兵は呼延灼たちにむらがったが、父子のふるう四本の鞭に、あたるをさいわいなぎ倒されると、鋭い口笛の音を合図に、馬首をめぐらして遁走していく。

朱仝は馬をおり、金兵の胸から槍を引きぬいて徐晟に返してやると、呼延灼に向かって礼をほどこした。

「これは呼延灼将軍でいらしたか。おかげで、ない生命をひろい申した。ところで、この少年たちはどなたかな。たいした剛勇ぶりでござるが」

呼延灼がそれに答えようとしたとき、ジャーンと銅鑼《どら》の音がひとつ、林の中から四、五十人の武装した男たちがあらわれた。馬上には指揮者らしい男がいたが、四人を見ると、ころがるように馬からおりて、路上に平伏した。

「これは、こんなところで、ご両所にお目にかかろうとは。拙者、梁山泊の楊林《ようりん》でござる。いまは飲馬川にいて李応《りおう》どのを首領とあおいでおります」

呼延灼も朱仝も馬をおり、三人は手をとってよろこびあった。呼延鈺と徐晟も紹介され、朱仝と楊林に対して叔父へのあいさつをする。

あわただしく事情を語りあい、五人は馬に乗って飲馬川へと向かった。無事に飲馬川に着くと、李応、裴宣《はいせん》らが喜々として出迎え、公孫勝《こうそんしょう》と朱武《しゅぶ》もやってきて、すぐに大宴会となる。ふたりの少年は、朱仝に激賞されて、大いに照れた。この二昼夜の労苦も、ようやく報われたのだった。

V

さて、前夜、もうひとりの悪僧がいて、小静室《いおり》から逃げおおせたが、彼はどうなっただろうか。

夜は森の中にひそみ、朝になって小静室で仲間の死体を見つけると、万慶寺に駆けこんで曇化《どんげ》に報告した。曇化は髪がないので、怒髪天を衝くことはできなかったが、激怒して歯をかみ鳴らした。

「そやつら、飲馬川の賊に相違なし。これまで何度、煮え湯を飲まされたことか。本来なら、弟の畢豊《ひっぽう》が帰るのを待って、ともに兵を動かし、根絶やしにしてやるつもりだったが、もう我慢できぬ。わしが自分で斡離不《オリブ》元帥のもとへいき、兵を借りて、やつらを皆殺しにしてくれる」

ただちに従者をともなって金軍の本営におもむき、二太子にして東元帥の斡離不に面会を求めた。普通の人物なら追いはらわれるところだが、鄭重に奥に通される。斡離不は熱心な仏教信者であった。

曇化が合掌すると、斡離不も合掌して応じる。

「御坊《ごぼう》には、どのようなご用でおいでかな」

「申しあげます。わが万慶寺は北斉の創建になる五百年の名刹《めいさつ》、歴代の天子にも重んじられてございます。鎮護国家と聖代の安定こそが当寺の務《つと》め。なればこそ、大金国の軍隊がひとたび参られたとき、まっさきに帰順いたしました」

「ありがたきことにござる」

「然《しか》るに、飲馬川に巣くう盗賊、李応《りおう》や公孫勝《こうそんしょう》は、もともと梁山泊の逆賊でござった。やつら、このたびわが弟子を殺害し、当寺をほろぼし、仏教を廃絶する所存。元帥閣下、何とぞ、いくばくかの兵をお貸しくだされ。拙僧みずから李応らを討ち亡ぼし、大金国の威をしめし、仏の道を興隆させる所存でござれば」

そういって、礼物を献上した。珊瑚でつくられた数珠《じゅず》ひとつと、黄金の仏像一体である。

斡離不は鄭重な態度でそれを受けとった。

「わが軍がひとたび至れば、旗を伏せてなびかぬ者はなきものを、その飲馬川の者ども、まことにもって赦しがたい。黒鷲の旗兵五百名を、御坊におあずけしよう。勝利を祈っておりますぞ」

曇化は拝謝して、さっそく五百名の金兵をあずかり、万慶寺へと帰った。さらに三百名の僧兵を選《え》りすぐり、合計八百名。飲馬川のすぐ近く十里松《じゅうりしょう》という場所に本営を設けて、総攻撃をかけることにした。

飲馬川の寨では、李応らが呼延灼《こえんしゃく》や朱仝《しゅどう》を相手に歓談していたが、斥候の兵が帰ってきて曇化のことを報告したので、いきりたった。

「あの奸悪残虐な賊禿の親玉め。良民たちのためにも討ち亡ぼしてやろうと思っていたが、こちらから出向く手間がはぶけたというものだ」

梁山泊では「神機軍師」と呼ばれていた朱武《しゅぶ》が意見した。

「あの僧兵どもはとるにたりぬが、金軍の正規兵とあっては、勇強《ゆうきょう》そのもの。うかつに討って出てはなりません。とりあえず寨の柵をかため、二、三日耐えていれば、敵の士気もゆるみましょう。討って出るのは、そのときです」

そこで李応は、樊瑞《はんずい》、杜興《とこう》、楊林《ようりん》、蔡慶《さいけい》の四人をやって、三つの関門をきびしくかためさせた。要所には材木や石を高く積みあげ、石弾、火矢、擂木《すりぎ》、灰瓶《めつぶし》などを用意し、山寨の大門は閉めきり、旗も伏せて敵を待つ。

曇化はといえば、一夜が明けると、飲馬川の正面の大門に押し寄せた。しんと静まりかえって、人影は見えない。周囲の道はすべてふさがれている。僧兵たちに命じて山をよじ登らせたが、石弾や灰瓶などが雨あられと降りそそぎ、僧兵たちは毬《まり》のように落下して、たちまち三十人ほどが負傷する。

曇化は、ほどこす術なく、ただ時を空費するのみで、夕刻になってしかたなく十里松の本営にもどらざるをえなかった。

焦躁のうちに一夜をすごし、翌朝ふたたび押し寄せた。喊声をあげ、旗を振りまわして武威をひけらかし、出てこいとどなるが、まったく反応がない。さらに金兵たちは近隣の村に出かけては掠奪や暴行をくりかえすが、曇化は取りしまることもできないのだった。

午後になると気分も倦《う》み、帰営しようとしていると、突如、号砲が鳴りひびく。はっとして見れば、正門が開き、李応、呼延灼、楊林、樊瑞の四騎が武器を手に躍り出る。その後方には五百人ほどの兵士。

曇化の不機嫌《ふきげん》は、たちまち吹き飛んだ。白馬にまたがり、重さ六十斤（宋代の一斤は約五九六・八グラム）の鉄の禅杖《ぜんじょう》をつかんで、大声にののしった。

「うぬら梁山泊の死にぞこないどもが、よくもわが清浄の法門をさわがせおったな。大金国の軍勢ここに至る。さっさと馬をおりて縛《ばく》につけい！」

李応は、どなりかえした。

「きさまこそ、死にぞこないの賊禿め。わざわざ自分から首をさしだしに来るとは、さぞ御仏もあきれてござろうよ！」

そのまま槍をしごいて突きかかれば、曇化も「うおお」と咆哮、禅杖をかまえて迎えうつ。火花を散らし、撃ちあう音もすさまじく、五十余合を闘ったが勝敗はつかない。

呼延灼はたまりかね、双鞭をふるって加勢に出たが、おそるべし、曇化はすこしもひるまず、右に撃ちこみ、左にたたきつけ、さらに三十余合を渡りあう。

そこへ五百の金兵、口笛を合図にどっと殺到してきた。楊林と樊瑞は手下を叱咤し、両軍入り乱れての血戦となった。日が暮れるまで闘ったが、勝負はつかず、双方ともに百名近い死傷者を出して、それぞれ帰陣した。

李応は舌打ちした。

「やつを甘く見ていたかもしれん。あれほど強いとはな」

すると朱武が進言した。

「やつがそれほど強いなら、力でいってはだめだ。頭を使おう」

そして語った軍略に、頭領たちは口をそろえて応えた。

「妙計！　さすが神機軍師」

翌日、朝霧の中、万慶寺は三百あまりの敵兵におそわれた。ひきいるは、呼延灼、呼延鈺、徐晟、楊林である。僧兵のほとんどは曇化にしたがって十里松に出陣しており、残っていたのは、わずか十五、六名。兵力差の前に抵抗は無益で、あっけなく全員が討ちとられた。

「この寺には、ずいぶんと蓄財があるはずだ。ちょうだいしていきましょうや」

楊林の提案で、三百人がいっせいに捜索すると、寺にあるまじき金銀、絹、珠玉などが続々と出てきた。米、牛肉、塩などの食糧から、衣類、食器、さらには弓矢、槍、刀、棍棒など、算《かぞ》えきれぬほど。

そのうち、探しまわっていた手下のひとりが、寺の裏手に鉄の扉を発見した。錠はかかっていなかったので開けてみると、色っぽい香気が鼻をうつ。松明で照らしてみると、密室のなかに三十人あまりの若い尼たちが身をひそめていた。

「こいつは傑作だ。曇化のやろうの後宮だぜ」

楊林が笑い、助命をこう女性たちを房室から出した。

一方、曇化である。三日めも朝から出陣し、攻撃をしかけても、やはり反撃はない。山頂では笛や太鼓を鳴らし、曇化に向かって悪口の雨を降らせる。曇化が怒りくるっているところに、埃《ほこり》と汗にまみれた僧兵が二、三人、必死の形相で駆けてきた。

「師父、たいへんです。師父がご出陣の隙に、飲馬川の賊が万慶寺をおそい、留守居の者を殺しました。拙僧らはたまたま外の林を見まわっていたので生命をひろいました。どうかはやくおもどりください」

曇化は顔色を変えた。

「しまった！　兵を返せ、謀られたぞ！」

山上では李応と朱仝が敵の周章《あわて》ぶりを見て、

「万慶寺、敗れたり」

と看《み》てとり、兵を叱咤して、一気に山を駆け下った。

「曇化、逃げるな！」

息もつかずに追いすがる。曇化はもはや戦意なく、ひたすら万慶寺へと走る。五百の金兵は、戦況不利と看てとると、曇化を見すて、自分たちの本営へ帰っていく。

曇化はまさしく孤立無援、馬を飛ばしていくと、松林の中から四騎の武将が飛び出した。裴宣、樊瑞、杜興、蔡慶である。

「賊禿、とっとと首を置いていけ！」

曇化はひるまず、一対四で闘いはじめたが、早くも李応と朱仝が追いついてきたので、さすがに狼狽して逃げ出す。裴宣らはわざと道を開いて曇化ひとりを通したが、それにつづこうとする僧兵たちは、ことごとく斬ってすてた。

曇化が万慶寺の山門まで走って来ると、待機していた呼延鈺と徐晟が飛び出してきた。

「おそかったな、曇化！」

前後から挟撃された曇化が、あわてふためくところ、徐晟の槍で右脇腹を突き刺され、地にころげ落ちる。たちどころに手下たちが飛びかかり、牛革《ぎゅうかく》の紐《ひも》でがんじがらめに縛りあげた。

李応や呼延灼の前に引きずり出された曇化は、彼らが何を話しかけても、

「うるさい、さっさと殺せ」

と、わめくばかりである。

李応と呼延灼は相談して、寺に閉じこめられていた尼たちに銀子をあたえて解放し、金銀や荷物をすべて運び出した上で、曇化を本堂の柱に縛りつけた。火を放つ。どれほど由緒のある寺でも、この時世では盗賊の本拠地になるのが落ちだからだ。

見る見る火勢が強くなると、樊瑞が声をかけた。

「曇化よ、きさまも今日めでたく円寂《えんじゃく》と決まったが、とうてい極楽にゃあいけまい。

そこでこの道士が偈《げ》をつくって、火葬のはなむけをしてとらす」

樊瑞はひと呼吸すると、

「曇化よ曇化、もろもろの善をなさず、あまたの悪をことごとくなす……」

に始まる偈を長々と述べたが、残念ながら周囲の不信心者たちにはほとんど理解できず、寺は頭領たちの眼前で燃えあがり、燃えさかり、「あまたの悪」とともにひとりの大賊禿をのみこんで崩れ落ちた。

第八章　開封《かいほう》陥落

I

　強敵・曇化《どんげ》を葬り去った飲馬川《いんばせん》では、お決まりの大宴会が開かれた。呼延鈺《こえんぎょく》と徐晟《じょせい》は、あらためて全頭領に紹介され、絶讃を受けた。呼延灼《こえんしゃく》は鼻高々である。朱仝《しゅどう》に、

「将軍もそろそろご引退ですかな」と、からかわれて、

「何の、まだまだ」

　と胸をそらして快笑した。

　にぎやかな宴が終わりに近づいたころ、手下から報告があった。

「戴宗《たいそう》どのとおっしゃる方が、頭領がたにお目にかかりたいとのことです」

　大歓迎を受けて上座にすえられた戴宗は、山のような情報をかかえていた。とくに一同を仰天させたのは、つぎの情報である。

「徽宗《きそう》皇帝の退位、皇太子（欽宗《きんそう》）の即位、宣和から靖康への改元」

　梁山泊《りょうざんぱく》の生き残りたちが、山中で曇化などと戦っているうちに、世の中は、年号ま

で変わってしまっていた。呼延灼父子をのぞく一同は茫然、しばらくは寂として声も出ない。

「それで、開封府《かいほう》のようすはどうかね？」

呼延灼の問いに、戴宗が答える。

「主戦派の兵部侍郎・李綱《りこう》が必死に防御戦を指揮し、城内には一兵も敵を入れていない」

「そうか、考えてみれば都こそ、もっとも防御のかたい要害だからな」

「おなじく主戦派の种師道《ちゅうしどう》が、三十万の義勇軍をあつめ、金軍《きん》の背後を遮断しようとしている。これがうまくいけば……」

「金軍はあわてて退避するかもしれんな」

と李応。ほっとした空気が流れかけたとき、戴宗が冷水をあびせた。

「ところが、講和派の李邦彦《りほうげん》が、反対した。かってに金軍と和約を結び、太原《たいげん》、河《か》間《かん》、中山《ちゅうざん》の三州を割譲した上、黄金五百万両、銀五千万両、牛馬一万頭、絹百万疋《びき》を差し出すことにしたんだ」

「黄金五百万両に銀五千万両!?」

李応が半ば立ちあがりそうになった。

「土地の割譲もだが、そんな大金が、いま国庫にあるのか!?」

「あるわけがない。だから民間から徴発をはじめた。国軍の兵士たちが、資産家の家に押し入っては、財産を差しおさえている。さからう者は死刑」

楊林《ようりん》が皮肉に笑い出した。

「何てこったい、おれたちを盗賊だ盗賊だというが、天下一の盗賊は朝廷じゃないか」

「そのとおり」

「ま、おれたちには関係ないですがね」

「ところがあるんだ、楊君」

「何で? おれたちは一両どころか一銭だって出しゃしませんぜ」

「柴進《さいしん》どのが危ないのだ」

梁山泊の大幹部であった柴進の名を聴いて、一同はさっと緊張した。

梁山泊の好漢たちは、ほとんどが庶民の出身だが、柴進は例外である。朝廷から皇族に準ずる待遇を受けてきた一族の出身で、多くの者が彼の世話になってきた。

「そうか、柴進どのも財産を没収されるのか」

蔡慶《さいけい》がいうと、戴宗は表情をけわしくした。

「そうだ。柴進どのが住んでいる滄州《そうしゅう》の知州は高源《こうげん》といって、以前、梁山泊に亡ぼされた高濂《こうれん》の弟なんだ」

「そりゃまずい、まずすぎる」

「高源は柴進どのに、黄金三千両、銀一万両を要求してきた。だが、急にそんな大金を用意できるはずがない。それで府庁に連行されて投獄されてしまったんだ」

「それじゃ、目的は金銭じゃない。最初から殺す気だな」

李応がうなった。

「それで、おれは飲馬川《ここ》へやって来たんだよ。あの人を見殺しにはできんからな」

「あたりまえだ。梁山泊の好漢が、兄弟を見殺しにできるもんか」

樊瑞《はんずい》がどなる。李応は一同を見まわした。

「さっそくで御苦労だが、ぐずぐずしてはおれん。兄弟たち、出陣の用意をしてくれ」

「おう！」

李応は千名の兵をすぐると、呼延灼、呼延鈺、徐晟、楊林、戴宗とともに進発した。

「留守は朱仝どのにお願いする」

「承知いたした」

「戴宗どのは先行して、我々が救出しにいくことを、柴進どのにひそかに報《しら》せてほしい。安心してくれるように、と」

「心得た」

こうして飲馬川で準備がすすむ間に、滄州では知州の高源が着々と柴進謀殺の用意をととのえている。彼は悪辣な男だが無能ではなかったから、飲馬川の軍が柴進を救出に来るであろうと予測していた。城垣を修築し、柵木をかため、城の内外の住民に保甲法《ほこうほう》を適用して自警団をつくらせ、たがいに監視させたのである。

二日後、飲馬川の人馬が滄州城に到着した。高源はすぐさま吊橋《つりばし》を引きあげ、城門をかたく閉ざし、軍隊に要所を守らせた。さらに徴発した民兵たちを城壁に上らせ、昼夜、防御をおこたらない。

李応たちが城下に着くと、戴宗があらわれて報告した。

「城内は水も泄《も》らさぬ厳戒ぶりで、容易に人の出入りを許さない。うかつには動けない」

李応は城の周囲を見まわして舌打ちした。

「城は小さいが、ずいぶん守りはかたいようだ。簡単には攻略できまい。ひとまず遠巻きにして、作戦をねるとしよう」

高源はみずから甲冑を身につけ、兵士たちには、つぎのように厳命した。

「出撃は許さぬ。ひたすら城をきびしく堅めよ。賊どもの糧食が尽き、士気が落ちたところを攻撃するのだ」

こうして、李応たちは、三日というもの、手も足も出せない。高源は意外な強敵だった。

「柴進めは梁山泊の残党どもと結託して、この城を陥そうとしておる。その罪、死刑に値する。者ども、今夜のうちに柴進めを盆吊《さかさづり》にして殺せ」

高源は部下たちにそう命じた。

盆吊というのは、罪人を縄でしばり、莚《むしろ》で全身をつつみ、目・耳・鼻・口をふさいで逆さづりにする処刑法である。苦痛がはなはだしく、きわめて残酷な刑であった。

「朝になったら、やつの死体を城外に放り出すのだ。そうしたら、梁山泊のやつら、目的をうしなって引きあげるにちがいない。ただちに取りかかって、朝になったら結果を報告せよ」

さて、節級《せっきゅう》（牢役人）のなかに、吉孚《きっふ》という男がいた。役人ながら人柄がよく、機転もきく。この男が、顔には出さぬが、柴進を救出しようと考えた。

「あの柴大官人《だんな》はりっぱな人だ。それを死刑にするなんて論外のこと。天下の大乱は目に見えている。高源のやつの権勢も、砂上の楼閣のようなものだ。ここはひとつ、おれも腹をすえて、柴のだんなを救い出すとしよう」

吉孚は、まず牢番たちを説得にかかった。

「おい、高の相公《とのさま》は、すぐ柴進を殺せとお命じになったが、あわてるんじゃないぞ。柴進は富豪だからな、たっぷり銀子を持っている。それを巻きあげてから死刑を執行すればいいんだ。待っていろ」

牢番たちは欲に駆られて承知した。吉孚はひとりで柴進の牢をおとずれた。

「柴のだんな、いい報せがござんすぜ」

柴進は牢内に端然としてすわっていたが、さすがに顔は蒼白である。吉孚に応じた。

「私は牢の中にいるのだ。よい報せなど、あるわけがなかろう」

「飲馬川のお仲間が、兵をつれて城下に押し寄せ、三日間も攻撃をつづけています」

柴進の顔に朱がさした。

「それはありがたい」

「ただ、落城前に殺されたら、元も子もありません。銀子をお持ちですね。それを渡してくださったら、私が何とかします」

柴進は重い包みを吉孚に差し出した。

「百両ばかりある。これで何とかたのむ」

吉孚は銀子を受けとると、使臣房《ししんぼう》（役人の詰所）へもどった。待ちうけていた牢番たちに、包みを示す。

「うまくいったぜ」

牢番たちは大よろこびである。人を殺して金銭がもらえるのだから。

吉孚は牢番たちに銀二十両を渡して分配させると、

「残りは相公に差しあげなきゃならない。おれが帰って来るまで、手を下すんじゃないぞ」

と言って使臣房を出た。

しばらくして帰ってくると、一同に告げる。

「相公もこまった人だ。八十両で気が変わったか知らんが、柴進を当分、殺すなとおおせだ。何でも、飲馬川の軍隊が強いから、人質にするため生かしておく、とさ」

「おいおい、銀子は返さなくていいんだろうな」

「あたりまえだ。とっておきな。これから相公のところへ柴進をつれていくが、お前たちはここで待っていろ。気をゆるめるなよ、他にも重罪犯が何人もはいってるんだからな」

柴進は牢から出され、衣服をととのえると、吉孚につれられて牢獄から出た。吉孚の本心を知らないので、高源の前で殺されるかもしれない、と思うと、生きた心地はしない。途中、何度も役人にとがめられたが、そのたびに吉孚が、

「相公のもとへ連行いたします」

と言って、その場を逃れた。

ふたつほど街角をまがり、とある人家の前に到着する。門を吉孚がかるくたたくと、何者かが出てきて、吉孚と柴進を中に引きいれ、かたく門をかけた。

II

その人物は、ふたりを奥の房室《へや》へ案内して灯火をともした。吉孚《きっふ》は柴進《さいしん》の頸にかけていた鎖《くさり》をはずして言う。

「だんな、もうご安心を」

柴進は何のことかわからず、返答のしようがない。吉孚はそこで本心を明かした。

「私はあなたを尊敬しておりまして、何とかお救いしたい、と考えておりました。そこで一計を案じた次第です。この男は――」

と、家の主を指さし、

「この男は鄆城《うんじょう》県の出身で、名は唐牛児《とうぎゅうじ》と申します。梁山泊の総首領・宋江《そうこう》どのの危険を救って、この滄州に流されてきました。刑期はすんだのですが、路銀がなくて故郷に帰れません。そこで、私がすこしばかり銀子を出して、小商《こあきな》いをさせていたのです。私が柴だんなを助けても、かくまうところがありません。そこで思いついたのがこの家で、あらかじめ事情を話しておいた次第です」

柴進はようやく事情を理解し、床に平伏して礼を述べた。

「再生のご恩、お報いする術もござらぬ」

吉孚は手を貸して抱えおこした。

「まだまだ。あなたはまだ城外に脱出できてはいないし、ご家族も牢の中。これを救い出さねばなりませんぞ」

朝になって、高源《こうげん》はすぐ執務をはじめ、牢番長を呼びつけた。

「柴進の死体は城外に放り出したか？」

「は？」

「は、とは何だ」

「いえ、柴進は人質にするため生かしておく、と相公がおっしゃった旨《むね》、吉孚が申しましたため、柴進は牢から出しましてございます」

高源は椅子を蹴るように立ちあがった。

「吉孚め、謀りおったな。こうなれば、柴進も吉孚も、柴進の家族も、まとめて皆殺しだ！」

荒々しい息を吐くと、

「やつら、牢は逃げ出しても、翼があるわけではなし、城内に隠れているはず。何があっても探し出せ。かくまう者があったら、そいつも死刑だ」

高源は牢番たちに百たたきの重罰をくらわせると、城内すべての家を捜索するよう命じた。

かくして城内は大混乱。民家のみならず、寺院、道観《どうかん》（道教寺院）、空屋に物置まで探しまわったが見つからない。

唐牛児は民兵として城壁に上って警備にあたっていたが、近くに人がいなくなると、石を紙に包んで城外へ投げおろす。敵軍のひとりがそれを拾うのを見とどけると、交替して城壁をおりた。

石を拾ったのは楊林《ようりん》だった。石を包んでいた紙は、柴進が書いた手紙だったのである。さっそく一同は対策を話しあった。

しばらくして飲馬川軍は旗を巻き、刀や槍を引いて退却にうつった。城外の楓樹坡《ふうじゅは》という林の中に全軍がひそむ。

報告を受けて、高源は歯ぎしりした。

「柴進が城内でつかまらないのに、敵が退却するというのは、どういうわけかよくわからんが、こうなったらまず柴進の家族を皆殺しにしてしまえ。いくらかは腹いせになるだろう」

そこへ城内の住民たちが押しかけて来た。

「相公、ずっと城門が開きませんので、薪《たきぎ》も米もございません。何とぞ城門を開けて、せめて薪ひろいに行かせてくださいませ」

高源は舌打ちしたが、住民たちの離反をおそれ、やむなく開門を命じた。ただし、巳《み》・午《うま》・未《ひつじ》（午前十時から午後四時）の三刻にかぎり、出入りの者はきびしく盤詰《ぎんみ》を加えた。

戴宗《たいそう》と楊林は公文書を運ぶ役人に扮装し、呼延鈺《こえんぎょく》と徐晟《じょせい》は若い書生にばけて、城内への潜入に成功した。

さらに五、六人の手下が、柴草の中に火薬や短刀を忍ばせ、城内の住民にまぎれこむ。

唐牛児の家は城の隅の一軒家。このことも柴進からの手紙に記してあった。

戴宗ら四人は、人目につかぬよう唐牛児の家にはいりこみ、暗い家の中で柴進と吉孚に会った。柴進は涙を流して戴宗と手をにぎりあう。手下たちの柴草も持ちこまれた。

二更（午後十時ごろ）をすぎて突如、号砲が鳴りひびく。兵士たちの注進に、高源はみずから甲冑をつけて巡察し、民兵を城壁に上らせる。しかし号砲だけで攻撃はない。唐牛児について、戴宗と楊林も、ひそかに城壁に上った。四更（午前二時ごろ）、守備の民兵たちはすっかり倦み疲れている。

戴宗はようすを見て、用意の白絹《しろぎぬ》の小旗を城壁上にかかげる。城壁の下からは竹ばしごを立て、つぎつぎと手下たちが登っていく。それを見た民兵が大声をあげるのへ、楊林が躍りかかり、一刀のもとに斬ってすてた。

呼延鈺と徐晟は城門へと走り、兵士たちを斬り散らして門を開いた。吊橋《つりばし》をおろすと、呼延灼《こえんしやく》と李応《りおう》が兵をひきいて一気に突入する。

つづけざまに火矢が放たれ、唐牛児の家から火の手があがる。周囲は火に赤々と照らし出され、城内は大混乱におちいった。

高源は腹心の統制・孫備《そんび》とともに防戦に駆けつけたところ、李応、呼延灼と正面か

らぶつかった。孫備は呼延灼と渡りあったが、ただ一合で鞭に頸骨《けいこつ》をへし折られる。逃げようとした高源に対して、

「楽に死なせてやるぞ！」

李応の槍が伸びて、高源の頸すじをつらぬき、先端は咽喉から飛び出した。兵士たちはてんでに逃げ走る。

柴進も吉孚とともに出てきて、呼延灼と李応に涙ながらにあいさつした。吉孚は楊林を案内して牢獄へ走り、囚人たちをことごとく解放した。囚人といっても、金銀を納められず、高源に閉じこめられていた人々ばかりだから、泣いてよろこぶ。柴進の家族も救い出された。

「火災を消しとめよ。住民には絶対に危害を加えてはならん。高源邸の財貨と倉庫の糧秣《りょうまつ》だけは持ち帰れ」

李応の命令は完全に実行された。唐牛児が願い出て、近隣の人々に米を分け与え、大いに感謝される。

夜が明けると、飲馬川の一同は柴進とその家族を守って引きあげた。吉孚と唐牛児も仲間に加わる。

引きあげがすむと、李応は戴宗に、天下の形勢をさぐるため、開封へ行ってくれる

よう依頼した。戴宗はこころよく承知したが、

「助手をひとりつけてくれんかね」

「おれが行きますよ」

と、楊林が志願した。充分な額の銀子が、ふたりに渡される。

戴宗と楊林は神行法を使い、日ならずして開封に到着した。ところが、巨大壮麗な城から十里もあろうというのに、近隣の人民はみな逃げ散って、人煙も灯火も絶えている。

「まいったな、もう城門も閉まってるだろうから、偵察は明日のことにして、今夜はどこかに泊まらなきゃならんが……」

「ここにいてください。何とか、おれが探してみます」

楊林は大きな森をまわって石橋を渡った。その上に立って見れば、いかにも清雅なたたずまいの土地だ。ひとすじの清流がせせらぎの音をたて、丘に沿って松や竹が深い緑をたたえ、十数戸の家が散在している。

「このご時世に、ここは別天地だなあ」

幾本かの垂楊《しだれやなぎ》のまわりを鳥が飛びまわって、小川の光は、空の半分を紅紫に染める夕霞《ゆうがすみ》を映し出していた。

橋を渡ってみたが、人家はあれど人影は見えない。失望しながら、さらに歩いていくと、土牆《どしょう》（築地）がつづき、竹の扉が半端に閉ざされている。楊林がそっとはいってみると、庭内には草花が入りみだれ、草堂には竹すだれがかかっていた。香机《こうづくえ》の小さな炉からは、柏《かしわ》の実をいぶしたささやかな香が立ちのぼり、上面《かみて》には一幅の丹青《え》がかかっている。紙の窗《そう》（障子）に木の牀《ベッド》。ただならぬ風情《ふぜい》だ。

楊林は、ひとつ咳ばらいしてみた。と、髪を丫髻《あげまき》にした小廝《こもの》が出てきて、

「何の御用ですか？」

「旅の者だが、米と酒を売ってくれないかね」

「主人が留守なので、私の一存では何とも」

しかたなく楊林は外へ出たが、

「こりゃ今夜は飯ぬきだな」

と思うと、よけい腹がへってきた。

そこへ足音がして、小者をつれた人が近づいてくる。巾幘《ずきん》に短袍《つつそで》、手には弾弓。矢ではなく弾丸を飛ばす弓だ。その人は楊林を見ると、

「これはめずらしい、よく来てくれたね」

相手を見た楊林は、あっと叫んだ。

Ⅲ

「燕青《えんせい》君じゃないか！」

「そうだよ。ずいぶん久しぶりだなあ。君ひとりか？」

「い、いやいや、戴宗《たいそう》どのがいっしょだ」

「だったら、つれて来てくれよ」

梁山泊で「小乙哥哥《しょういつあにい》」と呼ばれていた人気者の燕青であった。まだ三十歳になっていない。

楊林《ようりん》は飛ぶように走り去ったが、やがて戴宗を押したり引っぱったりしながらつれてきた。戴宗は燕青を見て目をむいた。

「こりゃおどろいた、小乙哥哥じゃないか。楊君がやたらもったいぶるから誰かと思ったら……」

三人はたがいに礼をしあって一笑した。

「今夜は家《うち》に泊まっていってください」

「そうさせてもらおう。いや、空腹をかかえて野宿するところだった。地獄から極楽だ」

灯火がともされ、室内には、好酒《うまざけ》、野菜と豆腐の煮つけ、鹿の乾肉などが運ばれてきた。

「まず食事の後でお話としましょう」

しばらく飲み食いした後で、戴宗と楊林は、これまでの経緯をかわるがわる語った。

「そんなわけで、李応《りおう》どのが我々を開封のようすをさぐりによこしたのだが、ひとつまちがえば、一生、会えないところだったよ」

燕青はうなずいた。

「やはり御縁があったということでしょうね。私は方臘《ほうろう》征伐からもどると、宋江《そうこう》どのに、世をすてて隠遁《いんとん》したい、と、ずいぶんたのんだ。朝廷が我々をどうあつかうか、知れていたからね。でも、諾《き》きいれてもらえなかったので、しかたなく書き置きをのこして姿を消したのです」

「宋江どのは残念がっていたぞ」

「申しわけないが、私は役人になどなりたくなかった。知人の別荘を借りて暮らしているが、のどかなものです」

「ここにいて、都のようすはわかるのかい」

「いろいろ噂は、はいってくるが、朝廷はもうだめでしょう」

口調こそおだやかだが、燕青の言葉はきびしい。

「乱脈のかぎりだそうだが……」

「奸臣どももひどいが、まだ忠臣たちはいるのです。ただ、おそれおおいことながら、あたらしい天子さまは優柔不断におわします。朝と昼、昼と夕で、お考えがころころ変わる」

「ふーむ」

「せっかく三十万の義軍をあつめながら、戦いを禁じあそばした。兵士たちの士気は下がる一方です。そのくせ、城の内外の守備だけは、水も泄らさぬ厳戒ぶり。おふたりとて、侵入は不可能でしょう。しばらくここに滞在して、消息をつかむのがよろしいかと」

「迷惑じゃないかね」

燕青は笑った。

「とんでもない。我々は兄弟ですよ。それに、私自身、都が陥《お》ちでもしたら、のんきにしていられない。どこかおちつく先をさがさなくてはなりません」

楊林が口を出した。

「小乙哥哥、往古《むかし》の兄弟たちは、みんなまた集合してるぜ。君も参加したらどうだ？」

「もうすこし、ようすを見てからにしたいんだ」

この夜から、戴宗と楊林は、燕青の家に滞在することになった。


一方、朝廷では、ついに政変が生《しょう》じた。

優柔不断といわれた新天子、欽宗《きんそう》皇帝が、ついに徽宗《きそう》時代の奸臣たちの排除を決意したのだ。

蔡京《さいけい》、その息子・蔡攸《さいゆう》、童貫《どうかん》、高俅《こうきゅう》、王黼《おうほ》、楊戩《ようせん》、梁師成《りょうしせい》。権勢をかさに、悪のかぎりをつくし、人民を苦しめること二十年におよんだ奸臣たちは、家族ともども逮捕され、きびしい尋問を加えられた。

蔡京らは、時勢が変わって権力をうしない、法を枉《ま》げることもできず、ついに、それぞれ頭をたれて己が罪を認めた。

彼らを裁いた開封府尹・聶昌《じょうしょう》は、即日、判決を下した。全員、辺境の諸州に流刑に処し、家族も遠方に送って服役させ、莫大な財産は没収して国庫に納める。一日たりとも都にのこることを許さず、城門から追い出した。

　これを知った開封の人民は、そろって小おどりし、快哉《かいさい》を叫んだ、と言われる。

　蔡京、蔡攸、童貫、高俅は四人ひと組で儋州《たんしゅう》に、王黼、楊戩、梁師成は三人ひと組で播州《は》に流されることになった。王黼はかつて建康《けんこう》で楽和《がくわ》とかかわった王朝恩《おうちょうおん》の父親である。

　彼ら三人は流される途中で刺客におそわれて殺害された。

　蔡京たち四人は無事に旅をつづけた。というのも、蔡京の知恵である。蔡京はすでに八十歳になっていたが、頭脳はさほど衰えていなかった。彼は他の三人にこういったのだ。

「わしらは朝廷の権威と権力を自由に使い、万年にわたって栄耀栄華《えいようえいが》、それを子々孫々にまで伝えるつもりじゃった。思いもかけず、朝廷はわしらの政敵を登用なさり、わしらは流刑の身となった。どうにか生命は保ったものの、前途は測《はか》りがたい。いつ刺客が送りこまれて来るか、知れたものではない」

「ち、父上、いかがいたしましょう」

　息子の蔡攸が、おろおろと尋ねる。

「そこでじゃ、こっそりと城門を出たら、駅舎や豪華な旅亭には泊まらず、普通の民家を借りて宿泊するのじゃ。無事に流刑地に着いたら、ひっそり生活し、ふたたび時勢が変わるのを待つ。これしかあるまいて」

「我ら天下万民の怨みを買っておりますからな。羽をもがれた今日では、用心こそ肝《かん》要《よう》でござる。太師さまのおっしゃるとおりにいたしましょう」

高俅がいえば、童貫も賛同する。

「流刑途中での暗殺は、我らの常套手段でござった。それが自分たちの身にまわってきたとあっては、おとなしく機会を待ち、油断はせぬことでござるな」

こうして四人は夜になって、ひそかに開封を出た。役人には大金を渡して城門をあけてもらったのである。翌朝、新体制下の役人たちが、四人の身を引っ立てにいくと、四人とも姿を消していた。

こうして朝廷は主戦派の主導するところとなったが、今度はその中で慎重派と急進派の対立がおこってしまった。

「開封城内には七万の兵がおり、集結した義軍は三十万にのぼる。いますぐ戦端を開いて金軍を潰滅すべきだ」

「待て、いま宋金両軍は休戦の和約を結んでいる。それを破って急襲すれば、大義が立たぬ」

「戦争だというのに、何が大義だ」

「義軍三十万といっても、民兵ばかりで、訓練も受けておらぬ。さいわい种師道将軍《ちゅうしどう》が、西から二万の精鋭をひきいて接近している。それが来るのを待って、万全の態勢で戦うべきだ」

「万が一、その精鋭が途中で阻止されて、来られなかったらどうする」

「そんなことにはならぬ」

「保証があるのか」

激論しても決着がつかず、欽宗皇帝はおろおろするばかりだ。

憤然として自陣にもどってきた急進派の姚平仲《ようへいちゅう》は、部下たちに告げた。

「議論ばかりして、敵に勝てるか。わしにも二万の精鋭がおる。わしの部隊だけで金軍を急襲し、斡離不《オリブ》を討ちとってみせよう。それでこそ天下に勇名を馳せることができるというものだ」

部下たちも逸《はや》りたち、二万の兵は勇みたった。翌日の夕方に進発とさだまり、あとは時を待つばかりとなる。

ところが、ここにひとりの裨将《ひしょう》（中級士官）がいた。軍令違反を犯した罪で死刑になるところを、同僚たちの助命歎願によって救われ、百たたきの罰ですんだが、それを根に持って姚平仲を怨んでいた。この男が考えた。

「いま金軍に密告せずしてどうする。怨みをはらすと同時に、将来の出世だってかなうというものだ」

彼は自陣をぬけ出して金軍の本営におもむき、斡離不に密告した。

初更（午後八時ごろ）、人は口に枚《ばい》をふくみ、馬は鈴をはずし、姚平仲の精鋭二万は、駝牟岡《だぼうこう》にある金軍の陣営へひたひたと押しよせた。金軍の陣営からも太鼓の音が聞こえたが、静まりかえって何の気配もしない。

「よし、いまだ」

鹿角《さかもぎ》を押しのけ、喊声とともに突入する。しかし金軍の陣営内は空虚で、人ひとりいない。

「しまった！」

瞬時に事態をさとった姚平仲は、ただちに退却を命じたが、号砲一発、四方の金軍がいっせいに起《た》って猛撃を加えてきた。

姚平仲は勇猛をふるって金兵を斬りまくったが、十万の敵に機先を制されては、いかんともしがたい。

血煙と絶鳴がわきおこる中、姚平仲は行方不明となり、二万の精鋭は全滅した。

「宋の背信《はいしん》、もはや赦さぬぞ」

返り血にまみれた斡離不に、密告した裨将がいそいそと近づく。

「斡離不元帥、ぜひ拙者の功をお忘れなく……」

いいかけたとき、裨将の首は血の尾をひいて宙を飛んでいた。嫌悪感をむき出しに、兀朮《ウジュ》が刀についた血の雫を振り落とす。

「二哥《アルコー》、罰なら甘んじて受けるぞ」

斡離不は首を横に振った。

「講和中に奇襲をかけてきた宋の背信を、おれは責めねばならぬ。お前にかまっていられるか」

言い終えぬうちに、斡離不は激しくせきこんだ。口をおさえた掌《てのひら》に、赤いものがつく。

「二哥、大丈夫か!?」

「よけいな心配はするな。それより軍をまとめろ」

「わかった」

兀朮が走り去ると、斡離不は、地にころがった裨将の首を、不快そうにながめやった。

「国が亡びるときは、こういうものか……」

Ⅳ

大勝利を得た斡離不《オリブ》は、使者を派遣して宋の背信をなじった。欽宗《きんそう》皇帝は慄えあがり、急進派を追放して、ふたたび和平を請うたが、斡離不はおかまいなしに開封を包囲攻撃してくる。

欽宗は玉座で頭をかかえ、

「朕《ちん》はどうしたらいいのじゃ」

と涙を流すばかり。

そこへ進言した者がいる。参知政事（副宰相）の孫傅《そんふ》という人物であった。

「聖上、先日、臣は、ひとりの奇才に出会いました。その人物、姓名を郭京《かくけい》と申し、六甲の秘術を用いて金軍を潰滅させることができる、と申しております。お会いになってみてはいかがでございましょうか」

何と、このような状況下で、郭京がふたたび出現したのであった。

郭京は建康で花栄《かえい》の未亡人たちを監禁したものの、楽和《がくわ》のために逃がしてしまい、王朝恩《おうちょうおん》のごきげんをとるため、彼をつれて、開封へ帰ったのだった。もとどおり林霊素《りんれいそ》真人の弟子になっていたが、ほどなく林霊素は死去。すると、王朝恩の親友である、と称して王黼《おうほ》の邸宅に身を寄せた。ところが、その王黼も流刑になり、いよいよ行くところがなくなった。それでも人の血を吸う蛭《ひる》のようなこの男は、実直だが迷信深い孫傅の家へころがりこんで、ついに欽宗皇帝に謁見《えつけん》することになったのである。

郭京を召して、欽宗皇帝は問いかけた。

「孫傅の申すところによれば、そなたは六甲の秘術を能《よ》くし、それによって金軍を撃退することができるそうじゃが、真実《まこと》か？」

郭京は胸を張った。たとえ相手が皇帝であっても、この男は平然と虚言《うそ》をつくことができるのである。

「臣は幼少のころより道術を好み、蜀《しょく》の鳴鶴《めいかく》山中において修練をつみ、道をきわめましたによって、鬼神を駆使し、山を移し海を招き、五行の遁法《とんぽう》をおこなうことができまする。たとえ金軍十万あり、と申しましても、法をおこなうこと一昼夜にして全滅させてごらんにいれます」

「ほう、ほう」

「ただし、そうなれば、聖上が生類をあわれむご仁慈をそこなうことになりましょう。よってここは、金国の蛮人どもを改心させ、二度と国境を侵犯せぬよう誓わせることにいたしましょう。いかがでございましょうや」

「そうかそうか」

欽宗はよろこんだ。

「これも歴代のご先祖さまの思し召しあって、そなたを遣《つか》わされ、わが邦家《くに》を助けあそばすのであろう。で、そのためには何が必要じゃ」

郭京は一世一代の名演技で、でたらめを並べたてた。まず湿気のすくない土地を選び、三層の天壇《てんだん》をきずく。高さは七丈二尺、周囲には九宮八卦《きゆうきゆうはつけ》、天地風雷、五行の旗幟《はたのぼり》を立て並べる。民間から二十四名の美少年と美少女をあつめ、香炉を持ち香をたかせる。七千七百七名の兵士を選んでそれを守らせる。さらに最上の酒と綾綿《あやにしき》をそろえ、法をおこなうこと七昼夜にして金軍は永遠に退散するであろう……。

欽宗はすべてを受けいれた。郭京は一日に三度、髪を振り乱し、剣をとって呪文をとなえたが、それ以外は美少年や美少女をはべらせて歓楽にふけり、多くの金銀珠玉を自分のふところに納めた。

斡離不は城外から、高台で踊りくるう郭京の姿を望見したが、意味がわからず、細作《しのび》を放ってさぐらせた。その結果、郭京なる者が法術を使っているのだ、と知って、せきこみながら冷笑した。

「宋はわが金国よりよほど進歩していると思っていたが、何たる醜態《ざま》だ。これでは、負けたくとも負けようがないわ」

この間、欽宗も、七日後には金軍が退却すると信じこんで酒宴を開いていたというから救いがたい。

おりしも大雪が降りつづき、開封城をとりまく巨大な濠も、すっかり凍ってしまった。金軍は四翼の陣を立て、通津門《つうしんもん》に攻めかかる。欽宗が郭京に出陣をうながすと、郭京は七千七百七名の兵をひきいて城門を開き、討って出た。

結果は無惨であった。寒さに強い金軍は、餓狼《がろう》のように七千余名の兵におそいかかり、雪と氷を紅く染めて全滅させた。

郭京は戦いの途中からいなくなり、莫大な金銀珠玉をまとめて行方をくらました。金兵が、開いた城門から突入すれば、ひとりとして抵抗する者はなく、ここに開封は陥落したのである。

靖康元年十一月二十五日のことであった。

「ふう、あぶないあぶない」

ひとりの道士が、雪の中を歩いている。額に汗をかいているのは、背おった荷物が重いからであった。銀千両分はこすであろう。

郭京である。

「とうとう朝廷まで食いつぶしてやったぜ。これで思いのこすことはない、といいたいが、まだまだこれからだ。とりあえずは南へいって、のんびりしようかい」

彼は振り返って開封の都をながめた。

「百六十年の栄華なんて、もろいもんだな。おれひとりが食いつぶしたわけじゃない。蔡京《さいけい》や童貫《どうかん》をとりたてて民衆を泣かせた自分たちの不明を恥じるがいいわさ」

声をたてて笑うと、郭京は荷物をせおいなおし、南へ向かってふたたび歩きはじめた。

その民衆は、まだ宋の朝廷を見すてていなかった。

欽宗皇帝が金軍に呼びつけられ、御車に乗って宮中を出たとき、数千の民衆が御車をとりまき、泣きながら「万歳」を叫んだ。

「陛下、陛下」

「陛下は、かるがるしくお出ましになってはなりませぬ」

「もしお出ましになれば、どんな変事がおこるか知れませぬ」

侍従の武官がどなった。

「聖上は、もともと人民のために、御身を屈して和を求めたもうのだ。いま金国の軍営に行幸《みゆき》あそばすとしても、すぐお帰りあそばす。もし御車のじゃまをして、城外にお出し申さなければ、お前らも生きてはおられんぞ」

それでも民衆が、とりすがって離れないので、武官は刀を抜いて二、三人を斬った。血が御車にも飛び散った。

「朕の民を傷つけるでない」

制止する欽宗の声は悲痛だった。

この話を後になって聴いた斡離不は、弟の兀朮《ウジュ》に向かって言った。

「趙《ちょう》氏は、かならずやまた興《おこ》らん」

宋の皇室である趙氏には、まだ人民の支持がある、かならず再興するだろう。そう言ったのである。彼の予言は的中した。

金国の将校は、欽宗を小さな房室に通して告げた。

「元帥はまだお目覚めになっておりません。しばらくここでお待ちあれ」

しかたなく欽宗は、立ったまま、火の気もないところで斡離不の起床を待った。何度も心が折れそうになったが、欽宗は、優柔不断の暗君とは思えぬ態度で耐えた。御車にすがりついて泣き叫ぶ民衆の姿が、欽宗にそうさせた。

帳の隙間から、鋭い目が欽宗を見つめていた。斡離不である。

「案外がんばるではないか」

つぶやいた斡離不は、黄色い帽子をかぶった童子を欽宗のもとへ送っていわせた。

「元帥が、おいでくださいとのことでございます」

欽宗が徒歩で階《きざはし》の下に至ると、斡離不は階を下った。体格にも気迫にもまさる斡離不は、欽宗の手をとって言った。

「臣は北方の蛮夷《ばんい》で、中華の儀礼をわきまえません。どうかお恕しを」

ふたりは、ともに階を上り、欽宗は西に面して座し、斡離不は南に面して座し、しばらく沈黙の刻《とき》がつづいた。

斡離不は、金国から宋に対して下す詔書《しょうしょ》の件を、欽宗に告げた。欽宗は応じていう。

「おおせのままに、したがいます。民衆の幸福のために戦いをやめるのであれば、いかなることも、いといはいたしません」

「それなれば、どうぞ帳幕《ちょうばく》にもどって、わが大金国皇帝の勅令をお待ちください」

欽宗皇帝はもとの帳幕につれもどされた。欽宗の索然たる後姿を見送って、斡離不は腕を組んで考えこんだ。

足音がして、弟の兀朮が傍に立った。

「宋の天子はどうだった、二哥？」

「思ったより暗愚ではないようだ」

欽宗が「民衆のために」と言った、ということを告げると、兀朮は皮肉っぽく口もとをゆがめた。

「もう一年早く、その台詞《せりふ》が出ていたら、いま、おれたちはここにはいないぞ」

「たしかにそうだな」

欽宗のもとには酒食が運ばれてきたが、彼は箸をとらなかった。一刻以上たって、欽宗は、監視の金軍将校にたのんだ。

「朕《ちん》……いや、私を城内に帰らせていただけないか。要求にはすでにしたがった以上、もう私がここにいる必要はなかろうと思うが」

将校は首を横に振った。

「東元帥閣下は、いま、大金国皇帝陛下への上奏文をつくっておいでです。陛下と連名で発送なさるのです。お帰りになるのは、明朝でもかまいますまい」

欽宗は黙りこんだ。金兵たちはまた酒食をすすめ、伶人《げいにん》に命じて音楽を奏せしめた。欽宗は依然として箸をとらなかった。

結局、欽宗は五日間にわたって金軍の陣営に拘留された。

V

身慄いしながら房室《へや》へはいってきたのは楊林《ようりん》だった。両腕いっぱいに枯れ枝をかかえている。炉の燃料である。

「うう、何て寒さだ」

枝をさらに折って、炉に放りこみながら、戴宗《たいそう》がいった。

「金兵に見つからなかったろうな」

「そんなヘマはしませんて」

「ここまで掠奪に来んかな」

「ご冗談を。やつら、城内だけで手いっぱいでさ。宮中だけでなく、屋根がついているところなら、どこからでも掠奪してるらしいですからね」

炉にあたりながら、楊林は両手をこすった。

「小乙哥哥《しょういつあにい》は、どこへいったんですかね。南の方へ行くって言ってたけど」

「おれもよく知らんよ。小乙のことだ、何か考えがあるんだろう」

「……でしょうね」

楊林は口を閉ざした。戴宗も屹《きつ》として窓の外を見やる。雪の中を動きまわる人影が見えた。金兵だ。

「畜生、ほんとにやって来やがった」

楊林は腰刀に手をかけた。戴宗がささやく。

「手に兎《うさぎ》を持っているやつがいる。狩猟半分、掠奪半分だろう」

「狩られてたまるかってんだ」

楊林は姿勢を低くして扉口から出た。戴宗もつづく。

「人数はどのくらいだ？」

「七、八人てとこですかね」

「殺すなら、ひとりも生かして帰すわけにはいかん。ここのことを知られたらお終《しま》いだ」

「二手《ふたて》に分かれますか？」

「そうしよう」

戴宗は左へ、楊林は右へと分かれた。民家の中から、ものをこわす音がする。楊林が見ると、ひとりの金兵がしきりに椅子を床にたたきつけている。やがて椅子にはめこまれていた銀の珠が、はずれて床にころがった。金兵は歓声をあげて拾いあげようとする。

その瞬間、白刃《はくじん》が金兵の頸すじを後ろからつらぬいた。声もたてずに金兵は床にくずれ落ちる。

楊林のしわざだったが、彼も必死である。刀で撃ちあえば刃音がして、他の金兵の注意をひく。音もたてずに殺して全滅させなくてはならない。

戴宗も動いていた。彼はわざと雪の上に足跡をのこして、不審に思った金兵にあとをつけさせた。金兵が一戸の家の角をまがったとたん、戴宗の腰刀が脇腹に突き刺さり、ひとえぐりする。小さなうめき声と血を吐いて、金兵は倒れた。

金兵からうばった銀珠を、雪の上に投げ出す。拾おうと身をかがめたところを、背中から突きとおす。金兵の死体をわざと家の傍に放置し、駆け寄ってくる金兵に、家の中から窓ごしに横顔を刀でつらぬく。

ありとあらゆる手段で、ふたりは金兵を殺していった。

「何人殺《や》ったかね」

「三人です」

「おれも三人だ。すると、のこりは？」

「ひとりかふたり」

「どっちだ？　えらい差だぞ」

「とっさに確認できませんでしたよ」

ささやきあいながら、雪を踏んで、家々のまわりを歩く。先に見つかったら、きわめて不利だ。

金兵は掠奪が目的だから、たいてい家の中にいる。戴宗が考えたのは、燕青《えんせい》の家に金兵をおびき寄せることだった。窓をあけて、炉の煙を外へ流す。それにつられてやって来た金兵が扉をあける。左右から脇腹を突きとおされて床に倒れた。これで七人。

「これで最後か……あとひとりか」

ふたりは血刀を引っさげて外へ出た。とたんに、叫び声があがって、兎《うさぎ》を放り出した金兵が、こけつまろびつ雪の上を逃げていくのが見えた。

「しまった！」

戴宗と楊林は雪を蹴って追いかけようとしたが、そううまくはいかない。ひざの近くまで雪に埋もれながら必死に追うが、北国出身の金兵のほうが、雪上を走るのに慣れていた。五十歩ほどの距離が、ちぢまるどころか、すこしずつ開いていく。

絶望しかかったとき、ヒュッと空気が鳴った。

金兵が両手を高くあげてのけぞり、あおむけに倒れた。戴宗と楊林がすばやく周囲を見まわすと、弾弓をかかげた人影が見えた。

「小乙哥哥！」

楊林が溜息まじりの声をあげた。燕青だったのだ。

「すまんすまん、もうすこし早く帰るつもりだったんだが、さがしていたものがなかなか見つからなくて……」

包みをせおった燕青は、ふたりにわびた。

「ですが、これで心願《しんがん》がはたせます」

「心願？　そりゃ何だね」

戴宗の問いに、燕青は笑って、直接には答えなかった。

「それより、まず、金兵たちの死体をかたづけましょう」

「……平和だなあ」

李俊《りしゆん》は大きくのびをした。海からの風はすこし肌寒いが、雪の開封とことなり、金《きん》鰲島《ごうとう》の冬は青空がひろがり、日向《ひなた》は居眠りびよりだ。

「油断大敵ですよ」

地図をひろげたまま、楽和《がくわ》が笑った。李俊はうなずいて目をこすった。望楼の上からの風光は、まさに絶景だ。緑のたえない丘と、碧玉《へきぎよく》をつらねたような海とが半々に見える。

「宋の国内だけを見ている必要は、まったくなかったな。ほら、海のあそこにいる船、暹羅《せんら》の本国に行くんだろうが、あんな光景は梁山泊ではとうてい見られなかった」

「沙竜《さりゆう》の海賊行為がなくなってから、交易船自体も増えましたしね」

楽和は、地図をたたんだ。

「絶好の位置にあります。日本《にほん》、高麗《こうらい》、林邑《りんゆう》、そして何より宋。各国の船があつまって、物資を交換していく。政事さえよければ、さびれる道理がないんです」

「政事か」

李俊は、あごをなでた。

「政事といやあ、宋はいったいどうなってるんだろう。金国の侵入はまだつづいているのかな」

「それです」

楽和の眉が、かるく曇った。

「先日、立ち寄った高麗の船から、消息を聴きましたが、黄河《こうが》より北は、ほとんど金軍に占領されたとか、開封は金軍の包囲下におかれたとか、明るい報《しら》せは、どうもないようですね」

李俊は太い腕を組んだ。

「まあ、おれたちは宋に愛想をつかして出て来たんだから、知ったこっちゃないんだが、やはり宋が金の侵入を受けたとなるとな。役人どもはいい醜態《ざま》だが、民衆がひどい目にあうとなると……」

「宋に細作《しのび》を送りこむという策《て》もありますよ」

「そこまでせんでもいいだろう……まだ」

「そうですね」

「しかし、梁山泊の兄弟たちは、どうしているかな。おれたち以上に、けんかっ早いやつらばかりだったからな。おだやかに暮らしているとは思えんよ」

楽和は笑い出した。

「そのうち、暹羅国の噂も、宋に伝わるでしょう。そうすると、けんかっ早い連中が、こちらに押し寄せてくるかもしれませんよ」

李俊も笑った。

「ま、そうなったときは、そうなったときだ。それまでに、この島をもっと豊かにしておくか」

「征海大元帥」の旗がゆるやかにひるがえる下で、李俊と楽和は西の方角をながめた。彼らの視線のとどかぬ先では、断末魔の宋で惨劇が展開されていた。


暹羅国の港に、この日二隻めの異国船が着いた。大量の荷物にまじって、髪や目や肌の色のちがう人々が、ぞろぞろと降りてくる。

港の役人たちは、ひとりの人物に薄気味悪そうな目を向けた。海商でもない、伎人《げいにん》でもない、水夫でもない、ひとりの大男。

「おい、上陸させてよいのか」

「しかたないだろ、まだ何も悪事をしたわけではないからな」

身長八尺、顔色は鍋底のごとく、頭頂部は青螺《せいら》のごとく結び、口の端に左右の牙が飛び出し、剃って間のないあごひげは蝟《い》（ハリネズミ）のごとく逆立っている。全身、黒々とした毛におおわれ、特に胸の毛は濃い。燃えるような紅い袈裟《けさ》をまとい、首には頭蓋骨《ずがいこつ》でつくった数珠をかけ、両足は裸足である。

検問所の役人は唾《つば》をのみこんで尋ねた。

「名前は？　どこから参った？」

耳にかけた金環を鳴らしながら、その人物は太い声で答えた。

「名は薩頭陀《さつとうだ》。西天より参った。南無《なむ》宝幢如来《ほうとうにょらい》、南無《なむ》宝勝如来《ほうしょう》、南無《なむ》多宝《たほう》如来……喝！」

役人は腰をぬかしそうになった。

（下巻につづく）

主要参考資料

『水滸後傳』陳忱／著　上海古籍出版社
『宋史』中華書局
『金史』中華書局
『水滸後伝』（全三巻）陳忱／著　鳥居久靖／訳　平凡社東洋文庫
『水滸伝』（奇書シリーズ　全三巻）施耐庵／著　駒田信二／訳　平凡社
「大宋宣和遺事」中国古典文学全集7　神谷衡平／訳　平凡社
『宮崎市定全集12　水滸伝』宮崎市定／著　岩波書店
『梁山泊——水滸伝・108人の豪傑たち』佐竹靖彦／著　中公新書
『「水滸伝」を読む——梁山泊の好漢たち』伊原弘／著　講談社現代新書
『中国の五大小説（下）——水滸伝・金瓶梅・紅楼夢』井波律子／著　岩波新書
『武器と防具　中国編』（Truth In Fantasy 13）篠田耕一／著　新紀元社
「水滸伝」（DVD）張紹林／監督　CONNY VIDEO

本書は二〇一八年七月、小社より刊行されたものです。

|著者|田中芳樹　1952年熊本県生まれ。学習院大学大学院修了。'77年『緑の草原に……』で第3回幻影城新人賞、'88年『銀河英雄伝説』で第19回星雲賞、2006年『ラインの虜囚』で第22回うつのみやこども賞を受賞。壮大なスケールと緻密な構成で、SFロマンから中国歴史小説まで幅広く執筆を行う。著書に『創竜伝』、『銀河英雄伝説』、『タイタニア』、『薬師寺涼子の怪奇事件簿』、『岳飛伝』、『アルスラーン戦記』の各シリーズなど多数。近著に『創竜伝15〈旅立つ日まで〉』などがある。

田中芳樹公式サイトURL　http://www.wrightstaff.co.jp/

新《しん》・水滸後伝《すいここうでん》(上)
田中芳樹《たなかよしき》

講談社文庫
定価はカバーに
表示してあります

2021年3月12日第1刷発行

発行者――渡瀬昌彦
発行所――株式会社　講談社
東京都文京区音羽2-12-21　〒112-8001
電話　出版（03）5395-3510
　　　販売（03）5395-5817
　　　業務（03）5395-3615
Printed in Japan

デザイン―菊地信義
本文データ制作―講談社デジタル製作
印刷―――豊国印刷株式会社
製本―――株式会社国宝社

ISBN978-4-06-522753-4

講談社文庫刊行の辞

二十一世紀の到来を目睫に望みながら、われわれはいま、人類史上かつて例を見ない巨大な転換期をむかえようとしている。

世界も、日本も、激動の予兆に対する期待とおののきを内に蔵して、未知の時代に歩み入ろうとしている。このときにあたり、創業の人野間清治の「ナショナル・エデュケイター」への志を現代に甦らせようと意図して、われわれはここに古今の文芸作品はいうまでもなく、ひろく人文・社会・自然の諸科学から東西の名著を網羅する、新しい綜合文庫の発刊を決意した。

激動の転換期はまた断絶の時代である。われわれは戦後二十五年間の出版文化のありかたへの深い反省をこめて、この断絶の時代にあえて人間的な持続を求めようとする。いたずらに浮薄な商業主義のあだ花を追い求めることなく、長期にわたって良書に生命をあたえようとつとめるところにしか、今後の出版文化の真の繁栄はあり得ないと信じるからである。

同時にわれわれはこの綜合文庫の刊行を通じて、人文・社会・自然の諸科学が、結局人間の学にほかならないことを立証しようと願っている。かつて知識とは、「汝自身を知る」ことにつきていた。現代社会の瑣末な情報の氾濫のなかから、力強い知識の源泉を掘り起し、技術文明のただなかに、生きた人間の姿を復活させること。それこそわれわれの切なる希求である。

われわれは権威に盲従せず、俗流に媚びることなく、渾然一体となって日本の「草の根」をかたちづくる若く新しい世代の人々に、心をこめてこの新しい綜合文庫をおくり届けたい。それは知識の泉であるとともに感受性のふるさとであり、もっとも有機的に組織され、社会に開かれた万人のための大学をめざしている。大方の支援と協力を衷心より切望してやまない。

一九七一年七月

野間省一

土屋隆夫 影の告発
辻村深月 冷たい校舎の時は止まる(上)(下)
辻村深月 子どもたちは夜と遊ぶ(上)(下)
辻村深月 凍りのくじら
辻村深月 ぼくのメジャースプーン
辻村深月 スロウハイツの神様(上)(下)
辻村深月 名前探しの放課後(上)(下)
辻村深月 ロードムービー
辻村深月 ゼロ、ハチ、ゼロ、ナナ。
辻村深月 V. T. R.
辻村深月 光待つ場所へ
辻村深月 ネオカル日和
辻村深月 島はぼくらと
辻村深月 家族シアター
辻村深月 図書室で暮らしたい
新川直司 漫画 辻村深月 原作 コミック 冷たい校舎の時は止まる(上)(下)
津村記久子 ポトスライムの舟
津村記久子 カソウスキの行方
津村記久子 やりたいことは二度寝だけ
津村記久子 二度寝とは、遠くにありて想うもの
恒川光太郎 竜が最後に帰る場所
月村了衛 神《み》子《こ》上《がみ》典《てん》膳《ぜん》
フランソワ・デュボワ 太極拳が教えてくれた人生の宝物〈中国・武当山90日間修行の記〉
土居良一 海翁伝
ドウス昌代 イサム・ノグチ(上)(下)〈宿命の越境者〉
鳥羽亮 御隠居剣法〈駆込み宿 影始末(一)〉
鳥羽亮 ねむり鬼《き》剣《けん》〈駆込み宿 影始末〉
鳥羽亮 霞隠れの女〈駆込み宿 影始末〉
鳥羽亮 のっとり奥坊主〈駆込み宿 影始末〉
鳥羽亮 かげろう妖剣〈駆込み宿 影始末〉
鳥羽亮 霞《かすみ》と飛《ひ》燕《えん》〈駆込み宿 影始末〉
鳥羽亮 闇姫変化〈駆込み宿 影始末〉
鳥羽亮 鶴亀横丁の風来坊
鳥羽亮 金貸し権兵衛〈鶴亀横丁の風来坊〉
鳥羽亮 提《ちょう》灯《ちん》斬り〈鶴亀横丁の風来坊〉
鳥羽亮 お京危うし〈鶴亀横丁の風来坊〉
鳥羽亮 狙われた横丁〈鶴亀横丁の風来坊〉
東郷隆 上田信 絵 【絵解き】雑兵足軽たちの戦い〈歴史・時代小説ファン必携〉
堂場瞬一 八月からの手紙
堂場瞬一 壊れる心〈警視庁犯罪被害者支援課〉
堂場瞬一 邪心〈警視庁犯罪被害者支援課2〉
堂場瞬一 二度泣いた少女〈警視庁犯罪被害者支援課3〉
堂場瞬一 身代わりの空(上)(下)〈警視庁犯罪被害者支援課4〉
堂場瞬一 影の守護者〈警視庁犯罪被害者支援課5〉
堂場瞬一 不信の鎖〈警視庁犯罪被害者支援課6〉
堂場瞬一 空白の家族〈警視庁犯罪被害者支援課7〉
堂場瞬一 傷
堂場瞬一 埋れた牙
堂場瞬一 Killers(上)(下)
堂場瞬一 虹のふもと
堂場瞬一 ネタ元
土橋章宏 超高速！参勤交代
土橋章宏 超高速！参勤交代 リターンズ
戸谷洋志 Jポップで考える哲学〈自分を問い直すための15曲〉
富樫倫太郎 信長の二十四時間
富樫倫太郎 風の如く 吉田松陰篇
富樫倫太郎 風の如く 久《く》坂《さか》玄《げん》瑞《ずい》篇

高野和明　グレイヴディッガー
高野和明　K・Nの悲劇
高野和明　6時間後に君は死ぬ
大道珠貴　ショッキングピンク
高木　徹　ドキュメント 戦争広告代理店〈情報操作とボスニア紛争〉
田中啓文　件《くだん》〈もの言う牛〉
高嶋哲夫　メルトダウン
高嶋哲夫　命の遺伝子
高嶋哲夫　首都感染
高野秀行　西南シルクロードは密林に消える
高野秀行　怪獣記
高野秀行　アジア未知動物紀行 ベトナム・奄美・アフガニスタン
高野秀行　イスラム飲酒紀行
高野秀行　移民の宴〈日本に移り住んだ外国人の不思議な食生活〉
高野秀行・角幡唯介　地図のない場所で眠りたい
田牧大和　花合せ〈濱次お役者双六〉
田牧大和　質草破り〈濱次お役者双六 二ます目〉
田牧大和　翔ぶ梅〈濱次お役者双六 三ます目〉
田牧大和　半可心中〈濱次お役者双六〉
田牧大和　長屋狂言〈濱次お役者双六〉
田牧大和　錠前破り、銀太
田牧大和　錠前破り、銀太 紅蜆《べにしじみ》
田牧大和　錠前破り、銀太 首魁《しゅかい》
高殿　円　メサイア〈警備局特別公安五係〉
高野史緒　カラマーゾフの妹
高野史緒　翼竜館の宝石商人
瀧本哲史　僕は君たちに武器を配りたい〈エッセンシャル版〉
竹吉優輔　襲名犯
高田大介　図書館の魔女 第一巻
高田大介　図書館の魔女 第二巻
高田大介　図書館の魔女 第三巻
高田大介　図書館の魔女 第四巻
高田大介　図書館の魔女 烏《からす》の伝言《つてこと》(上)(下)
大門剛明　反撃のスイッチ
大門剛明　完全無罪
大門剛明　死刑評決〈「完全無罪」シリーズ〉
橘もも　OVER DRIVE《オーバードライブ》
橘もも 著・沖田×華 原作・安達奈緒子 脚本　小説透明なゆりかご(上)(下)
橘もも 著・ヤマシタトモコ 原作・相沢友子 脚本　さんかく窓の外側は夜〈映画版ノベライズ〉
滝口悠生　愛と人生
高山文彦　ふたり〈皇后美智子と石牟礼道子〉
瀧羽麻子　サンティアゴの東 渋谷の西
高橋弘希　日曜日《サンデー・ピープル》の人々
陳　舜臣　中国五千年(上)(下)
陳　舜臣　中国の歴史 全七冊
陳　舜臣　小説十八史略 全六冊
千早　茜　森の家
千野隆司　大店の暖簾《のれん》〈下り酒一番〉
千野隆司　分家の始末〈下り酒一番(二)〉
千野隆司　献上の祝酒〈下り酒一番(三)〉
千野隆司　大酒《おおざけ》の合戦〈下り酒一番(四)〉
知野《ちの》みさき　江戸は浅草
知野みさき　江戸は浅草2〈盗人探し〉
知野みさき　江戸は浅草3〈桃と桜〉
崔《チェ》　実《シル》　ジニのパズル
筒井康隆　創作の極意と掟
筒井康隆　読書の極意と掟
筒井康隆 ほか12名　名探偵登場！
都筑道夫　夢幻地獄四十八景

田中芳樹 編訳　岳飛伝（五）〈凱歌篇〉
高田文夫　TOKYO芸能帖〈1981年のビートたけし〉
高村　薫　李歐《りおう》
高村　薫　マークスの山（上）（下）
高村　薫　照柿（上）（下）
多和田葉子　犬婿入り
多和田葉子　尼僧とキューピッドの弓
多和田葉子　献灯使
高田崇史　QED〈百人一首の呪《しゅ》〉
高田崇史　QED〈六歌仙の暗号〉
高田崇史　QED〈ベイカー街の問題〉
高田崇史　QED〈東照宮の怨〉
高田崇史　QED〈式の密室〉
高田崇史　QED〈竹取伝説〉
高田崇史　QED〈龍馬暗殺〉
高田崇史　QED ~ventus~〈鎌倉の闇〉
高田崇史　QED〈鬼の城伝説〉
高田崇史　QED ~ventus~〈熊野の残照〉
高田崇史　QED〈神器封殺〉
高田崇史　QED ~ventus~〈御霊将門〉
高田崇史　QED ~flumen~〈九段坂の春〉
高田崇史　QED〈諏訪の神霊〉
高田崇史　QED〈出雲神伝説〉
高田崇史　QED〈伊勢の曙光《あけぼの》〉
高田崇史　QED ~flumen~〈ホームズの真実〉
高田崇史　毒草師〈QED Another Story〉
高田崇史　QED ~flumen~〈月夜見〉
高田崇史　QED ~ortus~〈白山の頻闇〉
高田崇史　試験に出るパズル〈千葉千波の事件日記〉
高田崇史　試験に敗けない密室〈千葉千波の事件日記〉
高田崇史　試験に出ないパズル〈千葉千波の事件日記〉
高田崇史　パズル自由自在〈千葉千波の事件日記〉
高田崇史　化けて出る〈千葉千波の怪奇日記〉
高田崇史　麿の酩酊事件簿〈花に舞〉
高田崇史　麿の酩酊事件簿〈月に酔〉
高田崇史　クリスマス緊急指令〈~きよしこの夜、事件は起こる!~〉
高田崇史　カンナ　飛鳥の光臨
高田崇史　カンナ　天草の神兵
高田崇史　カンナ　吉野の暗闘
高田崇史　カンナ　奥州の覇者
高田崇史　カンナ　戸隠の殺皆
高田崇史　カンナ　鎌倉の血陣
高田崇史　カンナ　天満の葬列
高田崇史　カンナ　出雲の顕在
高田崇史　カンナ　京都の霊前
高田崇史　軍神の血脈〈楠木正成秘伝〉
高田崇史　神の時空《とき》　鎌倉の地龍
高田崇史　神の時空　倭《やまと》の水霊
高田崇史　神の時空　貴船の沢鬼
高田崇史　神の時空　三輪《みわ》の山祇《やまつみ》
高田崇史　神の時空　嚴島《いつくしま》の烈風
高田崇史　神の時空　伏見稲荷の轟雷
高田崇史　神の時空　五色不動の猛火
高田崇史　神の時空　京の天命
高田崇史　神の時空　前紀〈女神の功罪〉
団　鬼六　悦楽王〈鬼プロ繁盛記〉
高野和明　13階段

竹本健治　トランプ殺人事件
竹本健治　狂い壁　狂い窓
竹本健治　涙《るい》香《こう》迷《めい》宮《きゅう》
竹本健治　新装版ウロボロスの偽書(上)(下)
竹本健治　ウロボロスの基礎論(上)(下)
竹本健治　ウロボロスの純正音律(上)(下)
高橋源一郎　日本文学盛衰史
高橋克彦　写楽殺人事件
高橋克彦　総　門　谷
高橋克彦　炎立《ほむら》つ　壱　北の埋み火
高橋克彦　炎立つ　弐　燃える北天
高橋克彦　炎立つ　参　空への炎
高橋克彦　炎立つ　四　冥き稲妻
高橋克彦　炎立つ　伍　光彩楽土〈全五巻〉
高橋克彦　火　怨〈北の耀星アテルイ〉(上)(下)
高橋克彦　水　壁〈アテルイを継ぐ男〉
高橋克彦　天を衝く(1)〜(3)
高橋克彦　風の陣　一　立志篇
高橋克彦　風の陣　二　大望篇
高橋克彦　風の陣　三　天命篇
高橋克彦　風の陣　四　風雲篇
高橋克彦　風の陣　五　裂心篇
髙樹のぶ子　オライオン飛行
田中芳樹　創竜伝1〈超能力四兄弟《ドラゴン》〉
田中芳樹　創竜伝2〈摩天楼の四兄弟《ドラゴン》〉
田中芳樹　創竜伝3〈逆襲の四兄弟《ドラゴン》〉
田中芳樹　創竜伝4〈四兄弟《ドラゴン》脱出行〉
田中芳樹　創竜伝5〈蜃気楼都市《ミラージュ・シティ》〉
田中芳樹　創竜伝6〈染血の夢《ブラッディ・ドリーム》〉
田中芳樹　創竜伝7〈黄土のドラゴン〉
田中芳樹　創竜伝8〈仙境のドラゴン〉
田中芳樹　創竜伝9〈妖世紀のドラゴン〉
田中芳樹　創竜伝10〈大英帝国最後の日〉
田中芳樹　創竜伝11〈銀月王伝奇〉
田中芳樹　創竜伝12〈竜王風雲録〉
田中芳樹　創竜伝13〈噴火列島〉
田中芳樹　魔　天　楼〈薬師寺涼子の怪奇事件簿〉
田中芳樹　東京ナイトメア〈薬師寺涼子の怪奇事件簿〉
田中芳樹　巴里《パリ》・妖都変〈薬師寺涼子の怪奇事件簿〉
田中芳樹　クレオパトラの葬送〈薬師寺涼子の怪奇事件簿〉
田中芳樹　黒蜘蛛島《ブラックスパイダー・アイランド》〈薬師寺涼子の怪奇事件簿〉
田中芳樹　夜　光　曲〈薬師寺涼子の怪奇事件簿〉
田中芳樹　魔境の女王陛下〈薬師寺涼子の怪奇事件簿〉
田中芳樹　タイタニア1〈疾風篇〉
田中芳樹　タイタニア2〈暴風篇〉
田中芳樹　タイタニア3〈旋風篇〉
田中芳樹　タイタニア4〈烈風篇〉
田中芳樹　タイタニア5〈凄風篇〉
田中芳樹　ラインの虜囚
田中芳樹／幸田露伴 原作　運　命〈二人の皇帝〉
田中芳樹／土屋守　「イギリス病」のすすめ
田中芳樹ほか 文／皇名月 画・文　中国帝王図
田中芳樹／赤城毅　中欧怪奇紀行
田中芳樹 編訳　岳　飛　伝(一)〈青雲篇〉
田中芳樹 編訳　岳　飛　伝(二)〈烽火篇〉
田中芳樹 編訳　岳　飛　伝(三)〈風塵篇〉
田中芳樹 編訳　岳　飛　伝(四)〈悲曲篇〉

講談社文芸文庫

柄谷行人
柄谷行人対話篇Ⅰ　1970-83
デビュー以来、様々な領域で対話を繰り返し、思考を深化させた柄谷行人の対談集。第一弾は、吉本隆明、中村雄二郎、安岡章太郎、寺山修司、丸山圭三郎、森敦、中沢新一。

978-4-06-522856-2　かB18

柄谷行人・浅田彰
柄谷行人浅田彰全対話
二〇世紀末、日本を代表する知性が思想、歴史、政治、経済、共同体、表現などの諸問題を自在に論じた記録――現代のさらなる混迷を予見した、奇跡の対話六篇。

978-4-06-517527-9　かB17